# 駅と旅

砂村かいり・朝倉宏景・君嶋彼方・
松崎有理・額賀 澪・鳥山まこと

日々のなかで当たり前のように行き来する駅という場所は、なんでもない日も旅立ちの日も、変わらずそこで私たちを迎えてくれます。旅の始まりと終わりをいつも見届けてくれて、行く場所であり帰る場所となる、駅とは不思議な存在です。

[illegible]名、札幌、唐津、明洞、ポルト
[illegible]列車で、あるい
[illegible]
[illegible]と
誘う、文庫[illegible]。

# 駅と旅

砂村かいり・朝倉宏景・君嶋彼方・
松崎有理・額賀　澪・鳥山まこと

創元文芸文庫

HAVE A GOOD TRIP!

2025

目次

# 駅と旅

扉イラスト　早川世詩男
扉デザイン　アルビレオ

# きみは湖

砂村かいり

砂村かいり（すなむら・かいり）

2020年『炭酸水と犬』『アパートたまゆら』で第5回カクヨムWeb小説コンテスト恋愛部門〈特別賞〉を二作同時受賞してデビュー。他の著書に『黒蝶貝のピアス』『苺飴には毒がある』『マリアージュ・ブラン』『コーヒーの囚人』がある。

ホームに降り立ったのは、わたしとほんの数人の乗客だけだった。自分の意志で降りたのに、誰かの手で青空の下にぽんと放り出されたような気がした。

湖に浮かぶ駅。そう聞いていたものの、降りてみてもそんな実感はなかった。閑散《かんさん》とした在来線ホームの幅は狭く、並行する線路を新幹線が走ってゆく。あまりののどかさにマスクを顎《あご》までずらして深呼吸すると、風のにおいや湿度が東京とは違うのがわかった。ビルではなく湖面を渡ってきたのであろうわずかに湿った風が、体の輪郭を無遠慮に撫でてゆく。

まだ春先だというのに陽射しが強く、うなじがちりちりと焼かれてゆく。ふう。小さく息を吐き、高架になっている駅舎を目指して足を踏みだす。

スーツケースを引く右手の指輪が、光を反射してきらめいた。篤司《あつし》とおそろいで買ったプラチナリング。彼は今、はめてくれているだろうか。それを考えるだけで、鼻の奥がツンとする。

充分日が高いうちに現地入りしたかった。早起きして東京駅へ向かい、新幹線こだまに乗りこんだ。コロナ禍が続いていたうえに仕事も忙しく、長いこと東京から出ない生活だったから、久しぶりの旅だった。

東京から神奈川を経由して静岡に入ると、さすがというべきか、車窓の外に茶畑が広がり始めた。やがてまばらだった建物の密度が増し、その向こうに東京で見るよりずっと大きな富士山がぬっと現れた。山頂にちぎれ雲がかかったそのたたずまいの美しさに、窓側の席でよかったと思いながらスマホのカメラを向ける。同じN700系の新幹線が隣の線路を通過する。ようやく旅らしい気分が自分の中で高まってきた。

スマホを出したついでにいつものようにLINEをチェックするも、篤司に送った最後のメッセージにやはり「既読」の二文字は現れていない。わかっていたのに傷つきながら、肩にかけているショルダーバッグにスマホをしまいこむ。

わたしでも知っている企業の名前が書かれた工場をいくつも通り過ぎると、びっしりと立ち並ぶ住宅、それに商業施設が増えてくる。「次は浜松《はままつ》、浜松」車内アナウンスが流れ、荷物棚からスーツケースを下ろした。通路側の席で眠りこけているおじさんの膝の前を苦労してすり抜け、デッキへ出る。

これまで静岡へ旅したのは伊豆《いず》方面ばかりで、浜松市は初めてだった。新幹線が発着する駅だけあって、浜松駅は予想を超えて大きかった。

新幹線コンコース展示場には、YAMAHAのグランドピアノとSUZUKIの自動車が設置されている。そういえば浜松市は音楽の町であり、自動車の町でもあるんだったと思いだす。もちろん鰻《うなぎ》も有名だ。多方面に産業の発達した、なんだか欲張りな町だ。

ピアノを奏でる人やその演奏に耳を傾ける人たちを横目に見ながら、スーツケースを引っ張って進む。帰りにはこの中のどこかでうなぎパイを買おうと思い定めながら土産物店の立ち並ぶ構内を歩き、各駅停車の東海道線《とうかいどう》に乗り換えた。

車窓のガラスに額《ひたい》をつけたまま揺られて、名古屋方面へ十数分。風景がどんどんのどかになってゆくのに比例して、自分の鼓動が速まってゆく。それを鎮《しず》めるように、心の中でアルバムを開いた。比喩ではなく実際に篤司の部屋で見た、小さな小さなアルバムを。

篤司とわたしは、会社の同期だ。誰もが知っている大手広告代理店の、グループ会社の、子会社の、下請けの、ひとことで説明するのが難しいサービスを手がける会社。ホームページを見ても「人とモノとの最高の出会いをプロデュース」「リテールコンサルティングに革命を」などと、あえて狙った不親切であるかのような文言が並んでいる。その下にもさらに子会社があるのだけれど、とにかくわたしたちは業界のかぎりなく末端で手を動かしている。千葉との県境に近い都内の事業所で、営業と生産管理と総務がごちゃまぜになったような業務に日々、追われている。

共に入社研修を受け、座学で隣の席になったときから、互いにシンパシーを感じていたと思う。焦れたわたしが少し圧をかけるように告白めいたことを言わせて付き合い始めたのは、その半年後。それから一年半にわたり、わたしたちは特に大きなトラブルもなく仲良くやってきた。彼が忽然《こつぜん》と姿を消してしまうまで。

一年半。長くはないが、けっして短いとも言えない期間だ。秋は高尾山《たかおさん》へ登って紅葉を楽しみ、冬は部屋を飾りつけてクリスマスや年末年始を祝い、春は上野《うえの》公園の隅にシートを広げて花見をし、夏は隅田川《すみだがわ》の花火大会をホテルの部屋から見物した。オールシーズンをひととおり共に過ごして季節ごとのイベントを経験し、食の好みも金銭感覚も嫌いな芸能人も把握し合っている。

けれど篤司が消え、自分が彼のことを何も知らないと気づいてわたしは愕然《がくぜん》とした。これまで寄りかかっていたフェンスが突然音を立てて崩れ落ちたような感覚だった。

静岡県浜松市出身であること。高校時代はサッカー部のエースで、大学時代は軽音サークルでギターを弾いていて、女の子によくモテたこと。作詞作曲から弾き語りまでこなし、音楽事務所のオーディションでいいところまで進んだものの、堅実な道を選んで辞退したこと。彼自身から聞いていた情報のどれもが、こうした非常事態には何の役にも立たなかった。

外でデートするとき以外はわたしのアパートに篤司が来ることがほとんどで、彼のひとり暮らしの部屋にはたった二回しか行ったことがない。

一昨年のクリスマスに初めて訪れたその狭い部屋は、ひどく散らかっていた。おもちゃみたいに小さなキッチンはシンクも調理台も積み上げられた食品ごみで塞がれて機能しておらず、チラシや書類、脱ぎ捨てられた衣類が床を埋め尽くしていた。部屋の隅に立てかけられたギターも、彼の好きなボーカロイドを擬人化したキャラクターのフィギュアも、うっすら埃《ほこり》をかぶっていた。

わたしという来客があることをわかっていながらこの状態で迎えたのかと衝撃を受けたものの、「ごめん、トイレだけはがっつり掃除しといたんだけど」と情けなさそうに笑う彼がいとおしくなってしまう程度には、わたしは彼に夢中だった。自分以外の女性を部屋に引っ張りこんでいる可能性がゼロだとわかったことがむしろ収穫だとポジティブに解釈し、ピザやチキンを注文する前に大掃除を手伝った。

二度目に訪れたのは、それからおよそ半年後の梅雨《つゆ》の時期だった。部屋は前回の来訪時に輪をかけて汚くなっていた。床にもソファーにも衣類やペットボトルや紙ごみが散らばり、水回りはじめじめと黴《かび》くさいにおいを放っていた。

このときは最初から清掃や片づけ作業が発生することを見越して、掃除道具を持参していた。机の上を化学雑巾で拭いていたとき、小さなアルバムの存在に気づいた。ごみと必要なものの区別がつかないほどもちゃもちゃと散らかった机の上の隅のほうに置かれていたそのアルバムを、てっきり彼の写真がおさめられているのかと思い手に取ったのだった。

それは、トレーディングカードやインスタント写真を収納するための、無色透明のプラスチック製のアルバムだった。

フィルムポケットの頭から一ページに一枚ずつ、切符がおさめられていた。淡いオレンジ色のJR切符は、全部で九枚あった。いずれも初乗り料金のもので、日付はすべて同じだけれど、年が一年ずつ進んでゆく。印字された駅名は「弁天島《べんてんじま》」。彼の地元のローカル駅だ。時刻はばらばらだけれど午後のものが大半で、最も遅くて十八時台のものだった。主に学校帰りに買っていたのだろうと見当をつけた。

「2015.3.22」から始まり「2023.3.22」で終わっている九枚の切符は、妙にわたしの興味を引きつけた。九年前というと、篤司はまだ十五歳だ。そこから毎年きっちり同日の初乗り切符をコレクションし続けている理由はなんだろう。考え始めると気になって、掃除の手が止まった。

「このアルバム、なに?」たったひとことそう訊けばよかったのに、なにかがわたしの口を重たくした。詮索《せんさく》しないで。そう返されるのが怖かったのだろう。恋人に重たいと思われるくらいならどぶ川に飛びこむのが恋する女というものだ。

なぜ二〇一五年から始まっているのか。なぜ三月二十二日なのか。いかにも意味ありげなコレクションからは、特別な事情のにおいがぷんぷんした。でももしそこに突っこんだら、彼に疎まれるだけでは済まず、隠し扉のようなものが開いて、知らなくていい彼の内側を知ってしまいそうな気がした。何も訊かない代わりに、わたしはそれらの切符に印字された情報を目に焼きつけて覚えこんだ。昔から、記憶力の良さにだけは自信があるのだ。

季節がめぐり、恋人同士としての二度目のバレンタインデーを過ぎて三月が近づいてくると、わたしはにわかに緊張し始めた。篤司は、帰省するのだろうか。弁天島駅で初乗り切符を買うために。そうしたらわたしは、どんな感想を持てばいいのだろうか――。

けれどその日が訪れる前に、篤司は突然いなくなった。

彼が出社しなくなったのは先月の下旬、ちょうどひと月ほど前のことだった。「しばらく休ませていただきます。戻ったらまた頑張りますのでどうかご心配なくお願いします」というどこかずれたメールを最後に連絡がないと、上司が困り顔で漏らしていた。

わたしたちが内緒で付き合っていることを知る先輩から呼び出され、「何か聞いてないの？」とたずねられても、何も情報を提供できなかった。わたし自身、急に電話もつながらずLINEも読まれない状態になって、途方に暮れていたのだから。

彼の緊急連絡先を知らない以上は、住まいを訪れるほかに手がかりの探しようがなかった。都心にあるそのアパートは駅からかなり遠く、二回きりの来訪の記憶を頼りにひとりで訪れるのは難儀だった。ようやくたどりついたその部屋のチャイムを鳴らし、控えめに、徐々に強くノックをしても、応答はないままだった。ドアは施錠されていてガラス窓の奥は暗く、人の気配はなかった。

アパートを管理している不動産会社をネットで調べ、彼の302号室が空室になっていないことを確認したうえで、電話をかけた。予想はしていたものの、「個人情報ですので入居者様のご事情はお伝えできません」という回答だった。ただその口ぶりからして、どうやら死んだわけではなさそうであるということ、事件性はなさそうだということだけはつかむことができた。

ねえ、どこ行っちゃったの、篤司。恋人であるわたしに何も言わずに消えなければならない事情でもあったの？　問いたくても、彼はもういない。

わからない。わからないけれど、あなたが消えた今、わたしが代わりにあのコレクションを継続してあげる。十枚目の切符を、買っておいてあげる。そのためにほら、有給休暇を使って、今日という日にこうして電車に乗っているのだから。弁天島駅を目指して。

恋人の地元の最寄駅は、のどかで人影まばらだった。篤司はこの小さな駅から上京してわたしにめぐりあったのだと思うと、ぐっと胸に迫るものがある。

来たよ、篤司。二基しかない自動改札機に乗車券を滑りこませながら、心の中で呼びかける。ショルダーバッグに取りつけてあるミニチュアのサッカーボールのキーホルダーを、指先でそっと撫でる。これも篤司とおそろいだ。彼の誕生日のデートで、わたしがふたりぶん買ったのだ。

改札正面には地上へ降りる階段があり、「ようこそ浜名湖《はまなこ》弁天島温泉へ」と赤字で書かれた看板の下をくぐって外へ出るようになっている。でも、わたしにはその前にやることがある。

改札右手にある切符売り場へ体を向ける。スーツケースをがらがら引いて駅員のいる窓口の前を通り、券売機の前に立つ。念のため周囲を確認するも、やはり恋人の現れる気配はない。

ここへ来れば、あわよくば会えるかもしれない。コレクションのことを思いだして、今日の切符を買うために、この駅に姿を現すかもしれない――そんな小さな希望はあれど、それほど甘くはないこともよくわかっている。そもそも、篤司どころか誰もいない。

焦ることはない。わたしは自分に言い聞かせ、はやる心を落ち着かせる。焦らない。焦らない。今日一日ここで粘《ねば》っていれば、彼が現れるかもしれないし。宿だってとってあるんだし。何かの間違いで一日ずれて、明日会えるかもしれないし。だから、まずはそう、切符を。

物心ついた頃からICカードで自動改札を通っていたので、紙の切符を購入するのは慣れていない。ええと、百九十円区間ってやつを買えばいいんだよな。パネルの上で指をさまよわせる。ええと、ええと、大人で、一枚で……。

ふと、後方から視線を感じて振り返った。

さっきまで誰もいなかった空間に女の子が立っている。二十歳に届かないくらいだろうか。つやつやとした黒髪が目を引いた。美容院でオーダーを間違えてそのまま伸びてしまったような、おかっぱみたいな不思議なヘアスタイル。大荷物のわたしとは違ってラフなトートバッグを提げているだけだから、旅行者ではなく地元の人だろう。

「わからないんですか?」

無表情のままの彼女の口から声が放たれた。わたしに話しかけているのだというごくあたりまえの事実を理解するのに、なぜか数秒を要した。

「わからないいんなら手伝いましょうか」

「え、あ、いや……」

「どっち方面ですか? それとも精算ですか?」

「や、違うんです」

人と話すときに笑顔をいっさい使わない女性に、久しぶりに対面した気がした。わかりやすくうろたえてしまったことを恥じながら、慌てて気持ちを立て直す。

「乗るんじゃなくて、精算でもなくて、ちょっと初乗り切符を買いたいだけなんです。大丈夫ですので」

えっ？　という声を聞きながらパネルに向き直り、隣駅の「新居町《あらいまち》」のボタンをタッチして、硬貨投入口に小銭を入れる。ピーッという電子音とともに、淡いオレンジ色の切符が吐き出された。

変な女の子に見守られながらになってしまったけど、とりあえずコレクションの目的は無事に果たされた。篤司もこうやって、ここで切符を買ったんだな。感慨に浸りたいのに、女の子はまだ同じ場所に突っ立っている。目を見開き、驚きを顔に宿してわたしを見つめている。

「あの、どうぞ？」

さすがに気持ちが悪くなり、券売機の前を退《ど》きながら声をかけた。や、あの、と今度は女の子がうろたえたように言った。その視線は、わたしのショルダーバッグに揺れているサッカーボールのキーホルダーに注がれている。

「あたしも初乗り切符買いに来たんです」

——えっ。

意表を突かれ、思わず相手を凝視する。垢抜けないヘアスタイルにほぼノーメイクの顔、ボーダー柄のニットにジーンズ。雑貨店のロゴが印刷された、ぺらぺらな生地のトートバッグ。全体的に野暮ったいし体も小柄なのに妙なオーラを感じるのは、意志の強そうな瞳とよく通る声のせいだろうか。

「……もしかしてですけど、榛葉《しんば》篤司の知り合いですか」

わたしの脳裏をかすめたことを、相手が先に口にした。

女の子は千草《ちぐさ》と名乗った。赤堀《あかほり》千草。篤司の幼なじみだという。サッカーボールのキーホルダーで確信したのだと、淡々と語った。

本当にただの幼なじみ？ どうして初乗り切符を？ 無遠慮な視線を浴びせてくる彼女に質問をぶつけたい気持ちをこらえ、わたしも名乗る。

「ええと、小倉美紅《おぐらみく》です。篤司と付き合ってて……」

「あーっ、あなたが」

千草はけらけらと笑いだした。わたしたちと同い年の二十四歳というのも驚いたが、いきなり人を馬鹿にしたように笑いだす奔放さもずいぶんなもので、あっけにとられてしまう。

「……なんですか？」

「や、ほら、篤司って二次元とかボカロとか好きじゃない。『初音《はつね》ミクと同じ名前の彼女ゲットした』って前に大騒ぎしてたけど、そっか、あれ本当だったんだ」

「え……」

すげえ、初音ミクと同じ「みく」だ。出会った頃たしかにそう言われたことは、鮮明に記憶している。

「そんでまだ続いてたんだ。うける」

同い年とわかった瞬間から敬語を解いた千草は、腰を折って笑い続ける。なに、なんなの、この子。けなされたわけではないものの、思わぬ角度から冷や水を浴びせられた心地がして、言いようのない不快感が胃のあたりに立ちこめる。

そもそも付き合うに至ったのは名前がきっかけなんかじゃないし、初対面の相手にげらげら笑われるようなエピソードじゃない。篤司は中学高校と女子に好意を寄せられることが多く、大学の軽音サークルでは彼をめぐって女子同士が争いになったこともあると語っていた。そんな彼の心を、入社後ほどなくして射止めたのがわたしなのだ。なのにこの子の扱いときたら、篤司のこともわたしのこともどこか軽んじている節がある。「うける」ってなんだよ。

壁側に身を寄せたわたしたちの前を、時折人が通過してゆく。彼ではないとわかっていても、若い男性が通るたびにその顔を確認しては失望してしまう。

「とにかく、ここにいたって篤司は来ないよ。絶対来ない」

確信を持って言い切られ、さらにむっとする。自分のほうが篤司をよく知っている、そんな口ぶりがわたしを苛立《いらだ》たせた。

「来るかもしれないじゃない。断言しないでよ」

「いやいや、絶対来ないよ」

「根拠でもあるの?」

「えっ、ていうか、あなた付き合ってるのに知らないの? 篤司の行方《ゆくえ》」

痛いところを突かれて、耳たぶがじわりと熱くなった。

「……だって、ほんとに突然だったんだもの。いなくなったの」

千草は呆《あき》れたような視線をよこした。どこか憐《あわ》れむような表情も入り混じっていることが、わたしをさらにみじめな気持ちにした。

「あのさ、まさかだけど、生死の心配とかしてないよね？」

「……してたら悪いの？　だって全然連絡が」

「死んでるわけないよ！」

千草はまたけらけらと笑った。

「たとえ地球のどんな場所にぶちこまれても、あいつなら雑草のようにたくましく生き延びるよ」

自分の恋人を雑草にたとえられて楽しい気分でいられる人間がこの世にいるだろうか。

「民俗学だかなんだかのフィールドワークでラオスに行きたいって前から言ってたから、満を持して決行したんじゃない？　子どもじゃないんだからそこまで心配しなくても」

「ラオス……」

そのことはぼんやりとだが知っている。

ラオスって、蟻《あり》を御飯にかけて食べるんだぜ。すごいよな。蟻もバッタもオタマジャクシもコウモリも普通に食べるんだって——無邪気な声が鼓膜《こまく》に蘇る。

文化人類学を専攻していた篤司は、大学在学中にコロナ禍に突入し、海外へのフィールドワークが中止になってしまったのだと嘆《なげ》いていた。大学時代にやり残したことは若いうちにやっておきたいな。ときどき夢見がちに語っていた。でも、いざそれを実行に移すときは、恋人である自分に報せてくれるはずではないのか。それがなかった以上、わたしはその可能性を排除しているのだ。

「っていうかさ、あたしも篤司と連絡とれなくなって、あいつの実家に顔出してみたんだけどさ、こないだ」

笑い疲れたのか、千草はさかんに息継ぎをしながら言った。

「あいつのご両親、別に普通だったよ。子どもの頃から家出癖あったし、もういい大人だから特に心配してないって。山岳地帯で遭難するのだけは、救助隊に払う金で破産するからやめてくれって言ってあるって」

いかにも幼なじみらしい距離感のエピソードの羅列に、わたしは意気地なく口をつぐむ。篤司の両親。わたしが彼らにまだ会ったことがないのを、見抜かれている気がした。

「とりあえずさ、もうお昼じゃん。なんか食べなくていいの？」

気遣われているのだろうか。彼女の意図が読めない。こんなつかみどころのない子、自分の周りにはいなかった。

「……平気。篤司が来るかもしれないから、今日はずっとここで待つつもりなの」

スーツケースに、ゼリータイプの簡易栄養食が入っている。それを吸いながら待つのだと言おうとしたとき、

「弁天島で⁉　やめなよ、こんな小さな駅で人待ちなんて」

きんと響く声に遮られた。うるさいなあ。いよいよ反発が募る。同じクラスにいたら絶対に

仲良くならないタイプだ。

「少なくともあいつ朝弱いから、こんな明るい時間帯には移動したりしないよ」

だからなんなんだ、彼のことを知り抜いているかのようなその口ぶり。恋人はわたしなんだけど。

「……知ってるよ。だからこのくらいの時間に来たんじゃん」

「この近くに篤司とよく行ってたコンビニがあるの。せめてそこでパンでも買って食べようよ。湖でも見ながらさ」

千草はそう言うと、わたしの返事も待たずにすたすたと階段を降り始めた。


外へ出ると、ぬるい風がすかさず頰を撫でた。

駅前には白っぽい石が敷き詰められ、タクシー乗り場とささやかな観光案内所がある。広々としてはいるもののやはり人影はまばらで、閑散とした雰囲気。タクシー会社の名前と電話番号が記された看板の後ろには石垣があり、ボルダリングの要領でよじ登ろうとする男児（なかなか上手い）を母親らしき女性がたしなめている。

駅舎のすぐ目の前を国道３０１号線が通っていて、旅行者向けの観光ホテルが立ち並んでいる。わたしが宿泊予約しているホテルもその中のひとつだ。

目が醒《さ》めるような海色のタクシーが走ってくる。鮮やかな絵具を目の前にさっと塗られたような気がした。瞬きをするとその車体は既になく、東京ではほとんど見かけない浜松ナンバーの乗用車やトラックが目の前を走り抜けてゆく。

「こっち」

地下道の入り口に立つ千草が、犬でも呼ぶような声をかけてくる。大きな荷物を持つわたしを気遣う様子もない。他人に媚《こ》びないと言えば聞こえはいいが、ただの無神経な人間に思える。

「待ってよ」

自分の口調もどんどんぞんざいになってゆくのを感じながらスーツケースを抱え、階段を降りる。国道の真下を通る地下道は、埃っぽいにおいと水の気配に満ちていた。

ふたりぶんの足音の反響を聞きながら、階段を上って再び地上に出る。振り返ると、弁天島の小さな駅舎がさらに小さく見えた。その前を、また鮮やかな青いタクシーが走り抜けてゆく。

篤司とよく利用したというコンビニに、千草はこちらを振りむきもせず入ってゆく。什器《じゅうき》の食品たちが冷気とともに放つにおいやホットスナックの甘い油のにおいに刺激され、急に空腹を意識する。ゼリー飲料だけで篤司が現れるまで乗り切ろうと考えた自分の甘さを恥じながら、ミックスサンドと烏龍茶《ウーロン》のペットボトルを買った。

「あいつさ、この店でエロ雑誌の袋綴《と》じ部分ちぎり取ろうとして見つかって、店員さんにめっちゃ怒られたことがあったよ」

パンを選んでいた千草が、急にわたしの存在を思いだしたかのように顔を寄せてきて、トーンを落とした声でささやいた。

「えっ」

驚いたのは、そのエピソードがあまりにも篤司のイメージに結びつかないからだった。篤司は――わたしの恋人はもっとスマートで、そんなしみったれたことをするはずがない。

「……嘘でしょ」

「そんな嘘ついてどうするよ」

「別の誰かの記憶と混同してるんじゃないの？」

「してないよ。いかにも篤司らしいじゃん、悪ぶってるくせにやることが中途半端でさ」

ソーセージを挟んだパンに、メロンパン。あっこれあいつが好きだったやつだ、と楽しそうに言いながら、千草はチョコレートで全面をコーティングされた菓子パンを手にとった。なんだか篤司の墓前に供《そな》えるものを見繕っているかのようで、不安な気持ちが影を濃くしてゆく。

「いかにも篤司らしい」、その言葉が消化しきれずに腹の底でぐるぐると渦巻いている。

どこか無理やり植えられた感のあるヤシの木たちに導かれるようにしてコンビニから少し進めば、もう湖のほとりだった。建物が折り重なって駅前からは見えなかったが、本当に湖の目の前だったのだ。陽を反射してきらきらと輝く湖面に、わたしは一瞬ここへ来た目的を忘れて見入った。これが浜名湖か。地図でしか見たことがなかった。

コンクリートから砂地に切り替わる部分まで歩くと、千草は慣れた動きですとんと腰を下ろした。仕方なく、その隣に座る。砂地との間には高さがあり、湖側に脚を下ろす恰好《かっこう》になった。それぞれのレジ袋をがさがさと探ってパンや飲み物を取り出す。湖面を撫でてきた風に吹かれながら、しばらく無言でパンを齧《かじ》った。屋外で食事をするのがいったいいつ以来なのか思いだせないまま、ミックスサンドに歯を立て烏龍茶を喉に流しこむ。

透明な湖水がどこまでも広がっている。何色というのだろう、エメラルドグリーンともターコイズグリーンとも少し違う緑色。よく目を凝らして見れば湖底に藻《も》のようなものが揺らめいていて、それが湖全体を独特の緑色に見せているのだとわかった。

白波が小さく寄せては返している。湖にも海のように波があることを初めて知った。砂浜のあちこちに、裸足で波打ち際へ入ってゆく子どもや若者の姿がある。

向こう岸は遙か遠く、南の方角に朱色の鳥居が立っている。あそこは神社になっているのだろうか。湖水の色との対比が鮮やかな赤に、しばし目を奪われる。

「あの辺がまさに弁天島だよ。弁天島海浜《かいひん》公園」

わたしの視線をたどったらしく、黙々とパンを咀嚼《そしやく》していた千草が口を開いた。

「へえ……」

「干潟《ひがた》になってて磯遊びとか釣りとかできるの。ちなみに冬の夕暮れの赤鳥居はきれいだよ、夕日があの中にすっぽり収まる瞬間があってさ」

「はあ……」

篤司もこの景色を見ながら育ったのだろうか。干潟で遊んだのだろうか。鳥居の柱の間に沈む夕日を誰かと眺めたのだろうか。

ショルダーバッグからスマートフォンを取り出し、鳥居にピントを合わせてシャッターボタンを押した。千草が小さく鼻を鳴らした。

「『映え〜』とか、思ってる？」

「は？　何それ」

　もはや互いに完全に遠慮のない口調になっている。水辺を歩いてゆく母子《ははこ》が、こちらにちらりと視線を投げた。

「どうせその写真、インスタかなんかにアップするんでしょ」

「しないよ。したとしたって、わたしの自由でしょ」

「別にだめとか言ってないじゃん。この景色は誰のものでもないんだし」

微妙に噛み合わない不毛な会話を断ち切るように、千草は両腕を上げてうーんと伸びをした。

「あー、やっぱここに来ると落ち着くなあー」

その横顔は小憎らしいほど清々しくて、心からくつろいだ様子がわたしの神経に障《さわ》る。三つも買ったパンをまたたく間に腹におさめ、白いスニーカーを履いた両足をぶらぶら揺らしながら、ごくごくと喉を鳴らしてコーヒー牛乳を飲んでいる。初春の光を集めて輝く黒い髪の毛が、風に吹かれてぱらぱらと頬にかかってはふわりと離れる。

さっき財布の小銭入れの部分に大切におさめた初乗り切符を思いながら、わたしもサンドイッチの最後のひとくちを口に押しこんだ。そういえば結局千草は切符を買わないままここへ来たけれど、よかったのだろうか。

牽制《けんせい》し合うように黙っていても意味がない。時間は有限だ。ホテルのチェックインは十八時で予約している。

「あのさ、切符のコレクションの意味ってなん……なんなんでしょうか」

ものを訊く立場ゆえにあまり強気に出られず、中途半端な敬語になる。物を集める人にありがちな几帳面さのまったくない雑然としたあの部屋が、ずっと脳裏に浮かんでいる。

「九年前の今日から切符を買ってる理由って……」

「あー、初チューの日だからね」

千草は事もなげに言った。一瞬視界が真っ白になり、ぐらりと平衡感覚を失いそうになる。ぎゅっと目を閉じると、湖面の光の残滓《ざんし》が瞼《まぶた》の裏で砕け散った。

「あなたとの……？」

「そ。ファーストキス記念日ってやつ？　ちょうどさっき立ってたあたりで」

駅舎を振り返って淡々と言う。自分の足元がぞわぞわするのを感じた。さくらんぼのような血色の千草の唇に、目が吸い寄せられてしまう。慌てて想像への回路をシャットダウンする。

「……なによ、ただの幼なじみじゃないんじゃない」

「ただの幼なじみだよ。別に付き合ったわけでもないし。あたしにとっては本当の意味ではファーストキスじゃなかったし」

「は？」

頭の中で情報が渋滞し、心が湖底の藻のように揺れている。

「……でも、その……キスだけで、どうして切符を集めることになるの？」

気力をふりしぼってたずねた。もはやプライドはずたずただ。

「んー、これからいっぱい恋愛するからその御守り、みたいなこと言ってたかな。ほら、篤司って変に純朴《じゅんぼく》なとこあるじゃん？　それに東海道線大好きだったし」

「……なにそれ。全然わかんない」

わたしという恋人がいながら、昔の相手との記念日の切符を大切に集め続けているなんて。最後に会った日から徐々に解像度の低くなってゆく篤司の笑顔が、握り潰されたようにぐしゃりと歪《ゆが》む。

「うーん、たぶんそれだけじゃないや」

「えっ」

「ごめん。あたしにもわかんないよ、男子の気持ちとかこだわりなんて」

千草の表情が急に翳りを見せた。話の全体像が見えづらくなって、わたしの表情も紙粘土のように固まってゆく。

キャパオーバーかもしれない。わたしは立ち上がり、陽射しに温められたスーツケースの持ち手をつかんだ。

もう投宿してしまおう。まだ時間は早いけど、チェックインさせてもらえるように頼んでみよう。

ほんの一瞬、悪い夢を見たのだ。このよくわからない女のことはいったん忘れて、ホテルで温泉に入って、おいしいものを食べて、旅気分に浸って、リセットしてしまおう。そしてまた明日、弁天島駅でぎりぎりまで篤司を待ってみよう。当初の目的通りに。まっさらな心で。

「よくわかんないけど、いろいろありがとうございました。わたしもう行きますね」

砂のついたワンピースの尻をはたきながら、礼らしきものを述べた。自分だけが立って見下ろすと、千草の体は実際以上に小さく、子どものように頼りなく見えた。

数秒ぽかんとしていた千草は、とんきょうな声を出した。

「え、せっかく来ておいて篤司の思い出の場所めぐりしないの？　あたし案内するけど？」

「はい？」

「遊園地好き？」

重ねて彼女は「タクシー代ある？」とたずねるのだった。綿毛のように軽い口調で。

ヤシの並木に沿ってタクシーは走ってゆく。窓の外があまりに南国めいていて、車に乗っているのにさわさわと葉擦《はず》れの音が聞こえてきそうだった。樹々の連なるその向こうに、緑色の広大な水面が広がっている。

遊園地「浜名湖パルパル」を目指していた。篤司も千草も、幼い頃から家族や友人とたびたび訪れた場所なのだという。そう言われたら彼が今そこにいる可能性がゼロではない気がして、いなかったとしても彼についてより深く知る手がかりを得られそうな気がして、わたしは出会ったばかりの相手と遊園地に行くという謎のイベントを受け入れた。

海の色をしたタクシーの会社は、遠鉄《えんてつ》タクシーというのだった。駅前のタクシー乗り場に戻って電話をかけたら二十分かかると言われ、げんなりしつつも石垣の前で待っているうちに、十五分とかからず海色の車がわたしたちの前に滑りこんだ。

浜名湖大橋を渡って北進し、庄内《しょうない》半島のかたちをなぞるように走ってゆくと、湖の中に生け簀《す》のようなものがいくつも設置されている。

「あれは……あれが鰻？」

ホテルのコンシェルジュにスーツケースを預かってもらって身軽になったことと、さっき見かけた海色のタクシーに乗れたことが、わたしをすっかり旅行者気分にさせていた。どうせならこの予定外の時間を楽しまなければという思いもあり、頭に浮かんだ疑問をそのまま口に出してしまう。

「いや、あれは海苔《のり》ですね」

運転士は女性だった。母より少し若いくらいだろうか。帽子とマスクに挟まれたこめかみのあたりに白髪がちらほら見える。乗客のひとりが旅行者と知って、車窓の外に流れるものについて説明を加えてくれる。わたしと千草の微妙な関係についても何か察したのかもしれない。

「そっか、海苔……」

「養鰻《ようまん》場ももちろんあるんですけどね。でもだいぶ潰れてメガソーラーになっちゃいましたね」

その言葉通り、さらに北上すると左手にソーラーパネルが見え始めた。光を反射して輝くパネルはどこまでも続いていて、巨大魚の鱗《うろこ》のようだ。養鰻場だった頃よりもごみが捨て放題じゃなくなったのはいいんですけどね、とハンドルを握り正面に視線を据えたまま運転士は語る。

「反対側の山の向こうもすごいんですよ、住宅のぎりぎりまで敷き詰められてて。うちもそのあたりなんですけど、『えぼ』を挟んですぐソーラー……あっ」

運転士はそこで言葉を切り、少しはにかんだような目になった。

「『えぼ』って方言ですかね。水路のことなんだけど」

「わかります」と即答する千草の声と、「初めて聞きました」と答えるわたしの声が重なる。

なんだか仲のいい姉妹のようできまりがわるい。千草が「うちも篤司んちもあっちのほうだよ。村櫛《むらくし》のほう」と右側の窓を指した。窓の外には住宅が密集している。あの中のどれかが篤司の生家なのか。

「遠州《えんしゅう》弁も地域によって結構違いますよね。三河《みかわ》弁と似てたり似てなかったり。湖西《こさい》市に友達がいるんですけど、あのあたりはだいぶミックスされてる気がします」

「天竜川《てんりゅうがわ》を越えるとまたかなり変わりますよね。磐田《いわた》のほうの言葉になると、わからないときありません？」

運転席の後ろに座る千草が身を乗りだして相槌《あいづち》を打ち、わたしは自分が部外者であることを思う。でも、その距離感は不思議と心地よかった。

彼女が運転士に対しては敬語を使うことに奇妙な安堵《あんど》とかすかな不満を抱きながら、窓の外を見つめ続ける。篤司が方言を使ったことはあっただろうか。延々と続くソーラーパネルを瞳に映しながら記憶の底をさらう。

最初のキスに至るまで、彼がやけに時間をかけたこと。美紅、とわたしを呼ぶ甘い声。安息そのもののような健やかな寝顔。ギターやサッカーボールを愛する長い手足。

彼についての記憶の断片は、わたしの胸の中で大切に培養され、浜名湖の湖水のようにまばゆく輝いている。突然現れた幼なじみに妙なことを言われたくらいで揺るがないし、ほころびない。ほころびさせない。

午後の光をめいっぱい浴びた車が浜名湖パルパルに到着した。千草と割り勘で料金を支払い、安全な運転と気持ちのよい案内をしてくれた運転士に礼を言う。海色のタクシーが道路に溶けるように走り去るのを見送ると、どこか心許ない気分になった。「また帰りに乗るから」と千草がこちらの気持ちを見透かしたように言った。

春休みに入った子どもたちを連れた家族が多いようで、平日とはいえエントランスゾーンは混み合っていた。「こちらからWEBチケットを購入すると窓口に並ばず入園できます！」と叫ぶ男性たちのひとりにスマホのカメラを向け、彼が持つプラカードに大きく印刷されたQRコードを読みとった。「時代は変わったねえ」とつぶやく千草とともに、それぞれのスマホでフリーパスを決済して窓口へ向かう。フリーパスの青いバンドを左手首に巻き、アンパンマンの作者であるやなせたかし氏がデザインしたというカラフルなキャラクターのモニュメントが出迎える園内に足を踏み入れる。

ジェットコースターの脚の間を通り、何かしらの目的を持って歩いてゆく千草についてゆるい坂を上ってゆくと、園内が見渡せるスポットに出た。それは不思議な風景だった。あちこちにヤシの木が植えられているのに、満開の桜の木もわさわさと生えている。季節感のちぐはぐなそれらが不思議と喧嘩せず、アトラクションのビビッドな色とも調和している、独特の原理で統率された美意識を見せつけられたような気がした。湖の縁ぎりぎりまで園の敷地になっていて、湖面の上をロープウェイがゆっくりと進んでゆく。

陽気な音楽が流れる中、さらに坂を上った。意外に傾斜があり、膝に負担を感じる。満開に近い桜の木が、大量の花びらを風に舞わせる。とんがり帽子のような三角のアトラクションの頭が見えてきた。

「ここのメリーゴーランド、二階建てなんだよ」

わざとらしいほど屈託のない口調で言われ、近づきながらよく見ると、たしかに中央上部にひとまわり小さな乗り場がある。よくあるウェディングケーキのような二層構造だ。右手に握りしめていたリーフレットを開くと、とても珍しい二層式メリーゴーランドである旨が誇らしげに記載されている。珍しいと言われれば乗る価値があるような気がしてくるから現金なものだ。

これ、篤司と一緒に乗ったの？　陽気なメロディーときらびやかな回転木馬、子どもたちの立てる賑やかな声が、湿り気を含んだデリケートな質問を放つのをためらわせる。千草はさっさと列の最後尾に並び、「せっかくだから二階行くでしょ」とこちらを振り返る。やはり自分たちは場違いじゃないかと戸惑うものの、千草はこちらの返事も待たずに顔を前方に戻し、回る馬たちに熱視線を注いでいる。そうこうするうちにメリーゴーランドの回転が止まり、列の前方のロープが外され、自分たちが乗りこむ回がやってくる。

千草は白い馬、わたしは黒い馬を選んだ。わたしのほうが千草を追いかけるような位置関係だ。落ちる可能性など極めて低いのに、なんとなく両手に力をこめて金色のポールにつかまってしまうのがなんだか間抜けだった。音楽が始まると同時にゆったり動き始めた木馬に身を委《ゆだ》ねる。膝のあたりから入りこんだ風がワンピースの裾をぼわりと膨らませる。いつかのデートで篤司に褒められた、すみれ色のワンピース。

メリーゴーランドにちゃんと乗るなんて、いったい何年ぶりだろう。子どもながらに、何がおもしろいんだろうと思っていた。実際には回転しているのは木馬ではなく床であり、木馬はただ上下運動をしているに過ぎない。ジェットコースターのようなスピードもなければ観覧車のような高さもない、ゴーカートのような操作の楽しみもない。順番を待つ人たちの虚ろな顔が一周ごとに視界に入るのも少し気が滅入る。

「ねえ」

真っ黒な髪を風になびかせている千草の、ゆっくり上下する体に声をかける。

「おもしろい？　これ」

ここまで来て何をやっているんだろうという気持ちが、口調に棘《とげ》を含ませた。巨大なオルゴールのような音楽に負けないように声を張る。小さな顔がこちらに向けられた。

「篤司は好きだったよ」

知らないの？　お気の毒に。そんな皮肉っぽい声まで聞こえた気がした。我ながら被害妄想が激しすぎるかもしれない。

「だって……サッカー部のエースのイメージと結びつかないじゃん、普通に考えて」

「エース？　なんの？」

一度前方に戻された視線が再びわたしの目をとらえた。

「だからサッカー部の」

「補欠だよ、あいつ。万年補欠。エースとか強化選手になったことなんて一度もなかったよ」

えっ——。

今度こそ言葉を失って、千草のニットのボーダー柄とその奥にちらちら見える桜を呆然と見つめた。だって、だって、彼は聞かせてくれたのだ。サッカー少年団時代、リフティングの神と呼ばれていたこと。地区大会の決勝試合がどんなに苦しく、大変なものだったか。自分がどんな活躍をし、どれほど仲間に慕われていたか。

薄紅《うすべに》色の花びらが風に舞い、メリーゴーランドはゆっくりと減速してゆく。


十四時半という中途半端な時間にもかかわらず、飲食施設は混み合っていた。顎まで下げたままだったマスクを引き上げる。トイレを使い、手を洗って出てくると、通路に向けて設置されたフードコートのメニューが目に留まった。

「あー、鰻丼《うなどん》があるんじゃん」

思わず足を止めてつぶやいた。

「せっかく浜松に来たんだから、お昼鰻丼にすればよかった……」

強制的にコンビニのパンで満たすことになった腹が恨めしくて、子どものように粘ついた声を出してしまう。

「言っとくけど、そこの鰻、中国産だよ」

千草がばっさりと斬るように言う。彼女のこのテンポやわたしに対する扱いにも、だんだん慣れてきたような気がする。

「どうせなら『うなぎなう』したかったのに……」

「なにそれ、インターネット老人会？」

「違うよ、回文だよ」

「浜松の鰻が食べたかったら明日にでも食べたらいいよ。案内するから」

ぼそっとつぶやき、坂道を降りてゆく。桜の花びらがいっそう激しく舞っている。千草の後頭部にピンクの花びらが一枚貼りついている。それを指摘しようとしてためらっている間にも、彼女は迷いのない足取りでずんずん進んでゆく。

「ポップコーンパニック」で4D映像のポップコーンを撃ち、「ドラゴンファイター」でドラゴンを撃った。純粋にシューティング系が好きなのか、篤司との思い出をなぞっているのか、千草はほとんど表情を動かさずゲームに没入していた。

観覧車は乗らなくていいのかと訊こうとして、ためらう。もし「ゴンドラの中でチューしたんだよね」などと打ち明けられようものなら、さすがに平常心でいられる自信がない。

ゴーッという空気を切り裂くような轟音《ごうおん》が、甲高い悲鳴と共に通り過ぎる。メガコースター

「四次元」というやつだ。

「これは篤司、好きだった？」

今度は先取りしてたずねた。

「ビビりのあいつが乗るわけないじゃん」

千草の答えをいくらか予想できてしまっていた自分に、わたしはわずかに傷ついた。ビビり、と口の中で反芻《はんすう》する。

「あいつがかろうじて乗れるのはその奥のやつ」

手をつないだ親子連れが列を作っている、隣の小さなコースターを指した。手汗で少しよれっとなっているリーフレットには「ミニコースター」とある。

「……ビビりだったらひとりでラオスに行くわけなんてなくない？」

「それ関係なくない？　スピード狂かどうかって話じゃん」

それよりもさ、と千草はまた会話を打ち切るようにハリのある声を出した。

「あいつがいちばん好きだったもの乗ろうよ」

「え、なに」

思わず前のめりになって訊くと、千草はフリーパスの青いバンドを巻いた右腕を空に向かって伸ばした。彼女が左利きであることに、今になって気がついた。


ロープウェイはゆっくりと空中を進んでゆく。浜名湖を空から見下ろす浮遊感は、まさに空中散歩というやつにふさわしい。

両端に座席はあるけれど、混雑していて座れなかった。中央部分に千草とともに詰めこまれ、人の頭越しに浜名湖の青を見る。ほとりで見たときのような緑色ではなく、青い絵具に少し灰色を混ぜて水で溶いたような色だった。さっき見たメガコースターも、おもちゃのプラレールのように小さく見える。

窓ガラスに顔を貼りつけてきゃっきゃと騒ぐ子どもたちの声にアナウンスが掻き消される。家族連れだけでなく、若い男女の組み合わせも多く乗りこんでいるようだ。千草はトートバッグからマスクを取り出して着けた。口元が隠れると、目力の強さがいっそう際立った。

「かんざんじロープウェイ」は、遊園地と山の上を結ぶ珍しいロープウェイだった。湖上を渡るロープウェイとしても日本で唯一のものらしい。途中で下りのゴンドラとすれ違うと、子どもたちがひときわ大きな声をあげた。

わたしはようやく思いだしていた。付き合い始めて間もない頃のデートで高尾山へ行ったとき、篤司は上りも下りもケーブルカーに乗ることを選んだ。単純に麓《ふもと》から中腹までの距離に費やす時間と体力を節約したいのかと思いきや、「昔好きだった遊園地のロープウェイを思いだすんだよなあ。いつか美紅とも一緒に行きたいな」と照れたように語っていたのだ。

ロープウェイの終着点である山の上は展望台になっていて、その階下には「浜名湖オルゴールミュージアム」が入っていた。乗客がわっと散り、わたしは山の空気を肺の奥まで吸いこんだ。

展望台は風が強く、ひるがえるワンピースの裾を押さえながら手すりまで進んだ。三六〇度見渡せるパノラマだ。

美しい、と思った。静岡県の形を縁取るように植えられた桜。浜名湖にめいっぱいせり出している遊園地。湖上に白い線を引きながらゆったりと進む遊覧船。湖の色はまたさっきと少し変わって、青と緑が溶け合ったような形容できない色合いになっている。ホテル群が水面に落とす影は、濃いエメラルドグリーンだ。

絵心もないのに筆を取りだして描きとりたくなり、代わりにスマホのカメラで何枚も撮影した。千草は昼のときのようにわたしを揶揄《やゆ》することもなく、手すりにもたれてぼんやりと景色を眺めている。

リーフレットを取り出し、「遠州灘《なだ》からアクトタワー、晴天時には霊峰《れいほう》富士も顔を覗かせます」という文章と目の前の風景を突き合わせる。少し雲が出てきていて、富士山はぼんやりとしか見えない。望遠鏡に取りついた男の子に、父親がコインを入れてやっている。

展望台の一角に、大きな鐘がいくつも取り付けられた何かの装置があった。「カリヨン」と台座に刻まれている。その周りにカップルが何組も集まり、肩を寄せ合い写真を撮っている。見ればその奥に「恋人の聖地」と書かれたパネルと天使か何かを象《かたど》った白いモニュメントがあり、ぎょっとした。もしかして、もしかして。

「大丈夫だよ」

わたしの心を読んだように、背後から千草が言う。声は放たれるなり風にさらわれてゆく。

「単純にロープウェイとここの景色が好きなだけで、彼女連れてきたとかはなかったはずだよ。だってあいつ全然モテないじゃん」

「はあ⁉」

わたしの驚嘆の声も風に消し飛んでしまう。

「さすがにそれは嘘でしょ⁉　常に女子にモテて大変だったって……」

「ちょ、やだ、冗談きついよ」

千草は手すりに身を預けて笑いだした。

「あいつは昔から三枚目キャラだよ。モテてしょうがなかったのも、サッカー部のエースだったのも、あいつの親友のほう。他人に自分を投影して、その虚像をあなたに伝えてたんじゃない？　うける」

この段になるともう、彼女の言い分が正しいのであろうことはなんとなくわかる。わかるけれど、受け入れたくなかった。彼女の言葉を総合すれば、榛葉篤司という人はまるで張子の虎だ。

「まあ、器用でもないくせにそんなことするようなやつだからなんか危なっかしくて、見守ってやりたくなるんだけどね。そういう意味では女子が放っておかなかったとも言えるかも。母性本能くすぐり系？　いや違うか」

黙りこんだわたしにいくらか配慮したのか、千草は少しだけ篤司の評価を軌道修正する。

「この鐘、毎時00分ぴったりに曲が流れるんだよ。ちょっと中途半端なときに来ちゃったね。

オルゴールでも見て時間潰す？」

慰めるような口調が、さらに深く心を抉《えぐ》る。この子にだけは労《いたわ》られたくない、気を遣われたくないと強く思う。

「ううん、もういい」

もういい。本当にそんなふてくされた気分になっていた。

万一彼に会えたらと思って念入りにスタイリングしてきた髪の毛が風でぐちゃぐちゃに乱れていることも、彼が好きだと言ってくれていた香水の香りがすっかり消し飛んでいることも、もうどうでもよかった。


『お待たせいたしました……これより……大草山《おおくさやま》を後にいたしまして……遊園地へと向かってまいります……』

下りのロープウェイでは、先頭の席に座ることができた。水上バイクが白い波を引きながら湖上を走り、遊覧船を追い抜いてゆく。

『……進行方向左手には……音楽と花の町、浜松……正面遠く南には、国道一号線……黒潮流れる遠州灘《なだ》が広がっております……ここ浜松は……温暖な気候や豊かな自然に恵まれ……生産・漁獲される食材は……農産物で約百七十品目……水産物では……約百五十品目に上ります……足元に広がる浜名湖は……海水と淡水が混ざり合う珍しい汽水《きすい》湖で……山、川、海より豊富な栄養素が集まり……鯛《タイ》、ハゼ、鱚《キス》などの魚介類が多数生息しています……』

上りのときよりもアナウンスの内容がクリアに耳に入ってくる。

『浜松の中心部には……徳川家康《とくがわいえやす》が築城した浜松城がございます……家康公が……天下統一の足がかりとして……若き日の十七年間を過ごし……水野忠邦《みずのただくに》をはじめ……在城中に幕府の要職に就いた者を……多く輩出したことから……出世城と呼ばれています……』

ふいに、涙が出てきた。耳から入ってくる情報が今の自分にまったく関係ないにもかかわらず、いや関係ないからこそ、情けなさが募ってきたのだ。自分という存在が、実り豊かで歴史あるこの町にまったくなじまない異分子である気がして。

『ここ……舘山寺《かんざんじ》温泉は……昭和三十三年に開湯《かいとう》され……春は……桜やつつじの花で美観を添え……夏は……遠浅《とおあさ》な表海岸は海水浴場として賑わい……』

ゴンドラの高度はもうずいぶん下がっていて、さっき乗ったメリーゴーランドのとんがり屋根が見える。そうだ、篤司は、あいつは、メリーゴーランドのようなやつなんだ。ジェットコースターのようなスピードもなければ観覧車のような高さもない、ゴーカートのような操作の楽しみもない、中途半端で生ぬるいやつ。そんな、悪態になるのかならないのかわからない言葉が脳を駆けめぐる。

『……秋は沈む夕日の美しさ……冬は温泉と……四季を通しての行楽地です……正面に見えてまいりました浜名湖パルパルは……小さなお子様から大人の方まで……みんながお楽しみいただける遊園地です……アンパンマンの作者として知られる……やなせたかしさんのオリジナルのキャラクターたちが、皆様をお迎えします……本日はかんざんじロープウェイにご乗車いただきありがとうございました……』

「乗り物、ホームに入りまーす。接岸《せつがん》にあたり揺れますのでご注意ください」

同乗しているスタッフの現実的な声の響きにふと我に返り、慌てて洟《はな》をすすった。ぐすんというみじめな音が予想外に響き、焦って軽い咳を添えてごまかした。隣に座る千草の視線を感じた。

『またのご覧遊をお待ちしております……お降りの際はお忘れ物がないようお願いいたします……また、足元には充分気をつけてお降りください……』

ゆったりとしたテンポのアナウンスの音声が終わって扉が開かれると、風とともに遊園地の賑わいと華やぎがわっと押し寄せてきた。

次は何に乗るのかと千草を窺うと、彼女は険しい顔でこちらを見ていた。

「ねえ、サッカーボールないけど、いいの」

一瞬、何を言われたのかわからなかった。次の瞬間、はっとしてショルダーバッグの金具に手を触れた。ない。篤司とおそろいのサッカーボールのキーホルダーが、留め具の部分だけになっている。

「嘘、やだ、ちょっと……どうしよう」

顔からみるみる血の気が引いてゆく。どうしようどうしよう。本物のサッカーボールの素材で作られたチャーム。初めてのおそろいグッズ。篤司にひどい裏切りをはたらいてしまった気がした。心の中で彼に悪態をついたばかりだというのに。

「おそろいなのに……篤司の誕生日にわたしが」

「思いだそう！」

千草が叫んだ。なんなら、わたしより悲《ひ》愴《そう》な顔で。

「メリーゴーランドではちゃんと鞄に付いてた！　でも大草山では見なかったような気がする！」

「ほ……ほんと？」

意外にこちらをしっかり見ているらしい彼女に驚きつつ、すがるような声を出してしまう。

「ってことは、トイレ行ったときか、その前か……」

極限まで眉根を寄せた千草は、フリーパスの巻かれていない左手でわたしの右手首をがっとつかんだ。え、え、と戸惑いの声を上げるわたしの手を引いて走りだす。猛スピードと言っていい疾走に合わせて、わたしも慌てて足を動かす。

手首をつかまれたまま、さっきの坂道を駆け上る。向かい風が桜の花びらごとわたしたちに吹きつける。千草が肩から提げているトートバッグが、彼女の体の動きに合わせてぽんぽんとリズミカルに跳ねている。

あまりにも久しぶりに全力疾走したので、坂の上に着いたときはひどく息が切れて声も出せなかった。脈が速まり、膝が笑っている。三月だというのに額に汗がにじみ、ぽたりと地面に落ちてグレーのしみを作った。

わたしがぜいぜいと荒い息を吐いている間に「ポップコーンパニック」と「ドラゴンファイ

ター」の受付で落とし物がなかったかたずねたのは千草だった。どちらにも届いておらず、遺失物預かり場所についての丁寧な説明が始まると、千草は「じゃあいいです、それは知ってるんで！」と遮ってまた走りだした。その俊敏さは野生の小鹿を思わせた。この子も何か陸上競技をやっていたのだろうかと、焦る心の片隅で無関係なことを考える。

さっき立ち寄った飲食施設に勢いよく飛びこんでゆく千草の背を追う。内部はさっきよりも混雑していて、スピードを落とさざるを得なかった。振りむいた千草がわたしを探すように視線をさまよわせ、また右手首をつかむ。ほとんど引っ張られるかたちで、人波を縫うようにして進んでゆく。キーホルダーの行方に関しては既に絶望的な気持ちになっているのに、千草の熱量に完全に呑まれていた。握られている手首が、熱い。

トイレには列ができていたものの、千草はほとんど強引に体をねじ入れようとした。体のぶつかった何人かが、露骨に迷惑そうな視線を投げてくる。

「すみません！　落とし物確認するだけなんで入れてください！」

千草の張りのある声が響き渡った。ほとんどドスの効いた声と言ってよかった。列を作る人たちが瞬時に片側に身を寄せたので、その隙間をすり抜けて個室の前に並ぶ手洗い場までたどり着いた。

ええと、さっきは向かって右側のほうで手を洗ったような——。

自分の動きを脳内に再現しようとするのと、千草が「あった！」と叫ぶのが同時だった。誰かが拾って寄せておいてくれたのだろう、小さなサッカーボールが窓枠の部分にちょこんと載せられている。飛びつくようにつかみとり、柔らかで張りのある生地の感触を確かめる。引き上げられていた内臓がゆっくりと元の位置に戻ってゆくような気がした。

「よかった……」

膝からへなへなと力が抜け、その場に座りこみそうになった。もっと衛生的な場所であれば、そうしただろう。

振り回してごめんね。千草に謝り、礼を言おうとした。その目が潤んでいるのを見て、出かけた言葉が喉の奥に引っこんだ。

「しっかりしてよ、もう……彼女なんでしょ」

がしがしと乱暴に目元をこすった千草は、

「ほら、どこに落ちてたのかわかんないんだからちゃんと洗いなよ、それ」

とさっきまでのつっけんどんな口調に戻って言った。

彼女の頭に貼りついていた桜の花びらが、ひらひらと回転しながら落ちてゆく。

願を掛けるつもりで予約していたツインルームは思っていたより広く、しかもレイクビューというやつだった。バルコニーに出ると、夜の表情になった浜名湖が眼下に広がっている。弁天島の鳥居が昼間より近くに見えた。もっとも、夜の闇に塗りつぶされて朱色はほとんど判別できないけれど。

ひと月も音信不通だった恋人がコレクションのことを思いだして弁天島駅にひょっこり現れ、

それをジャストタイミングでキャッチして一緒にホテルに泊まる――そんな都合のいい展開をほんのわずかでも期待するなんて、自分はどれだけ楽天家だったことだろう。今更ながら己の浅はかさに笑えてくる。

ビュッフェスタイルの夕食で満たされ、温泉でじんわり温められた体を、ぱりっと糊《のり》のきいた白いシーツの間に差し入れる。少しよそよそしい清潔さに身をなじませる。新しい本のページに挟まれた栞のような気分になる。

頭の重みを枕に預けて瞼を閉じると、浮かんでくるのは篤司との思い出よりも、夕方に別れたばかりの千草の顔だった。走るときにつかまれた右手首に、まだ千草の熱が残っている気がする。

サッカーボールのチャームを無事に見つけたあと、どっと気が抜けると同時に何やらやけくそのような気持ちが湧き起こり、千草を誘ってメガコースターに乗った。急降下やキリモミ回転に、ふたりで子どものように絶叫した。売店でチュロスとディッピンドッツのアイスを買い、ベンチに並んで黙々と食べた。振り仰いだ空は目にしみるほど青かった。篤司の話はもう出なかった。

遊園地を出てからまた遠鉄タクシーを呼び、共に乗りこんだ。行きとは異なり、帰りの運転士は寡黙《かもく》な男性で、沈黙と窓から差しこむ夕日だけが車内を満たしていた。「あたしんちこの辺だから。それじゃあ」と千草は住宅街へ続く道で下車し、夕闇の中を歩み去った。

もう会えないのだろうか。自分の態度はあれでよかったのだろうか。篤司のコレクションの切符は、わたしが持っていていいのだろうか。脳内を浮遊する不安や違和感にどんな名前を付けたらいいのかわからず、旅先の興奮も手伝って眠りはなかなか訪れなかった。

そのくらい気にかかっていたから、翌朝チェックアウトしてホテルを出ようとしたらロビーのソファーに千草が座っているのを見た瞬間、驚きよりも喜びのほうが勝っていたことは認めざるを得ない。

「え、なんで？　ストーカー？」

わざと茶化すような言葉が口をついて出る。明るいオレンジのカットソーにオリーブグリーンのカーゴパンツを合わせ、昨日と同じ薄いトートバッグを肩から提げた千草は、特に気分を害した様子もなく、

「お昼、鰻食べるんでしょ」

と当然のように言った。

海色のタクシーにまた乗れるとは思わなかった。白髪頭の男性運転士にトランクを開けてもらって、スーツケースをおさめ、後部座席に千草と並んで座る。今日も日焼けしそうなほどの晴天だ。

浜名湖大橋を渡り、海苔の生け簀やメガソーラーを窓越しに見ながら北上する。約五百年前の大地震で湖と外海がつながり、浜名湖は淡水湖から汽水湖になった——昨日の今頃は持っていなかった知識がもう自分の中にあることに、少しの不思議と大きな満足を覚える。ロープウ

エイのアナウンスで断片的に耳にした情報を、寝床で検索して確認したのだ。

住宅が密集してきたあたりで、千草が運転士に右折の指示を出した。戸建ての家ばかりが並ぶエリアでタクシーを降りる。料金を払おうとすると千草に制止されたので「いやいや」と半額渡そうとすると、彼女は「おじさんみたい」と少し笑ってわたしの手のひらから五百円玉だけをつまみあげた。

スーツケースをがらがら引きながら、照り返しの強い舗道を千草について歩く。履きこまれた彼女の白いスニーカーがよく手入れされていることに気づく。そういえば篤司も、靴や鞄を大切にする人だった。部屋はあんなに汚いけれど。

庭つきの一戸建てが並ぶ景色は、東京で生まれ育った自分には新鮮だった。集合住宅というものがまったく見当たらない。「昔はもっと疎《まば》らだったんだけどね。ちなみに篤司んちはもっとあっちの、メガソーラーのほう」と千草は東のほうを指して言う。篤司も歩いたのだろうか。あちこちに立つ桜の木が美しいこの道を。

甘いたれのにおいが漂い始めた。それが鰻だと気づいたときには、においは胃を刺激するくらい濃厚になっていた。住宅街の中に、白抜きの字で「うなぎ」と右から横書きされた藍色の暖簾《のれん》が見えてくる。店舗兼住宅のようだ。その暖簾の奥の木製の扉を、千草は慣れた仕草でがらがらと引いた。炭火焼の煙と濃いたれのにおいが満ちた厨房に向かって「ただいまあ」と声を張るので驚く。雑音に混ざって「はあい」という女性の声だけが厨房の奥から返ってきた。「あたしの家で鰻食べよう」とは言われたけれど、実家が鰻料理屋だなんて聞いていない。入っていいのだろうかと、そろそろと店内を見回す。広くはないものの、カウンターがありテーブルがあり座敷席があり、二十席くらいはありそうな店だった。十一時を過ぎたばかりだけれど、土曜日ということもあってか既に半数ほどの席が埋まっている。中年男性や親子連れが背を丸めて箸《はし》を動かしている。

連絡して取っておいてくれたのだろうか、奥の小上がりの席が空《あ》いていた。千草と向かい合い、赤い座布団の上に腰を下ろすと、五十代くらいの小柄な女性が水とおしぼりを運んできた。

「これ、篤司のカノジョ」

千草の雑な紹介を受けて、女性は驚きと喜びと困惑をミックスしたような声音と表情で「まあああまあああ」と言った。小倉です、とわたしは軽く頭を下げながら上目遣いに千草の母親らしき人を見た。マスクで顔の半分は見えないけれど、目力の強さがそっくりだ。

「聞いて、篤司が音信不通だからってわざわざ東京から来たんだよ、この子」

千草の言葉に母親はまた「まあああまあああ」と目元に驚きを宿し、それからその力をふっと和らげた。それ以上会話が生まれる前に、千草が「鰻重《うなじゅう》でいいよね」とわたしの顔を覗きこんだ。

十分と経たずに、鰻の重箱が運ばれてきた。千草の盆には、左利きの人が持ちやすいよう、わたしとは逆向きに箸を揃えてある。親子の呼吸を見た気がした。

水蒸気で本体とくっついている蓋を力をこめて外すと、甘く芳醇《ほうじゅん》な香りと湯気が気道を満たした。つやつやと脂の照った鰻が白飯を覆っている。

「ほら、『うなぎなう』しなくていいの？」

「わかってるよ」

スマートフォンを取り出した。横や斜めからだと向かい側の千草が写りこんでしまうので、真上から撮影する。漂う白い湯気も画角におさまった。どこにも投稿せずにスマホをしまいこみ、鰻と向き合う。

箸の先で鰻を裂き、たれのしみた御飯ごとすくいとって口に運ぶ。次の瞬間、漫画のように目を見開いてしまう。

「おいしい」というシンプルな言葉では言い表せない気がした。皮がぱりっとしているのに身《み》は嘘みたいにふっくらしていて、肉厚で、柔らかくほどけるような食感。そこにたれが絡みつく。臭みはまったくない。

こんな鰻は食べたことがなかった。ホテルの朝食バイキングで満たされていた胃のどこに隙間があったのかというくらい、鰻重はするすると自分の体に入ってゆく。

「ここまでは期待してなかった。全然……全然違うんだね。すごいね」

「老舗《しにせ》だからね、一応。活《い》き鰻だし、炭火焼きだし、たれも秘伝のだし」

事もなげにぱくぱくと食べ進めている千草だけれど、その顔が少しだけ得意気に緩んでいるのがわかる。

「鰻屋さんの娘だったんだね。跡を継ぐの？」

「いや、いとこの誰かが継ぐ予定」

「そうなんだ」

では、千草はこの店で労働しているわけではないのか。どんな仕事をしているのか、たずねてもよいものだろうか。距離感を見誤りたくなくて逡巡していると、千草の母親の白いエプロンが再び近づいてきた。

「これはサービス。白焼きです」

たれのかかっていない、表面に焼き目のついた鰻が載った皿が置かれた。わさび塩が隅に盛られている。

「えっ、いいんですか？」

「せっかく東京からいらしたんでしょう」

どこまで話を聞いているのか、千草の母は目尻を下げると御礼の言葉も聞かずに厨房に戻っていった。自分たちが来店してからのわずかな時間にすっかり客が増え、ほぼ満席になっている。さっきまで姿のなかったアルバイトらしき若い女性が、ばたばたとフロアを駆け回って注文をとっている。

初めて食べた鰻の白焼きは、絶品としか言いようがなかった。鰻の脂がさっぱりとしたわさび塩と絶妙にマッチして、鰻本来のおいしさを存分に味わえる。全身に薄く汗をかきながら、夢中で箸を動かした。

篤司にも食べさせたい、と心から思った。でもきっとそれを口にしたら、呆れた顔で「何度も食べてるよ」と返されるのだろう。彼を構成するものの多くがこの地で育まれたことを、わたしはもう知っている。

はちきれそうな胃を抱えて会計し（わたしのぶんを千草と割り勘するというかたちにしてくれた）、千草に誘われるまま店の裏手に回った。勝手口があり、白い物置き小屋があり、小石が敷き詰められた庭が広がっている。

たわわな黄色い実をつけた背の低い木が何本も並んでいて、それらが隣家の敷地とを区切る役割を果たしているようだった。その向こうは畑になっており、遠くに桜の木のピンクがちらちらと見える。

「これって……甘夏《あまなつ》？」

乳児の頭部ほどもありそうな大きな果実を指してたずねると、千草は「よくわかったね」とざくざく小石を踏みながら木に近づいてゆく。黄色い実を両手で包みこむように持って手首を動かした。ぱきっと小気味よい音がして、甘夏は千草の手の中におさまった。

「好きなの、もいでいいよ」

千草に促され、目の高さにある甘夏のひとつに手を伸ばす。力をこめると枝全体が一緒に手前に引っ張られ、ちっとも切り離せない。

「一回、思いっきり上に向けて。そう。そしたら今度は下に向けて」

小さな手を添えられ、甘夏の実を真上、真下と順に折るように動かす。実の付け根が脆《もろ》くなってぱきりと折れる感覚があり、もぎとることができた。分厚い表皮に顔を近づけ、爽やかな香気を嗅ぐ。

「こんなにたくさん、すごいね。市場とかに卸《おろ》せば売れるんじゃない？　ずいぶんおっきくて立派な実だし……」

「ほんとはもっとたくさんだったんだよ。でもここからここまでは、全部盗まれちゃった」

「盗まれた？」

　驚いて訊き返す。実のなっていない木は、もう収穫が終わったのかと思っていた。

「うん、二月に。もうちょっとで食べ頃ってときに、夜中に泥棒に入られたの。ひと晩でごっそり持っていかれちゃった。木、三本ぶん」

「うそ……許せないね」

「きっとどこかで売られて、今頃誰かの胃におさまってるよ」

　さっき店内で会った千草の母親の、控えめな笑顔を思いだす。さぞ無念だったろうと想像し、胸が潰れる思いがした。

「持てるだけ持っていきなよ。おいしいんだよ、うちの甘夏」

　さっき教えられた要領で、いくつも実をもいだ。ふたりともたちまち両手が甘夏でいっぱいになる。

「ごめんね」

　ずっしりと重い甘夏の実を持つ手に、昨日遊園地でつながれた千草の手の熱が蘇ったとき、思わず口が動いていた。

「なにが」

見上げると、遮るもののない空を飛ぶ飛行機が白い雲で線を引いてゆく。まるで空をふたつに分割するように。

「わたし、言ってないことがあった。篤司とよくLINEしてる『ちー』っていうアカウント、あなただよね」

「えっ？」

千草の目が驚きに開かれてゆくのを、話しながら見守った。

「篤司って寝つきいいから、ちょくちょくスマホを拝見してたんだ。パスワードは生年月日にしてあるから簡単だった。浮気はしてないみたいだったけど、たまに『ちー』っていう子ととりとめもないメッセージを送り合ってた。そのアイコンはこの甘夏の写真だった」

嫌な感じの沈黙が、わたしたちの間に横たわる。それでいい。もっともっと、うんと軽蔑してほしかった。

「特に何が嫌ってわけじゃなかったけど、季節ごとに地元の同窓会の誘いをかけてくるのはやめてほしかった。だから年末頃だったかな、勝手に操作して通知をOFFにしたの。篤司、しばらく気づかなかったみたい。年明けに見たらONに戻ってたから、頃合いを見てまたOFFにしてやった」

腕いっぱいに抱えた爽やかな柑橘《かんきつ》にまったくふさわしくない告白が、真昼の空気に放たれてゆく。

「だからあなたが篤司と連絡とりづらくなったのは、いなくなるよりもっと前からじゃない？

わたしのせいだよ」

「あたしだって別に清廉潔白《せいれんけっぱく》じゃないよ。もっとひどいかも」

語尾にかぶせるように千草が言った。まるでわたしが己の罪に酔うことを許さないかのように。

「あいつさ、音楽事務所のオーディション受けてた時期があったんだ。『未来のシンガーソングライター募集！』的なやつ」

「知ってる。いいところまで行ったたって……」

「それは盛ってるけど、でもほんとに一次選考を通過したことがあったんだ。あいつ自身は知らないけどね」

言葉の意味がつかめず、千草の顔に答えを探す。腕の中の甘夏に語りかけるようにうつむいたその表情は髪の毛に隠れて見えない。どこかの家で犬が吠えたてている。

「大学二年か三年の冬だったと思う。東京のあいつの汚い部屋にみんなで押しかけたことがあったんだ。自作の曲をデモ音源にしてオーディションに送ったなんて言うから、冷やかしてやろうと思って。合否の確定する期限の日に、テーブルの真ん中に篤司のスマホを置いて酒盛りしたの。『一次選考通過者のみに、期日までにその旨をメールで通知いたします』っていうシステムだったからね」

——え、まさか。

「二十三時五十九分までにメールが来なかったら不合格ってことだから、それをみんなで見届けて、慰めてやる気まんまんでね。けど誰かが持ちこんだウォッカがいけなかったのかな、篤司とあたし以外みんな早々に酔い潰れて寝ちゃって」

――まさか。

嫌な予感が、胸の中で風船のように膨《ふく》れ上がってゆく。千草の滑《なめ》らかな饒舌《じょうぜつ》が怖い。

「期待と緊張で、尿意を極限まで我慢してたのねあいつ。二十三時半くらいにとうとうトイレに立ったんだ。その間にね、テーブルであいつの携帯がブブブって震えたの。ずっと待ってた事務所からのメールだった。……あたし、どうしたと思う?」

こんなときなのに、千草のイントネーションに初めてかすかな遠州訛《なま》りのようなものを感じとった。最初は垢抜けなく見えた髪型が、とても計算し尽くされたおしゃれのように思えてきた。そんなふうに意識が他へ漂いそうになるのは、続く言葉を聞くことを体が拒んでいるからかもしれなかった。

「電光石火《でんこうせっか》の早業でそのメールを削除して、削除済みフォルダからも消去して、何食わぬ顔でスマホを元に戻して、来ないねえって顔でトイレから戻ってきた篤司を迎えたの。そのまま零時を過ぎて、『あー』ってなって、みんなを起こして呑み直して」

「……なんで?」

純度100パーセントの疑問だった。千草はようやく顔を上げてわたしを見た。頰は弛緩《しかん》し、不思議な光がその目に宿っている。

「なんでってそりゃ、あいつはあいつのポジションにおさまっててほしかったからだよ。突然すごい人になんてなってほしくなかったからだよ。ばかで世話が焼けるけど憎めない、あたしたちの篤司でいてほしかっただけだよ」

湖を渡ってきた風が、小さな罪人であるわたしたちの髪を揺らす。

「——もしかしてそれ、篤司も気づいてたんじゃないかな」

散らかる思考を整理しながら、そっとつぶやいた。どこかの犬の鳴き声がさらに大きくなる。

「そのことだけじゃなくて、きっとわたしのしたことにも、気づいてたんじゃないかな。だからもう、本当に自分のやりたいことは誰からも阻害されないように、黙って出発したんじゃないかな」

話すほどに、言葉が次の言葉を呼び寄せる。口にすることで、より確信が深まってゆく気がした。キレのいい反論が来るかもしれないと思ったけれど、千草は再び静かにうつむいただけだった。

庭の小石の上に寝かせるようにしてスーツケースのジッパーを開き、甘夏を詰めこめるだけ詰めこんだ。下着類は不透明な袋にしまいこんであるものの、手荷物の中身を見られることにはかすかな抵抗と恥じらいを覚えた。千草はそんなデリケートな心情を解する様子もなく、「もっと端のほう詰められるんじゃない?」などと言いながら甘夏を次々に手渡してくる。

「あいつさ、あなたのことは本当に好きだったと思うよ」

自分がもぎとったぶんもすっかり手渡してくれた千草が言った。その言葉がもはや過去形になっていることも、今は気にならなかった。

「いろいろと話を盛って、かっこつけたかったんだろうね。たとえ虚像の自分でも、見てほしかったんだろうね。いやあ、恋愛っていいですなあ」

わたしは唇を引き結んだままスーツケースのファスナーを閉める。まだお土産も買っていないというのに既に甘夏でずっしりと重く、海外旅行なら空港で重量オーバーで引っかかりそうなレベルだ。

「あいつとキスしたのはね、あいつが練習台になってくれって言ってきたからだよ」

突然その話が蒸し返される。

戸惑いを示すために顔を上げた。でも、自分がその詳細を知りたくて千草についてきたことも、心の奥底ではわかっていた。真実に近づくことが未来の明るさに繋がるわけではないと知りながら。

「中学卒業したあとの春休みじゃん、この時期って。あいつ、高校入る前に告白しておきたい相手がいたのね。告ってうまくいったら即チューしたいけど、まったく初めてで不安だから練習させてくれって言いだしたの。いくらなんでも失礼だろって拒否しようとしたら、ほとんど無理やりしてきやがった。あの駅の、昨日の場所でね」

心の内側が、かすかにきしんだ音を立てる。タイヤが道路を荒くこするような音。

「さすがのあたしもね、納得いかなくて泣いて抗議したんだ。あたしはモノじゃないって、ちゃんと人格があるんだって。そしたらあいつ我に返って、自分のしたことに気づいてあたふたして、そのときに切符の発券機が目に入ったんだろうね。償いの証拠に毎年ここで切符買いますとか言いだして」

——ああ、そうだったのか。

「『今後いっさい女性の人格を無視するような行為に及ばない』っていう誓いを、日付の刻印されるもので証明し続けるって。その場の思いつきだったんだろうけど、それからまじめにずっと……」

諸々の疑問がようやく腑《ふ》に落ちた気がした。ばかみたい、と口の中だけでつぶやく。

九年前の彼の恋が結局どうなったのかは、どうでもよかった。

毎年三月二十二日には、恋人でもないただの幼なじみでもないこの女の子が、篤司の頭の中にいたのだ。その事実はもう、わたしを傷つけはしなかった。むしろ、温かくて柔らかい動物を抱き寄せたような気持ちになった。

いいと言ったのに、千草は弁天島駅の改札まで送ってくれた。昨日よりは多少人の多い構内に恋人の姿を探すことは、もうしなかった。

「ねえ」

ショルダーバッグから、わたしは財布を取りだした。昨日大切にしまいこんだ初乗り料金の切符を抜きとる。

「これはやっぱりあなたが持ってて」

差しだすと、千草は反射的に手を出して受け取った。人形のように無表情のままだった。

「じゃあ」

今度こそ背を向けようとしたら、「待って」と呼び止められた。手渡した切符を、千草がちぎろうとしている。止めようとしたときには、びり、と音を立ててふたつに割かれていた。

「ちょっと、なにす……」

「半分こ」

複雑な笑みを浮かべ、千草は切符の半分をこちらへ差しだした。

「コレクションをちゃんと続けたいなら、あたしたちのどっちもに会って回収して、テープでもなんでも修復しなきゃだめってことで」

「……それは、いいね」

できるだけ軽さを心がけて、わたしは言った。

ちぎられた切符を受けとったら、小さな罪を分け合ったような気がした。

かすかに触れた千草の左手は、ひんやりと冷たかった。


浜松駅で各駅停車から新幹線こだまに乗り換え、シートに背中を預けると、旅の疲れがどっと押し寄せてきた。うなぎパイを買い忘れていることに気づき、同時に荷物棚のスーツケースにぎっしり詰めこまれた甘夏を思った。その名前に反して苦味が特徴の柑橘だということを、わたしは知っている。

車窓の奥に広がる茶畑と、続いて現れる富士山を目に映しながら、自分に見せていたのとはずいぶん違う顔を持つらしい恋人のことを考える。

いいのかもしれない、と思う。湖の色が見る距離や時間によって色合いを変えるように、付き合う相手によって見せる顔が違うくらい揺らぎがあるのが人間なのだから。きっと、たいしたことじゃない。

——さて。わたしはこれからも待ち続けるのだろうか。彼がひょっこり自分の元へ戻ってきたとして、以前と変わらず愛し続けられるのだろうか。そして、愛され続けるのだろうか。わからない。今は強く信じられるものを、明日は手放したくなっているかもしれない。きっとその不確かさの周辺を、わたしはうろうろし続けるのだろう。

それよりもただ、彼の無事を祈ろうと思った。薬指に光るプラチナリングより、財布にしまいこんだちぎられた切符のほうが、強力な御守りになってくれるような気がする。鉛のように重くなってきた瞼をゆっくりと閉じる。

千草と見た湖水のきらめきが、いつまでも瞼の裏に居座っていた。

# そこに、
# 私はいなかった。

朝倉宏景

朝倉宏景（あさくら・ひろかげ）

1984年東京都生まれ。2012年『白球アフロ』で第7回小説現代長編新人賞奨励賞を受賞してデビュー。18年『風が吹いたり、花が散ったり』が第24回島清恋愛文学賞を受賞。他の著書に『つよく結べ、ポニーテール』『あめつちのうた』『エール 夕暮れサウスポー』『ゴミの王国』『死念山葬』などがある。

「遠藤《えんどう》さんって、高校時代、吹奏楽部だったよね？　甲子園《こうしえん》球場、行ったことあるの？」

出社直後、朝イチで課長にいきなりたずねられた時点で、今日一日の私の運命はすでに決定づけられていたのかもしれない。

「行きかけたことはあるんですが、結局、甲子園に到着することはかないませんでした。新大阪《しんおおさか》どまりです」正直に答えた。

「どういうこと？」課長が怪訝《けげん》そうな表情を浮かべる。「途中で試合の雨天中止が決定したから……とか？」

「逆ですね」

「逆？」課長がさらに眉をひそめた。

「甲子園は晴れてました。憎いくらいに快晴でした。関東地方が、土砂降りでした」

もう七年も前になるのかと、私はちくりと刺すような痛みとともに、久しぶりに東城真央《とうじょうまお》の顔を思い出した。

「ま、よくわからんけど、今度の映画の件、遠藤さんに任せて問題ないだろうね」甲子園についてはただの雑談だったらしく、課長は仕事の確認に話題を移した。

「はい、さっそく来週頭、プロデューサーさんたちとミーティングの予定です」

「遠藤さんも、もう三年目だし、一人で全部こなせるようになってもらえると助かるよ」

私は総合楽器メーカー・HAZAMAの広報課に勤めている。今秋、高校の吹奏楽部に所属する女の子を主人公とした映画が撮影されるということで、HAZAMAに楽器一式の提供、貸し出し協力のオファーが来たのだ。

滅多に許可が下りないとされる阪神甲子園球場での撮影が正式に認可され、制作陣は張り切っているらしい。映画のクライマックスは、甲子園球場での吹奏楽部の演奏シーンだ。

「うらやましいなぁ……」つい、ぽろっとつぶやいてしまった。誰かを心の底から応援し、演奏することで生まれる圧倒的な一体感は、この先の人生でもう二度と味わえないのだ。

「やっぱり、甲子園って吹奏楽部の人にとって、憧れの舞台なの？」課長が私の独り言に反応した。朝の日課のコーヒーをマグカップからすすると、課長の眼鏡のレンズが曇った。

「人によりますかね。野球部が甲子園を目標としているように、吹奏楽部にも大会があって、全国出場が悲願ですから。大会の練習の邪魔になるからって、応援は面倒臭がって露骨に敬遠する人もいれば、甲子園で演奏すること自体を夢見て入部してくる人もいたりで……」

「遠藤さんは、どっちだったの？」

「私、野球のことなんてまったくわからなかったから、最初はついでのつもりだったんですけど……」

今は実家で眠っているHAZAMA社製のトロンボーンが、青い空と、強烈な太陽のもとできらきらと輝く様を懐かしく思い出す。

「三年のとき、野球部がどんどん東東京《ひがし》の予選を勝ち抜いて、そのたびに、応援する人の数も増えていって」

さすがに、その当時の野球部のエース・東城真央と交際していたことまでは、課長に言えない。プロ野球ファンなら、もしかしたら彼の名前を知っているかもしれない。

「それで、本当に予選で優勝しちゃったんです。いちおう、強豪校ではあったみたいなんですけど、甲子園の常連ではなかったので、学校中、お祭り騒ぎでした」

「いいねぇ、青春だねぇ」課長が眼鏡の奥の目を細めた。自分が高校生だった数十年前を思い起こしているのかもしれない。

しかし、私は、つい七年前の記憶も、ほとんど曖昧《あいまい》になっている。あまり思い出したくない過去だからだろうか。

それにしても、青春って、実体のない、不思議な言葉だと思った。

たぶん、青春のまっただなかにいる子どもたちは、自分が「青春している」なんて、露《つゆ》ほども思わない。私もそうだった。

なぜか、通り過ぎたり、なくしたり、外側に追い出されたりしてはじめて、あれは青春だったと、まぶしく見つめるようになる。蜃気楼でゆらゆらと揺れて見える、彼方《かなた》のオアシスのようなものだ。近づこうにも近づけないし、ただうらやましく遠くから眺めているだけの、茫洋《ぼうよう》

 そこに、私はいなかった。

とした幻に過ぎない。

「私の青春、返してほしい」今度こそ、課長に聞かれないように、口の奥でつぶやいた。しかし、実体のない幻は取り戻すことも、手に取って懐かしむこともできないと、自分でもしっかりわかっていた。

パソコンを立ち上げると、メールチェックがてら、検索を行ってみた。本当に軽い気持ちだった。「東城真央」と、元カレの名前を打ちこんでエンターキーを押す。私が知っている東城真央の人生は、彼がプロ野球選手になった三年前で完全にストップしているし、高校卒業以来会ったこともない。日頃、野球ニュースなどまったく見ないので、その後、あいつが活躍しているのかどうかさえ知らない。私にとって完全に過去の人だ。

「ん……?」

私はデスクトップの画面に顔を近づけた。

「え……?」

思わず声がもれ出てしまう。何か仕事で粗相《そそう》があったと思ったのか、課長が「どうしたの?」と、心配そうな表情を浮かべた。

「いえ……、なんでもありません」私は取り繕《つくろ》って答えた。あわてて検索の画面を閉じて、自分のスマホで再度、先ほど見たネットの記事を開いてみた。

〈2021年ドラフト4位　東城真央　プロ入り3年目で初の一軍先発マウンドへ〉

記事の日付は、昨日だ。プロ野球には予告先発のルールがあるらしく、翌日の各チームのピッチャーが告知される。

五月二十四日――つまり今日、タイガースの東城真央が一軍登録を受け、甲子園球場でプロ入り初の先発マウンドに立つ。私は課長に隠れて、記事を読み進めていった。高校三年の選手権大会――夏の甲子園で一回戦負けを喫した同球場で、プロ一勝目を勝ち取れるか、という文章を、私は何度も何度も読み返した。

プレイボールは午後六時。今日は金曜日。私はオフィスの天井を見上げた。

はじめに抱いた感想は、検索なんかしなきゃよかった、という後悔だった。大きくため息を吐き出す。この記事さえ見なければ、私は野球のことなど気にもしないで、一日の仕事を終えていたはずだ。金曜なので、家でビールの一本か二本は飲んでいたかもしれない。

その一方で、これは運命なのだと、大げさな考えも浮かんでくる。久しぶりに「甲子園」という言葉を聞いた。そして、東城真央のことを思い出した。検索してみたら、まさに今日、初登板することを知ってしまった。

彼に対する未練はない。あるわけがない。私は自分の心のなかを、おそるおそるのぞきこんでみる。

でも、この機を逃したら、消化不良に終わった七年前の甲子園への旅を、永遠に心のなかで消化しきることなく、折に触れてぐずぐずと思い出してしまうに違いない。なるべくよみがえらせたくない苦い過去だからこそ、ほんの少しのきっかけで、その記憶は私の後ろ髪をつかんで、前に進むことを阻もうとする。

高校三年生だった自分と向き合い、あのときと同じ道のりをたどり、今度こそ決着をつけなければならない。

次にしたのは、天気のチェックだった。東京は晴れ、そして、静岡や名古屋《なごや》も晴れ。最後に確認した兵庫県も、夜まで快晴だった。降水確率はどれも10％か、高くても30％だ。

今度こそ、甲子園球場にたどり着ける。間違いなく、リベンジが果たせる——。

私は行かなければならない。


六時間後、私は東京駅のホームに立っていた。

自分でも信じられないほどの行動力だった。社会人になって三年目、途中で会社を抜けたことはない。こうして、オフィスから解放されてはじめて、あまりに大それたことをしでかしてしまった焦りが生まれ、私はマスクで顔を覆った。家でしかかけない眼鏡も装着する。万が一、外回りの営業部員に姿を目撃されてしまったらと思うと、気が気ではなかった。

東京駅の新幹線ホームは、日本人、外国人の旅行客でいっぱいだった。大きいバックパックの集団が、とくによく目立つ。出張らしいサラリーマンの姿も見受けられる。私のように、コソコソと他人の目を気にしているあやしい人間は一人もいなかった。

午前中の社内での行動も、もしかしたら課長や同僚には不審に映っていたかもしれない。

私はまず、ハンカチで口を覆い、わざとらしい咳をするところからはじめた。「あー」とか「うー」とか、たまに変な声を差し挟んで、思わせぶりに額に手をあててみる。寒くもないのに、冷房で冷えたとき用のカーディガンやブランケットを羽織った。

そうして、具合が悪いアピールを繰り返しながら、満を持して課長に午後の半休の有休申請を出す頃には、ちゃっかり甲子園球場と新幹線のチケット購入、一泊分のホテル予約をネットで済ませていた。もう後戻りはできない。

「さっきから様子がおかしかったけど、やっぱ具合悪い?」課長が心配そうにたずねてきた。

「朝は元気そうだったのに」

「なんだか、急に……。うぅっ……」罪悪感がないわけではなかったが、入社から二年間、無遅刻無欠勤をつづけてきたのだ。金曜の半休くらい、許されるだろうと思いたい。こうして会社に出てきてしまった以上、休みをとるには嘘をつくしかなかった。

「お大事に」と言いながら、少し疑わしそうな表情に変わった課長が、書類に判子を押す。

「来週からまた忙しくなるだろうから、しっかり治してきて」

不思議な心持ちだった。

いてもたってもいられない、何がなんでも甲子園球場へ駆けつけなければならない——というほどでもない。かといって、阪神戦の地上波での中継がない東京で、東城真央の初登板を想像して過ごすのも落ち着かない。

一度、家に戻り、旅の支度をした。

とはいえ、たかが一泊だ。大した用意もない。荷物をリュックにつめると、さっそく大事な儀式にとりかかった。

ティッシュを何枚か丸めて、てるてる坊主をつくった。細いマジックで、顔の部分に笑顔を描いた。さらに頭の部分は、キャップをかぶっているように黒く塗りつぶす。母校の徳志館《とくしかん》高校の「T」のアルファベットのマークだけ、縁取るようにうまく塗り残した。

今日は雨の心配はほぼないし、たとえ降ったとしても新幹線が止まるレベルではない。それでも七年前と同じ行動を、そっくりそのまま繰り返してみたかった。直視できないものを薄目でぼんやり眺めてみるように、今までわざと曖昧にぼかしてきた旅路の記憶をしっかり再現しなければ、会社まで休んだ甲斐がないのだ。

時間は、もとには戻せない。そんな当たり前のことを再確認するための旅だった。

私は完成したてるてる坊主に輪ゴムをつけて、カーテンレールに吊した。

「高校生にもなって、てるてる坊主なんて……」——両親の呆れた声が、記憶の奥底からよみがえってくる。二〇一七年の八月、徳志館高校の甲子園での一回戦前夜だった。

《非常に大きな台風9号は、依然として強い勢力を保ったまま関東地方に接近しています。明日は交通機関の乱れが予想されます。不要不急の外出は控えてください》

テレビからは、繰り返し、聞きたくない情報が流れてくる。

よりによって、なんで明日なの？　神様は、なんでそんなに意地悪なの？　十八歳だった私は、ありったけの願いをこめて、てるてる坊主をリビングやら自室やら、家のいたるところに吊していった。

そわそわして、何をするにも手につかなくて、トロンボーンを思いきり吹きたくなった。家に防音室なんてないから、鼻歌で各選手のヒッティングテーマのメロディーをなぞっていく。テレビやネットの天気予報で、何度も台風の進路を確認したけれど、予報円は確実に神奈川県あたりに近づきつつあった。

東城真央から電話がかかってきたのは、東京にぽつぽつと弱い雨が降りはじめた頃だった。夜の九時くらいだっただろうか。

「どうしよう！」私は第一声、情けない声を出してしまった。「新幹線、止まっちゃうかもしれないよ」

いちばん不安なのは、明日、大事な一戦の先発を任されているエースの真央のほうなのに、私は自分のことばかり……。それでも、大好きな彼氏の声を聞いて、途端に心細くなってきた。

「落ち着いてよ、七緒《ななお》。きっと、何もかもうまくいくから」開会式から参加している真央は、大阪府にある宿舎から電話をかけている。「こっちは、今日も明日も晴れ。そっちは？　今、どんな状況？」

「ちょっと降ってきた」

「学校は、なんて？」

「朝の時点で運休が決定してないなら、変わらず東京駅に集合して様子見だって」

「そっか……」

こんなことになるのなら、両親に土下座でもして、お金を借り、関西に前乗りしておくべきだった。一人旅なんてしたこともないのに、真央のためなら、そんな大それたことも、なんだってできるような気がしていた。私たちは、ずっと一緒にいるのだから。真央がプロ野球選手になっても、ずっと、ずっと。

「七緒がどこにいたって、俺は大丈夫」

自信たっぷりの真央の声が、私のはやる心をなだめてくれる。

「それに、万が一こっちに来られなくてもさ、まだ一回戦だよ。俺たち、決勝まで行くんだから、これから何回も応援できるよ」

「うん……」真央がそう言うのなら、信じるしかない。

「とりあえず、一回戦勝ったら、駅前の丸屋《まるや》の鯛焼き、七緒が奢る約束だよ。覚えてる?」

「もちろん」

私たちはまだ高校生だった。一つ百円かそこらの鯛焼きや、コンビニのアメリカンドッグが部活帰りのご馳走だった。

「絶対勝ってね、真央。頑張ってね!」

私はスマホを耳にあてながら、励ますようにてるてる坊主の頬を人差し指で、つんと押した。漠然とした不安は常にあったけれど——訳もなく泣いたこともたくさんあったけれど、私たちのあいだにこわいものは何もなかった。それは、自分が無知で無垢だったからだと、今ならわかる。

社会人になった今は、泣くことはなくなったけれど、こわいものはたくさんある。

七年後の自分も、同じ動作を繰り返してみる。てるてる坊主の顔を、指先でつついた。

絶対勝ってね、か……。ぶらぶらと揺れるてるてる坊主を眺めながら、私もゆっくりと力なく首を横に振る。結局、「絶対」は起きなかった。私はそれを目前で見届けることさえできなかった。たくさんの、やり場のない感情を抱えたまま、私は家を出た。

「真央、今日こそは、甲子園で勝つんだよ」アパートの鍵を閉めながら私はどこにも届かない思いを胸につぶやいた。

東京駅で、イクラとハラスの駅弁を買う。二時過ぎ出発の便で、だいたい五時前には新大阪に着く予定だ。甲子園駅には、五時半くらいに到着できるだろう。実にちょうどいい。時間に余裕のある旅だ。

車内清掃が終わったのぞみに乗りこむ。窓側の指定席に私は座った。テーブルを出して、お弁当をのせ、しばらくガラス越しにホームの喧噪を眺めてみる。

七年前は、こうしてすんなり列車に乗ることすらかなわなかったことを思い出した。たしか、朝八時台の新幹線だったのに、出発できたのは今くらいの時間帯——二時過ぎだったと記憶している。

徳志館高校の登場は、一回戦の第四試合。プレイボールは、午後四時過ぎの予定だった。午前中に東京を発てば、本来なら悠々間に合うはずだった。もしくは、試合自体が早い時間帯のカードなら、台風の状況など関係なく前日から関西入りできていたはずだ。

結局、トーナメントを決める抽選の段階で運命は決まっていたのか。当日、関東地方に台風が直撃することも、その時点で宿命として定められていたのか。考えてもしかたのないことを、高校生だった私は堂々めぐりで考えつづけた。それ以外、やることがなかったからだ。

あの日東京駅は、情報が錯綜《さくそう》し、大混乱だった。スタンドで応援するはずの野球部の控え選手、チアリーダー、吹奏楽部の生徒たちは、朝からずっと駅構内で待機をしいられていた。

高校野球ファンらしい見ず知らずのおじさんが、私たちの足止めを知って「電車、動かしてやれよ！　かわいそうだろ！」と、駅員さんに怒鳴っている。それだけでたまらない気持ちになり、私たちは泣きそうになった。引率の教師たちは、今からバスをチャーターできないかと、方々に電話をかけつづけている。外の様子を見に行った生徒が、「ちょっと雨が弱くなってきた！　いけるかも！」と叫び、そんな意味のない情報に全員が一喜一憂《いっきいちゆう》する。焦っても、願っても、祈っても、その気持ちは物理的に新幹線を動かしてくれるわけではない。

私のもとに一本の電話がかかってきた。父親からだった。

「幸司《こうじ》が、車出せるかもって」幸司というのは、父の弟で、つまり私の叔父さんだ。「まだ十時前だからな。今からなら、試合中には間に合うぞ……！」

私はトロンボーンのケースを抱えたまま、耳が痛くなるほど強くスマホをあてた。

「でも……、私、副部長だから……」

有志の応援の一般生徒なら、どんな手段で甲子園に向かおうと自由だ。しかし、私は部をまとめる立場にあった。不安げな一、二年生のケアもしなければならなかった。学校単位で動いている以上、この場を抜け駆けすることは許されない。

それでも行きたい。ほんのわずかずつでもいいから、西に向けて進みたい。もどかしくて、歯がゆくて、あたりかまわず叫びだしたかった。

様々な悪条件が、私を東京駅に縛りつけている。

動かないなら動かないで、さっさと終日運休を決めてくれれば、この場は解散になるのに。叔父さんの車に乗れるのに。

ぐずぐずと希望を持たせつづけるJRを呪った。

私が吹奏楽部でなければよかったのに。三年生で、副部長でなければよかったのに。

己の立場を呪った。

けれど、吹奏楽部に所属していたからこそ、真央と話をするようになったのもまたたしかだったのだ。

それは、さらに一年前——二年生の秋の出来事だった。

大雨の日の放課後、私は自主練で学校に残っていた。旧校舎と新校舎を二階部分でつなぐ空中の渡り廊下——その旧校舎側の軒《のき》が張り出したところで、私はトロンボーンを吹いていた。

そこが雨の日のお気に入りの練習場所だった。渡り廊下には屋根がないので、わざわざここを通り抜ける生徒はいない。

と、思ったら、反対の新校舎側の扉が開いた。

渡り廊下は、だいたい三十メートルくらい。雨で煙る向こうを、私はうかがった。

バットをたずさえた、白い野球の練習着姿の、背の高いシルエットが浮かび上がる。その途端、私の息がわずかに上がって、ブレスが乱れた。素知らぬ顔で、爪先でリズムをとりながら独奏をつづける。

対岸にいるのは、東城真央だった。私と同じように、扉を出てすぐの軒下で素振りをはじめる。

同じクラスではあったものの、話をしたことは一度もなかった。男性相手に使う言葉ではないかもしれないけれど、エースの真央は高嶺の花で、おいそれと近寄りがたいオーラを身にまとっていた。とくに、端整な顔をくしゃっと崩してつくる笑顔が印象的で、チームメートがファインプレーをすると、グラブを軽く叩きながら、そうして人なつっこい笑みをこぼすのだった。

なんで、こんなところで素振りをするんだろう。私はちょっと迷惑に思っていた。妙に意識してしまう。そのくせ胸が高鳴って、練習中の課題曲が徐々にテンポアップしていく。

東城真央は、少し気怠《けだる》そうにバットを振っていた。やはり、雨の日は気合いが入らないのかもしれない。私は息を大きく吸いこんだ。

今思えば、ものすごく大胆な行動だった。私は、東城真央が打席に立ったときのヒッティングテーマである、ピンク・レディーの「サウスポー」のメロディーを奏ではじめた。

真央が、おやっ？　という表情で、こちらを向いた。そして、見る者を虜《とりこ》にするような、例の笑みをこぼす。「サウスポー」は、左投げ左打ちの真央がみずから望んで吹奏楽部に指定してきた曲だった。

あきらかに、スイングのスピードが変わった。素人目に見てもわかる。しっかりと下半身を踏ん張り、腰の回転をきかせ、数十メートル離れているこちらにも空気を切る音が聞こえてきそうなほどの力強い振りをつづける。

つい三ヵ月くらい前、東東京の予選で、私はたしかに見たのだった。あの鋭いスイングで、信じられないほどボールが高く、遠く飛んでいく、ホームランの軌跡を。

会話を交わしていないのに、しっかりと互いの意思が通った――キャッチボールができた、そんなたしかな手触りが、胸のうちにじわりと広がった。私が繰り返し、「サウスポー」のメロディーを響かせる。真央がぐっと眉間に力をこめて、素振りをする。

音って不思議だ。肺からブレスを送り出し、唇を震わせ、音楽を鳴らす。発せられた音は、空気の振動となって相手の鼓膜に届く。それは単なる物理的な現象なのに、人の心に作用して、目に見えない魂をも共振させる。

奇妙な時間だった。土砂降りのなか、この学校に、この世界に、二人だけしかいないような感覚にふとおちいった。細長い渡り廊下を隔《へだ》てて、私たちはまったく関係のない互いの練習をしているだけなのに、たしかに意識はぴたりと重なった。けれど、そんな奇跡みたいな瞬間は、長くはつづかなかった。

「真央！　どこだ？　次、体育館でシャトルランだって！」野球部の誰かの声が、階下から響いてきた。

そこに、私はいなかった。

「おう！　今、行く！」

真央は、呆気なく扉の向こうに消えていった。一気に力が抜けて、私は扉に背中をもたせかけ、ずるずると膝を折った。しゃがみこんだ姿勢で、絶えず大粒の雨を落としてくる灰色の空を見上げた。

この先も、真央と話をすることはないだろうと思った。会話を交わす以上の瞬間を共有できた気がしたから……。来年の最後の夏の予選、またスタンドで演奏することが楽しみに変わっただけでよかった。

だから翌朝、「おはよ」と、向こうから声をかけられたときは本当に驚いた。

「……おはよう」おずおずと、私のかたわらに立った真央を見上げる。

「昨日は、ありがとね」

「え……？」

「正直、雨の日って嫌いなんだけど、あのあとマジで元気出た。つらいランニングとか筋トレとか、なんでもかかってこい！　っていう気分になれたよ」

真央が、チロルチョコを一つ、私の机の上に置いて、そのまま去っていく。私は呆気にとられて、その背中を見送った。

イクラとハラスの駅弁を食べ終え、私はコンビニで買ったチロルチョコを口のなかに放りこんだ。これを食べるのは、高校二年生の秋の、あの日以来かもしれない。

真央は、なぜチームメートから離れて、あの場所で素振りをはじめたのか。もしかして、私のトロンボーンの音色に誘われて……？　交際をはじめてからも、たしかめてみたことはなかった。

今、その疑問をたずねたら、真央はなんて答えるだろう？

チロルチョコを口のなかで転がしながら、窓の外の景色を見つめ、ため息をついた。プロ野球選手である真央のSNSに「久しぶり！　あのときのことなんだけど……」なんてDMを送ったら、さすがに痛すぎる元カノだ。

なんてことはない、平凡な味のチョコレートが、口のなかでゆるりと溶けていく。私の消化不良の思い出も、このまま跡形もなく溶けてしまえ。新幹線は、品川《しながわ》を出発して、新横浜《しんよこはま》に向けてひた走る。徐々に高いビルが少なくなり、民家が目立つようになってきた。

青空のもと、洗濯物のシーツが風にあおられ、民家のベランダにひるがえっている。陽光を反射した白色が、周囲から浮き上がるように網膜に迫る。何もかもがまぶしい。

窓外の景色のすべてが灰色で覆いつくされていた七年前とのあまりのギャップに、少し目まいをおぼえる。あのときは、まるで渋滞にはまった車のように、徐行したり、何もないところで停止したりと、激しい風雨にさらされた新幹線は遅々として進まなかった。速度の落差もあいまって、同じ乗り物に乗っているとは到底思えなかった。

今乗っている車内は、リズム良く響く走行音以外、妙に静かだった。ペアやグループの乗客も、周囲に気をつかってか、ひそひそ声で話しているようだ。列車内の騒がしさも今とは正反対で、徳志館高校の生徒でいっぱいの車両は、出発時からずっと甲高い話し声に満ちていたことを思い出した。

非日常に放りこまれた興奮と、母校の試合に間に合うかどうかわからない不安、焦燥、朝から待機をしいられた疲労がいっしょくたになって、皆、熱に浮かされたようにしゃべりつづけた。

「前の試合、同点だって！　延長入ったよ！」

突然、背後で誰かが叫んだ。

私は腰を浮かせて、ヘッドレスト越しに後ろを振り返る。あわてて、制服のスカートの裾を整える。

七年前の記憶だ。どこの高校の対戦だったかはすっかり忘れてしまったけれど、直前の試合が同点で九回を終え、延長戦に突入したのだった。

「いける！　間に合うよ！」

「ゼロゼロのままで、終わらなきゃいいのに」

「えっ、延長戦ってずっとつづくの？　サッカーみたいにPKないの？」

「あるわけないでしょ、そんなの」

吹奏楽部の同級生たちが、好き勝手なことを言い募るその横で、私は指と指を組み合わせた両手をかたく握りしめた。クリスチャンでもないのに、敬虔《けいけん》な祈りのポーズで、胸元に両手を添え、そっと目をつむった。

真央は、今、どういう気持ちでいるだろうかと想像してみる。前の試合が延長に入ると、体や肩を温めるアップの調整が難しいらしい。開始時間が読みにくいからだ。

とはいえ、応援の生徒が乗った新幹線が遅れているという情報も真央は耳にしているはずだ。なるべく試合開始を遅らせて、私たちの到着を待ちたい気持ちと、早くマウンドに立ちたいという、はやる思いがぶつかって、本番前から疲労を溜めていなければいいけど……。

いや……、今はたぶん余計なことを頭からいっさい追いやって、自分の気持ちを高めるため、精神を集中させているはずだ。私が乗る新幹線の運行状況も、台風による降雨も、前の試合の展開も、己の力ではコントロールできない。すべては、なるようにしかならない。私の到着にいちいち気を揉んでいたら、いざというときに戦えなくなる。

真央がおかれている状況は、じゅうぶんすぎるほど理解している。

それなのに、なぜだろう……？　私の存在そのものが真央にとって「余計なこと」であるような気がして、無性に悲しくなった。応援は、あくまでプラスアルファだ。試合で戦うのは真央と徳志館チームであって、私ではない——などと、ぐずぐずと私自身が余計なことを考えつづけてしまう。

それもこれも、すべて憎い台風のせいだ。本来なら、私はすでに甲子園に到着していた。広大なアルプススタンドに立って深呼吸をして、美しいグラウンドを見下ろしていた。こんな卑屈な思いなんか、頭の片隅にものぼらなかったはずだ。

なるべく、延長戦が長引いてほしい。



そこに、私はいなかった。

早く前の試合の決着がついて、真央を思いきり投げさせてあげたい。

相反《あいはん》する思いに、心が引き裂かれそうになる。私はいてもたってもいられず、スマホを取り出した。簡単なメッセージなら、試合前に見られるかもしれない。真央を勇気づけられるかもしれない。

〈私のことは気にせず、試合に集中して……〉

書いては消し、書いては消しを繰り返し、結局、一言も送ることができないまま、スマホをもてあそぶ。

すると、突然手のなかのスマホがバイブレーションをはじめて、私は我に返った。電話の着信だった。

ハッとして、窓の外を見る。晴れている。雲一つない青空が彼方までつづいていた。意識が二〇二四年に揺り戻される。

新横浜駅が近づいて、ふたたび高いビルが多くなってきた。高校生当時の私が抱いていた、引き裂かれて、バラバラになりそうだった不安な気持ちが、窓からの暖かい陽光に溶かされて、ふたたび一つにまとまっていく。

いまだにスマホが震えている。誰からの電話なのか、私はこわくてたしかめられないでいた。課長からだったら、どうしよう……。電話の向こうの相手は、辛抱強く私を待ちつづける。まさか会社にバレてしまったかと思い、おそるおそる画面を確認した。

慎二《しんじ》からだった。一つ息を吐き出し、私は席を立って、車両の連結部分のデッキに移動した。

「もしもし……？　七緒、大丈夫？　具合悪くて、早退したって聞いたよ」

慎二は、同じ会社の海外マーケティング部に所属している。担当はアジアで、HAZAMA社製の楽器のシェア拡大や販促を担う仕事をしている。

「仕事終わりで、そっち行こうか？　必要な物、買ってくから、遠慮なく言ってよ」

「ああ……、うん、実は……」

真実を言うべきか迷っていると、頭上からアナウンスが鳴り響いた。間もなく新横浜に到着する。新幹線が緩やかに減速をはじめ、窓外をすべる風景がはっきり見えるようになった。

「今の、聞こえちゃった……？」

「うん……。どういうこと？」少し詰問《きつもん》するような口調に変わった。

「ちょっと、大阪……というか、兵庫というか、そっちに行かなきゃいけない用事ができちゃって。まあ、その用事自体は今日の夜で終わるんだけど」

「親戚に不幸があったから……とか？　でも、それなら会社にも正直に言うよね」

「本当に自分勝手な理由だから言えなくて。でも、とにかく帰ったらきちんと話すから」

「じゃあ、俺も仕事終わったら行こうか？　せっかくなら、土日、大阪とか京都まわってもいいし」

面倒なことになったと思った。交際中の慎二からは、つい先日、プロポーズをされた。私は、ようやく仕事が面白くなってきたところだから、もうちょっとだけ待ってほしいと、はぐらかすような、煮え切らない返事をしていた。結婚しても、仕事はつづけていいからと、慎二からは繰り返し言われている。

結婚のことを考えると、いつも東城真央の影がちらついてしまうのだ。

正直、迷っている。

もちろん、真央と復縁できるとは思っていないし、私も望んでいない。真央に未練を抱いているわけではないし、プロ野球選手と一般会社員のステータスを比べて躊躇《ちゅうちょ》しているわけでもない。それでも、真央と交際していたときに感じていた、燃え上がるような感動や高揚感を、この先の慎二との生活で超えられる瞬間が訪れるのかと、どうしてもためらう気持ちが生まれてしまう。

土砂降りの渡り廊下を隔てて、トロンボーンのメロディーを届けた、あの胸の高まりを忘れることができない。

この上なく甘く感じた、チロルチョコの味を忘れることができない。

東東京の予選、真央の活躍を願いながら必死に演奏し、声が嗄《か》れるまで声援を届けた真夏の日々を忘れることができない。

真央が相手バッターを三振に取り、ピンチを切り抜け、優勝を決定させた瞬間、周りの生徒たちと抱き合い、ハイタッチを交わした歓喜の爆発を忘れることができない。

それらすべての過去を、とうとう行き着くことのかなわなかった甲子園球場にすっかり置いてくるための、これは私だけの旅なのだ。慎二との将来は、そのあとでしっかりと向き合いたい。淡々とした結婚生活の日常で、劇的な瞬間がそうそう訪れるはずがないことは私自身じゅうぶんわかっている。

「ちょっと、ごめん……！　また、連絡するから。浮気とかでは絶対ないから！」まだ何かわめいている慎二をなだめ、強引に電話を切った。電源をオフにしてしまう。

新幹線が、ゆるゆると新横浜のホームにすべりこんでいく。扉の窓越しに、列車を待つ乗客たちの整列する姿が見えた。停止する直前、見知った顔がよぎったような気がして、私は思わず目をこらした。

今、齋藤《さいとう》いづみがホームにいなかったか……？


齋藤いづみは、私と同学年で、三年のときはチアリーディング部の部長だった。スタイル抜群、容姿《ようし》端麗《たんれい》で、たくさんの男子から告白を受けていたようだ。しかし、本人は東城真央が好きであることを堂々と公言していた。真央本人もそれを知っていて、周囲からからかわれると、いつも苦笑いで受け流していた。

あるとき、私の親友で、吹奏楽部の部長である佳奈子《かなこ》が音楽室に飛びこんできた。

「あいつ、七緒の悪口、トイレでめちゃくちゃ言ってたよ！」

あいつ、とは齋藤いづみのことで、なんでも真央と交際をはじめた私のことを、「あの地味眼鏡が、調子にのりやがって」などと友人たちに散々こき下ろしていたのだという。たしかに、真央に告白されたとき、私が真っ先に思い浮かべたのは齋藤いづみの存在だった。学年のなかでも目立つグループのリーダー的存在である齋藤いづみの手前、真央のことを好きだと表立って言える女子は皆無だった。もちろん、心ひそかに思いを寄せている女の子はたくさんいただろうけれど。

とはいえ、真央は齋藤いづみの所有物ではないし、二人はつきあっているわけでもない。私はなかば真央に押し切られるかたちで交際を了承したのだった。

佳奈子の報告を聞いた吹奏楽部の女子たちがいきり立つ。が、私は案外冷静だった。不思議と優越感はなかった。むしろ、齋藤いづみといたほうがお似合いなのに、なんで真央はこんな地味眼鏡に告白したのだろうと、訝《いぶか》しむ気持ちが強くなった。

そこからだ。吹奏楽部女子と、チアリーディング部との冷戦がはじまったのは。

気の毒なのは、吹奏楽部の男子たちだった。チアリーダーの一人に恋をしたチューバの男子がいて、周囲の男子はそれとなく応援したいのだが、部のなかで圧倒的多数を占める女子が「ありえない」と、批判する。

「あんなの、ボンボンふりふりして、スカートひらひらして、男子に媚び売ってるだけの、中身スッカスカの連中でしょ」佳奈子が吐き捨てると、女子たちがさかんにうなずく。チューバ男子の恋もあえなくしぼんでいった。

勝手にヒートアップする佳奈子たちに、私もそれなりの被害をこうむったと思う。「地味眼鏡」程度の悪口なんて言わせておけばいい、放っておけばいいと思っていたのに、まるで私自身がチアリーディング部批判の急先鋒みたいな目で周囲から見られてしまった。イジメまではいかないけれど、ちょっとした意地悪も受けた。

「七緒は、我関せずでいればいいんだよ」真央に相談すると、決まって優しい口調でなだめてくれた。「俺が七緒を好きなんだから、それでいいんだよ」

あなたは才能があるから、校内でもマウンドの上でも超然としていられるかもしれないけれど、凡人の私は人間と人間のはざまで汲々《きゅうきゅう》とするしかないんだよ——とは言えなかった。代わりに、彼女としてはあまりたずねたくないセリフが、口からこぼれてしまった。

「ねぇ、真央はなんで私のことを好きなの？」

「だって、七緒の音が、俺に届いたから」そう言って、利き手の左の手のひらを私の頭においた。投げこみや素振りで、かたいタコだらけの大きい手だった。

いくら冷戦がつづいたところで、夏が近づいてくると、互いに協調して野球部の応援の打ち合わせや練習をしなければならない。六月、佳奈子と私は、まるで決闘におもむくような覚悟と緊張感で、練習日程の調整のため、チアリーディング部のいる体育館に向かった。

すると、張りつめた鋭いかけ声が、靴脱ぎ場のほうにも聞こえてきた。わずかに開いた扉の隙間から、おそるおそるのぞいてみる。私たちは思わずチアリーディングの練習風景に見入ってしまった。

齋藤いづみが、五、六人のチアリーダーに高く持ち上げられ、まるで宙から見えない糸で吊られているようにぴんとした姿勢で立っている。リフトされた齋藤いづみが、さらに左足を上げて、みずからの腕で支え、大きくポーズを決める。

下にいる部員は、いづみの右足を懸命に支えている。全員がかなりつらい体勢であるのはあきらかなのに、誰もが最高の笑顔を崩さない。はいっ！　という声を合図に、齋藤いづみがひねりをくわえながら落下する。受けとめるチアリーダーたちとの呼吸が寸分狂ったのか、齋藤いづみが床に敷いたマットに叩きつけられた。

私は息をのんだ。いづみの勝気な性格からして、周囲の部員を怒鳴り散らすんじゃないかと思ったのだ。

いづみの後輩たちが、目に涙を浮かべてしきりにあやまる。部長のいづみは、その謝罪を完全に無視して全員に集合を命じた。

「約束して！　これから大会に向けて、たくさん失敗もあると思うけど、あやまる必要なんてまったくないから」

いづみが部員たちを見まわして、一度大きく手を叩いた。

「私は、みんなを信頼してる。だから、キャッチに失敗して、仮に怪我しても私は絶対に恨まないから。もし、失敗したとしても、次行こう、次成功させよう——そういう前向きな言葉をかけ合ってくれればいいから。一瞬一瞬を大事に練習していこう！」

後輩たちの目が輝く。全員が練習に戻っていく。

あぁ、私、間違ってたかも……。佳奈子がとなりでぼそっとつぶやいた。ボンボンふりふりして、スカートひらひらして、男子に媚び売ってるだけの、中身スッカスカと揶揄《やゆ》した佳奈子は、打ち合わせの開口一番「わざと敵対するような空気をつくって、すみませんでした」と、チアリーダーたちに向けて素直にあやまった。

「真剣な練習を見て、私も気が引き締まりました。せっかくだから、野球部の応援も、お互いの部の良いところを出し合って、実りのあるものにしたいです」

私は親友の佳奈子のことを誇りに思った。この子も、本当に良い音でトランペットを響かせるのだ。楽器の音色は、人間性がダイレクトにあらわれると私は思っている。

当たり前だが、チアリーディング部にだって大会があり、真剣に向き合っている。その練習の合間を縫って、野球部の応援にも参加してくれる。私たちと何も変わらない。

「二人とも、よかったらチアの大会、観に来てよ」

練習中の満面の笑みはどこに吹き飛んだかと思うほどの仏頂面で、いづみが言った。

「私も、絶対に吹奏楽部の大会、応援に行くからさ」

しかし、その言葉には、間違いなく部員を叱咤《しった》したときと同じ熱がこもっていた。

大人になって思い起こしてみると、女子の冷戦という、あの無益な抗争はいったいなんだったのだろうと苦笑いせざるをえない。真央をめぐる三角関係が発端だったのに、まったく関係ない周囲の友人たちのほうが盛り上がっていたのだから不思議なものだ。

……などと、悠長に思い出にひたっている場合ではなかった。新横浜のホームに、新幹線がゆっくりと停止する。私は電話のために移動していたデッキから、あわてて車両中央あたりの自席に戻った。

ホームに齋藤いづみがいた気がしたのだ。あの立ち位置からして、この車両の前方の扉から


そこに、私はいなかった。

乗りこんでくる可能性が高い。私の席のとなり――通路側はあいている。まさかここに座るんじゃないか……と、体をこわばらせて待ち構えていたが、となりに着席したのはサラリーマン風の男性だった。

六時のプレイボールに、ちょうど間に合う時間帯ののぞみだ。まさか、いづみも過去の思い出と決着をつけに来たのだろうか……？　私はおそるおそる腰を上げて、前のほうをうかがった。

荷物を棚に押しこんでいるその女性の横顔をよくよく見ると、齋藤いづみに似て非なる別人であることに気がついた。ほっとため息をついて、背もたれに上半身をあずけた。さすがに、そんな偶然ありえないだろう。むかしの思い出をたどりすぎて、似ている女性にいづみの面影を重ねてしまったのかもしれない。

新横浜を出発した新幹線は、快調に神奈川県を抜けて、静岡県に入った。まず待ち受ける最初の鬼門――熱海《あたみ》が近づいている。

《お急ぎのところ、大変申し訳ありません。安全に運行できる雨量を大幅に超えたため、熱海駅でしばらく停車致します。なお、運転再開の目途は立っておりません。繰り返します……》

車掌からのアナウンスがかかった瞬間、徳志館高校の応援団を乗せた車両が、ため息と絶望に包まれた。ただでさえ徐行と停止を繰り返しながら、二時間以上かけてようやく熱海に到達したのに、本来停まるはずのない駅で足止めを食らうなんて考えられなかった。

非情にも、時刻は午後四時半過ぎ。延長していた前の試合も、十一回で決着がついた。甲子園から遠く離れた熱海駅で、母校の試合がはじまってしまう。新幹線の窓には、横殴りの雨が絶えず打ちつけて、ほとんど外の景色が見えないほどだった。

「ネット中継、スマホでいけるよ！」

「新幹線のワイファイ、全然つながらない！」

「全員つないだら、重くなるんだって。何人かでまとめて観ないと！」

車内はちょっとしたパニックになっていた。甲子園のネット配信はあるものの、多くの高校生が親から契約を許されているような少ないギガ数では、長時間の動画視聴に耐えられない。新幹線のワイファイも、不安定でまったくあてにならない。ギガ無制限など、大きい容量で契約している生徒のスマホ、ポケットワイファイを持っている引率教師のノートパソコンに、たくさんの生徒が群がって試合観戦をはじめる。

画面に映った徳志館ベンチの三塁側スタンドは、気の毒なほどにガラガラだった。関係者のほとんどは、前日に到着している野球部の保護者たちだろうか。あとは、ユニフォームを着ている数名の部員だけだ。彼らはベンチ外ではあるものの、練習のサポートや荷物運びなどのため、本隊に帯同している数少ないメンバーらしい。実況のアナウンサーが、私たちの到着が台風で遅れていることをしきりに説明している。

「あっ、ほら！　東城君、出てきたよ！　七緒は特等席で見守ってあげないと」佳奈子に手招きされて、私は吹奏楽部の後輩のスマホがよく見える位置に導かれた。

同じ日本の空の下にいるとは到底思えないほど、甲子園上空はきれいに晴れわたっていた。

そこに、私はいなかった。

緊張した面持ちで、真央が初回のマウンドに登る。投球練習を終えると、一度、バックスクリーンのほうを向き、帽子を取った。

いつもの試合前のルーティーンだ。帽子のつばの裏には、「7」という数字がマジックで書かれている。エースの背番号は1。7の意味はいったい何なのかと、記者からのインタビューで聞かれることも多いらしい。真央はそのたびに、ただのラッキーナンバーだと説明していた。しかし、吹奏楽部の女子や、親しい友人はみんな知っている。「7」は遠藤七緒の七だと。

「キャー！」と、佳奈子が黄色い悲鳴を上げる。「東城君、今絶対、七緒のこと考えてるよ！」

画面のなかの真央が、何事かを小さくつぶやき、帽子をかぶった。キャッチャーに向き直り、チームメートたちに大きな声で「締まっていこう！」と声をかける。

私は友人たちにバレないように、そっと目をつむる。こわくて、見たくない。でも、見なければならない。進むことも、引き返すこともかなわない、閉ざされた新幹線のなか、私はふたたびまぶたを開けた。

少しうとうとしていた。頬杖をついた窓の外を見やる。もしかしたら、寝ながら泣いていたかもしれない。となりの席のサラリーマンに気づかれないように、私はそっと目元をぬぐう。あの日、一時間半足止めを食らった熱海駅を、新幹線は信じられないスピードで通過していく。晴れていると、こんなにも呆気ないものなのかと思う。新富士《しんふじ》駅もあっという間に過ぎ、立派な富士山を横目に見ながら、静岡駅に向けてひた走る。

二百五十キロ以上の速度を出しているのに、東海道新幹線の開業以来、乗客の死亡事故は一度もないというニュースを見たことがある。運行の安全を第一に考えるからこそ、台風や大雨で徐行や停止を余儀なくされる。それは、やむをえないことなのだと、もちろん高校生当時からきちんと理解していた。

それでも、憤りや喪失感を、どこにぶつけていいのかわからない状況そのものが、まだ十代だった私には酷だった。ゲームセットまでに到着できればいいと気持ちを切り替えたものの、心のどこかでは到底間に合うはずがないと諦めきっていた。

じゃあ、惰性で関西へ移動している、この無意味な時間はいったい何なのか——母校の試合を画面越しに見つめながら、生徒の誰もがそう考えていたに違いない。

だからこそ、皆がひたすら徳志館の勝利を願った。そうすれば、この無益な移動も少しは報われる。応援のチャンスは二回戦に持ち越される。

静岡県を出てしばらくすると、窓外に都会のビル群が目立つようになってきた。名古屋にはあまり良いイメージがない——と言ったら、愛知の人に怒られるかもしれないが、これは私の勝手なトラウマだ。

七年前、再出発した新幹線が名古屋に到着する頃、真央は相手高校の打線につかまり、滅多打ちにされた。一挙に六失点を喫したのだ。

ピンチで帽子を取り、つばの裏の「7」に視線を落とした真央を、私はもう見ていられなかった。「トイレ」と言って立ち上がり、逃げるように徳志館高校の生徒でうまった車両を抜けた。

信じる。私が真央を信じなきゃ。トイレのなか、鏡に映った自分に言い聞かせる。しかし、席に戻ったところで、私はトロンボーンを演奏することができない。真央に向けて、直接励ましの声援を送ることができない。

徳志館高校側のスタンドにいる保護者たちや、たった数人の野球部員が、声をかぎりに応援している。なんで、私はあそこにいないの？　なんで、私は真央のために「サウスポー」を奏でることができないの？　なんで、私は……。

ハンカチを握りしめて、歯を食いしばった。そうでもしなければ、試合が終わる前から泣いてしまいそうだった。

しだいに、過去の自分と現在の自分が溶け合うような感覚になっていく。

高校三年生だった私は、佳奈子や同級生たちから肩を抱かれ、励まされつづけた。まだ、試合は終わってないって。東城君なら、自分のバッティングで取り返せるよ。絶対に、諦めちゃダメだからね。

社会人三年目の私も、過去の私自身に懸命に声をかける。周りをよく見て。あなたを応援してくれる人たちがたくさんいる。佳奈子をはじめとした、吹奏楽部の同学年とは今もちょくちょく会う間柄で、高校時代に積み上げてきた財産はかけがえのないものになるから。

たとえ、真央を失ったとしても――。

岐阜から関《せき》ケ原《がはら》を越えて、滋賀、京都へ。刻一刻と、終わりの瞬間が近づいている。窓外の景色は、街中から、深い山、トンネル、田畑が広がる平野へと、目まぐるしく様相を変えていく。

たしか、京都のすぐ手前だったと思う。母校の応援のため、吹奏楽部、チアリーダー、ベンチ外の野球部員を乗せた車両は、すすり泣きと嗚咽《おえつ》に満ち、引率の教師たちでさえ一様に涙を浮かべていた。

徳志館高校は、〇対八で敗北した。

画面のなかの真央たちは、勝利校の校歌を聞き終えると、空席だらけのアルプスタンドの前に整列した。応援に対しての一礼をそろってする。真央は大粒の涙を流していた。けれど、そこに、私はいなかった。

魂がふらふらと抜け出て、甲子園に先走って到着してしまったような、奇妙な虚脱感にとらわれていた。そのくせ、ふいても、ふいても、涙が頰をつたっていった。

私たちは新幹線に閉じこめられたまま、新大阪に向けて、意味のない移動をつづけていた。あとにも先にも、あんなに泣いたことはなかった。このときに使い果たした涙のせいで、卒業式ですら一滴も泣くことはなかったのだ。

よく戦った！　健闘したよ！　声を届けたい。球場の外で合流し、真央の背中をさすり、なぐさめてあげたい。もう甲子園は目前なのに、そんな簡単な願いでさえかなわないのだった。

もちろん、いちばん気の毒なのはベンチ外の三年の野球部員たちだろう。約二年半、部活に打ちこんできて、ベンチに入れなかった。そして、スタンドでチームを応援することすらできなかった。彼らの夏は、新幹線のなかで終わりを告げた。齋藤いづみも、後輩たちに代わる代わる抱きしめられ、背中をさすられながら、端整な顔をゆがめて号泣していた。

《このたびは、台風9号による大雨の影響で、ダイヤが大幅に乱れ、大変申し訳ありませんでした。間もなく、新大阪、新大阪に到着です。またのご利用を、心よりお待ちしております》

朝の八時から、十時間以上かけて、ここまでやって来た。目的は果たせなかった。涙もかわかないまま、あわただしくホームに荷物を下ろした。このまま、東京へとんぼ返りとなるだろう。

でも、大人になった私には、つづきが待っている。リベンジをしなければならない。

涙をふいた。両手で頬をかるく叩き、私は立ち上がる。大都会にすべりこんできた新幹線から、七年ぶりに新大阪のホームに降り立った。少し気後れするほどの雑踏と喧噪が、私を待ち構えている。

「もしかして、遠藤七緒さん……？」

突然、名前を呼ばれて、私は飛び上がるほど驚いた。在来線への乗り換えを急ぐ雑踏のなかに、先ほど齋藤いづみと見間違えた女性が立っていた。

「えっと……。齋藤……さん？」

よく見ると、人違いではなかった。目の前に立っているのは、まぎれもなく齋藤いづみだった。しかし、印象がだいぶ変わっている。

「ようやく、甲子園に行けるね、私たち」齋藤いづみが、泣いているような、笑っているような微妙な表情で言った。

なんと返していいかわからず、私は呆けたまま突っ立っていた。

「どうしたの？」斎藤いづみが、少し首を傾げる。「幽霊を見つけたみたいな驚き方しないでよ。私は生きてるよ」

「いや……、なんというか、すごい印象が柔らかくなったよね、斎藤さん。柔和で、優しくなった。さっきちらっと見かけたけど、別人だと思ったよ」

高校時代の斎藤いづみは、つねにトゲトゲして、不機嫌なオーラを周囲に放っていた。チアをしているときの笑顔とのギャップがものすごかったのだ。

「大人に……なったからかな」恥ずかしそうに、斎藤いづみがうつむいた。「遠藤さんも、心残りを解消するために来たの？　たしか、東城君とは別れたんだよね？」

「うん。一回、棚卸《たなおろ》しをして、自分が何を得てきたか、何を失ってきたか、見つめ直すつもり」

「そうだね……。まさに、棚卸しだね」

懐かしさと気まずさが半分ずつの微妙な空気のなか、私たちはしばらく互いの顔を見つめ合った。先に動きだしたのは、斎藤いづみだった。体の前に立てていたキャリーの取っ手をつかみ、一歩を踏み出す。

「私も自分を見つめ直したいから、せっかくだけど別々に行こう。じゃあ、またね」

「うん、じゃあ、また」私はかるく手を上げる。「また」が二度とないことは、お互いわかっていた。

今も変わらない抜群のスタイルの後ろ姿が、人波のなかに消えていく。一緒に行こうと言いださないところも、連絡先を交換しようと提案しないところも、淡泊にあっさり別れるところも、いかにも齋藤いづみらしい。

高校時代のいづみは、卒業式の日、真央に正式に告白をしたらしい。そして、あえなく断られた。その先の彼女の人生が、どういう道筋をたどってきたかは、まったく知らないし、知りたいとも思わない。でも、ほんの一瞬だけ交錯し、重なった私たちの共通の思いを、生涯忘れることはないだろうと思った。

私も急がなくちゃ。

大阪梅田《うめだ》で乗り換えて、阪神《はんしん》電車に乗りこむ。すると、レプリカのユニフォームを着たファンたちが一気に増えて、いよいよ甲子園駅に近づいていることを実感した。

高揚感と、不安が、同じ割合でごっちゃになって押し寄せてきた。ドアの脇の手すりに寄りかかって、停車した尼崎《あまがさき》の街を高架から見下ろし、精神を落ち着ける。すると、反対側の扉から乗りこんできた若い男性客が、東城真央のユニフォームに身を包んでいるのに気がついた。「TOJOH」というローマ字と「52」の背番号で、ふたたび鼓動が速まった。

あなたは、なんで東城真央のファンになったんですか？　そんな質問を衝動的にしてみたくなる。当たり前だけど、たまたま電車に乗りあわせただけの他人にそんなことをしたら完全なる不審者なので、想像のなかだけでファンと会話した。

私は、高校時代、東城真央と同じ高校で、同じクラスだったんですよ。お恥ずかしいんですが、交際の――なんというか真似事みたいなこともしました。一緒に過ごした時間は一年半くらいだったけれど、十代の多感な時期を通して、たくさん泣いたり、笑ったりしました。優しくて、包容力があって、でも野球以外のことはちょっと不器用で、あんまり勉強ができなくて、天然っぽいところもあって……。

私はたまらない気持ちになって、目をつむる。ふたたび動きだした阪神電車の揺れに身を任せた。

私たちは、そもそもなんで別れたんだっけ……？　そんな根本的な問いかけが、この旅の最後に待ち受けるラスボスのように大きく眼前に立ちはだかった。何か決定的なケンカや仲違いをしたわけではなかったはずだ。心の奥底に突き刺さった、いちばん大きなトゲをおそるおそるつまんで、そっと引き抜いていく作業は、じくじくと鈍い痛みをともなった。

二学期がはじまってすぐ、吹奏楽部の大会を終え、私も部活を引退すると、学校の駅前の鯛焼き屋さんに真央を誘った。私はオーソドックスな粒あん、真央はあんこが苦手なので、クリーム味。私が奢った。

「ごめん……、結局、勝てなかったのに」真央が中途半端に伸びたボウズ頭を撫でさすった。

バリカンで刈りたての髪の手触りが懐かしい。あのシャリシャリとした気持ちの良い感触は、もう味わえないのだ。私はいつも、犬に対してするみたいに、ワシャワシャ撫でていた。

「いいんだよ。真央はすごい頑張ったんだから、これくらいなんてことないよ」私は気まずさを振り払うように、努めて明るく答えた。「それに、私も甲子園に行けなかったし」

「それは七緒のせいじゃないよ」

「うん、でも……」

お互い同時に鯛焼きにかぶりついて、なんともぎこちない空気をごまかすしかなかった。

私の家には、真央が拾って、分けてくれた甲子園の土がある。

球児にとっては聖地の土だ。けれど、私には最後まで縁がなかった、見知らぬ土地の、見知らぬ球場の土に過ぎなかった。うわべではうれしいふりをしたものの、ちょっと扱いに困ってしまった。暗に責められているような気もした。ほら、七緒がとうとう来られなかった球場の土だよ、そのことを生涯忘れないようにきちんと飾っておくんだよと、真央の本心が聞こえてくる気がする。

　真央はそんな意地悪じゃないと、もちろんわかっていた。それでも、自分のうしろめたさが静かに暴走して、あまりしゃべらない真央の実像をゆがめてしまうのがどうしようもなく悲しかった。

「これから、プロになるんだから、高校野球は通過点でしょ？　それに、東東京でいちばんになれたのは、ものすごいことだと思うよ」あたりさわりのない励ましの言葉が、自分の耳にも空虚なものに聞こえる。必死に考えて吐き出した言葉より、トロンボーンの音色のほうがよほど雄弁な気がして、なんとも情けない気持ちにさせられた。

「やっぱり、七緒が勝利の女神だったのかなぁ……」

　何の気なしに放ったのかもしれない真央のつぶやきが、私の心を深くえぐった。東東京の予選を、途轍《とてつ》もない快進撃で勝ち進んでいったとき、真央は必ず私のことを「勝利の女神だ」と言ってしきりにおだてた。同級生にからかわれてもかまわず、試合後に抱き合った。私も満更ではなかった。

私が甲子園に応援に行けなかったから負けた。じゃあ、この先、私が観に行けない試合は全部負ける気なの……？　そんな言葉が喉元までせり上がってきた。あわてて鯛焼きを飲み下して、一緒に体のなかに落としていく。けれど、一瞬生じた違和感だけはうまく消化されていかなかった。

交際しているとは言っても、今までは真央の部活が忙しくて、まともにどこかへ出かけることはほとんどなかった。せいぜい、お昼ご飯を校内で一緒に食べるくらいだ。

大学で野球をプレーする真央は、引退後もグラウンドでトレーニングをつづけたけれど、もちろん現役のときほど忙しいわけではなく、私たちは下校をともにしたり、休日に遊びに出かけたりするようになった。

そうして一緒に過ごす時間が一気に増えて、いきなり現実を突きつけられた。私たちには、共通の話題がそんなにない。会話がぽつぽつとしかつづかない。

私は無言でもかまわないと思った。土砂降りの渡り廊下で――球場のスタンドで、たしかに私は真央に向けて音を届けた。真央もそれをしっかり受け取ったと言ってくれたのだ。

でも、人間同士が親密に接するには、やはりどうしても言葉のやりとりが必要で、それがないとどうしても不安になったり、相手を疑ったりしてしまう。

「ねぇ、七緒、本当に俺のこと好き？」

「好きだよ！　真央のほうこそ、私のこと……」

そんな無益な口論もした。甲子園に行けなかった気後れと、うしろめたさが、二人のあいだにほんのわずかなほころびを生んだ。それがいつしか大きなほつれとなって、互いの気持ちは離れる一方だった。年が明ける頃には自然消滅のようになり、二人で会うことはなくなった。私の受験が本番に入ったという、それらしい理由をつけて……。

後悔がないと言えば、嘘になる。私も真央も大学進学を決めたタイミングで話し合いをして、ふたたび二人でやり直せる未来を選択できたかもしれない。あるいは、真央が勝利をおさめて、二回戦に進出していたら。新幹線が間に合っていたら——。

でも、そんな仮定の話を想像してみたところで、まったく意味はないのだった。

《間もなく、甲子園、甲子園です》

レプリカのユニフォームを来た乗客たちが、いっせいに降車の準備をはじめる。私も前に抱えたリュックを背負い直した。

ホームから、階段を下りて、改札を出る。一直線に球場に向かう人波が、足早にモザイク模様のタイルの歩道を急ぐ。ここ数年でリニューアルをしたのか、駅周辺はきれいに整備されていた。

私は、一歩一歩を踏みしめるように、あえてゆっくり歩いた。もう球場は目前なのに、ずっと着いてほしくないような、変な気持ちにとらわれていた。到着してしまえば、真央との思い出をすっかりそこに置いてこなければいけないから。

実家のどこかに眠っている甲子園の土も、今度庭に撒いてしまおう。もったいないけれど、ずっと持っていてもしかたがない。

陽が傾いてきた。高速道路の向こうの球場から、まばゆい照明の光がもれて、私の視界がにじんでいく。

ああ……、ここが甲子園か。私はお世辞にもきれいとは言えない空気を、鼻から深く吸いこんだ。蔦《つた》が這う阪神甲子園球場を、深い感慨とともに眺める。ついに、来た。ついに、たどり着いた。

高速道路の高架をくぐると、球場内でスターティングメンバーの発表がはじまった。ウグイス嬢のアナウンスが、外までもれ聞こえてくる。

《9番、ピッチャー、東城。背番号52》

大歓声と、メガホンを打ち鳴らす音が響く。私は夕焼けの空を見上げた。晴れていた。空のてっぺんはまだ深い青で、彼方に浮かぶ雲のかたまりが鮮やかな橙色に染まっている。

真央の今までの人生のなかで、今日がいちばんの歓声を浴びる日であることは間違いないだろう。私がトロンボーンを奏でなくても、声を嗄らすほどの声援を発しなくても、数万人の観客たちや応援団が真央を鼓舞してくれる。

高校時代に私が届けた音は――真央がたしかに受け取ったと感じたメロディーは、所詮、目に見えない幻想だったのか。心が通じ合ったと感じたあの青春の日々も、実体のともなわない、熱に浮かされただけの単なる夢だったのだろうか。

いや、違う。私は確信する。

私は、今日、こうして七年越しで甲子園にたどり着いた。真央も、この球場のど真ん中に立ち、勝利をつかみとる。

過去があったから、この現在がある。一度引き返しはしたけれど、レールはあのときから地続きでつながっている。

私は、いったんこの甲子園駅に――この球場に、真央との過去をきれいさっぱり置いていく。そして、未来に向けて再出発する。

球場内の応援団が、今日のスタメンの選手たちのヒッティングテーマを順番に奏ではじめた。甲高いトランペットの音色が、薄暮《はくぼ》を切り裂いた。

《かっ飛ばせ、東城！　東城、東城！》

真央、今日こそは、絶対に勝ってね。

あえて、心のなかで「絶対」と言ってみる。もう私は勝利の女神ではないけれど、真央は必ずこの球場でこれから勝利を積み重ねていくはずだ。

私は一つ大きくうなずいて、阪神甲子園球場の入場ゲートに向けて一歩を踏み出した。

# 雪花の下

君嶋彼方

君嶋彼方（きみじま・かなた）

1989年東京都生まれ。2021年『君の顔では泣けない』で第12回小説野性時代新人賞を受賞してデビュー。他の著書に『夜がうたた寝してる間に』『一番の恋人』『春のほとりで』がある。

『しばらく実家に帰ります』

テーブルの上に置かれたメモ。破ってごみ箱に捨てた。ごみ袋が新しいものに替えられているのが腹立たしい。洗い物もないし洗濯物も取り込まれてしまわれている。一通りの家事は済ませてから出て行ったようだ。

子供部屋を覗《のぞ》いてみる。美紅《みく》と蒼《そう》の姿もない。風呂やトイレも見て回るが、人の気配は一切ない。名前を呼ぼうとしたが、誰もいない家に向かって声を上げる自分が間抜けすぎてすぐに口を閉ざした。衛《まもる》は、子供たちも連れて実家へ行ったのか。

お腹が鳴る。衛が夕飯を用意していると思っていたから、何も食べていないし買ってきていない。せっかく久しぶりに早く仕事を終えられたというのに、この仕打ちだ。

さっきから何度も衛のスマホに電話をかけているが、電源を切っているのか全く繋がらない。空腹と苛立《いらだ》ちでじっとしていられず、リビングをうろうろと歩き回る。

北海道にある衛の実家に連絡すべきだろうか。躊躇《ちゅうちょ》してしまう。一見穏やかだが嫌味ばかり吐く義母とは折り合いが悪く、年に一度の正月の帰省も気が重い。今この状況で電話なんてかけたら、何を言われるか分かったものじゃない。

ふと思い立って、連絡帳を検索する。【依田保《よだたもつ》】。衛の兄だ。仲の良い兄弟で、もしかしたら衛のことを何か聞いているかもしれない。

しかし、電話をかけても衛と同じように繋がらない。嫌な予感がした。今度は【依田晴美《はるみ》】で検索する。保さんの奥さんだ。電話をかけると、コール音がすぐに切れ、声が聞こえてきた。

「はい」

「突然すみません。翠《みどり》です」

「はい、どうも。どうされましたか」

ぼそぼそと小さく滑舌《かつぜつ》の悪い聞き取りづらい声。晴美さんの陰気臭い顔が脳裏に浮かんでくる。

「今ご自宅ですか？　保さんいらっしゃいますか。ちょっと衛のことでお話がありまして」

「ああ……自宅では、ありますけど。夫は、ちょっと今は、いないですね」

「まだお仕事からお帰りじゃないですか？」

「いえ、夫は、フルテレワークなので。出勤は、していないんです」

保さんの勤務形態なんてどうでもいい。ただでさえ腹が立っているのに、話の通じない彼女に苛々が募る。

「いつ帰られますか。お話がしたいんです」

「ええっと、ですね。さっき、連絡が来まして。実家に帰る、って」

やはりそうか。はぁーっ、と大きな溜息が出る。衛は、保さんと一緒に実家に帰ったのだ。

「実は衛もなんです。子供たちを連れて実家に行ったようです」

「え、それは、保と一緒に、ってことですか？」

「お話を聞く限りその可能性が高そうですね」

「あらあ……それは、なんと」

「晴美さんは落ち着いてらっしゃるんですね。旦那さんが出て行ったっていうのに」

「はあ、まあ」

嫌味を言っても気の抜けた返事しか聞こえてこず、まるで手応えがない。投げたボールを無視されて、ぐにゃぐにゃに気の抜けた別のボールを寄越《よこ》されているかのようだ。

「私行こうと思いまして」

「どこに、ですか？」

「どこにって北海道ですよ。衛と保さんの実家です」

壁に掛かっている時計を見上げると、午後七時前。急いで準備すれば飛行機の最終便に間に合いそうだ。じっと家で帰りを待つだなんて性《しょう》に合わない。直接会って文句を言ってやらねば。

「ああ。そうなんですか」

「はい。なので保さんにお会いしたら家に戻るように伝えておきますね。それでは」

「あっ。あの、すみません」

電話を切ろうとした私を晴美さんが遮《さえぎ》る。「なんですか？」と声に棘《とげ》が出る。余計な時間は使いたくないのに。

「私も一緒に、ついていっていいですか」

「はあ？」棘が生えたままの声が高くなった。

「私も、北海道、行きます。一緒に、行きましょう」

何やら決意が滲《にじ》んでいたが、相変わらずその声色はぼそぼそと低いままだった。


とりあえずの着替えや日用品などの荷物をリュックに急いで詰め、ショルダーバッグを下げると、家を出た。

久しぶりの一人旅行は、皮肉なことに快適だった。長時間の移動に飽きて騒ぎ始める子供たちを叱り飛ばさなくていいだけで、こんなに楽になるとは。

羽田《はねだ》空港へ向かう電車は空《す》いていた。シートに身を沈め、リュックサックを前に抱えると自然に溜息が出た。

どうして衛は出て行ったんだろう。考えてみる。正直、思い当たる節はたくさんある。

鈍臭《どんくさ》い。なんでそんなこともできないの。頭悪いなあ。

衛が何か失敗するたびに私は責め立てた。私のどんな言葉にも、衛は目尻を下げてひどいなあと笑うだけだった。まるで挨拶《あいさつ》のような応酬で、本気で傷つけてやろうなんて思っていなかったし、衛もそれを分かってくれていると思っていた。

でももしかしたら、私の雑言《ぞうごん》は遅効性の毒のように、衛をじわじわと蝕《むしば》み続けていたのかもしれない。

衛が主夫になったのは三年前だ。それまではイタリアンレストランでシェフをしていたが、コロナの煽《あお》りを受けて店が潰れてしまった。当時の状況もあって再就職先はなかなか見つからず、幸い私の稼ぎだけでも家計は回っていきそうだったので、衛には家庭に入ってもらうことになった。

私がその提案をしたときの、衛の安堵《あんど》の表情が忘れられない。確かに、あの騒動の中で就活をするのは相当なストレスだっただろう。衛の性格上私の提案に縋《すが》るだろうとは思っていたが、それでも私は衛に食らいついてほしかった。俺が主夫をやるなんてと地団駄を踏んでほしかったのに。なんて情けない人だ、と思った。

そもそも衛は料理以外は何をやらせても不器用だ。未だに家事の失敗が多く私を苛立たせる。私は仕事をしながら難なくこなせていた。それを注意しただけで子供まで連れて家出とは、情けないにもほどがある。文句があるなら直接言えばいい。明日は土曜日だからいいものの、週明けには美紅も蒼も学校や保育園があるというのに。子供たちの都合すらも考えられないなんて。

考えれば考えるほど噴出するのは衛への怒りばかりだ。電車の中でもメッセージを何度も入れたが既読はつかない。乗り換えの際に再度電話もかけたが、やはり繋がらない。

羽田空港駅に着いたとき、ショルダーバッグに入れていたスマホが振動する気配がした。慌てて取り出す。画面に映った文字は【依田晴美】。つい舌打ちが出る。

「はい。翠です」

苛立ちを抑えようとすると、極めて事務的な口調になる。一方あちらからは「あ、すみません。晴美です」と相変わらずの呑気で陰鬱《いんうつ》な声。

「もう着かれましたか？」

「あ、はい。ターミナル、今着きました。えっと、どこに行ったら」

「晴美さん、預ける荷物はありますか？　もしないなら、チェックインはもうオンラインで済ませたので検査場の前で待ち合わせしましょう」

「あ、はい。分かりました」

電話を切り、足早に向かう。搭乗締め切り時間まであまり間がない。

荷物検査場の前では、晴美さんが気の抜けた顔で立っていた。「晴美さん」と声をかけると、「あぁ」と「うぅ」の間の返事で頭を下げる。カーキのダウンコートにジーンズの出で立ちで、肩には大きめのトートバッグが下げられている。

「お待たせしました。晴美さん荷物それだけですか」

「あ、はい。とりあえず、下着とか、そういうのだけでいいかなって」

「まあ連れ戻してすぐ帰るだけですしね。それじゃあ行きましょうか。結構時間もギリギリなんで」

「あ、はい。行きます」

荷物検査場へ向かう私に、晴美さんがのそのそとついてくる。私はこの義姉のことがどうにも好きになれない。

まず顔が好きじゃない。厚ぼったい一重の目、丸い鼻に常に半開きの唇。いつも化粧っ気はなく青白い顔色をしている。表情に乏しく、皆が笑っているときでも重そうに頰を持ち上げただけのへたくそな愛想笑いを浮かべるだけだ。基本的に能面のようで感情が読めない。髪は肩の下まで伸ばし、黒く重い前髪は眉《まゆ》に被せていて、それ以外の形を見たことがない。

性格も合わない。ぼそぼそと話す声は聞き取りづらいし、鈍臭い動作や気が利かないところも見ていて苛々する。ただ無口なだけならいいが、時折余計な一言が飛び出してきてその場の空気を凍らせる。

何よりも嫌なのが、義母が彼女を気に入ってるらしいことだ。義母は私の前でよくこう言う。晴美さんはおしとやかでいい子よねえ。きちんと夫を立ててくれてるって感じがするわ。つまり、暗に——でもなくはっきり言われているような気もするが、——お前は口煩《くちうるさ》い出しゃばりな嫁だと言われているのだ。それも、自分が嫌いな女と比較されて。

そもそも夫の兄と結婚したからといって、五つも年下の女を「義姉」として見なさなければならないのも気に食わない。義姉《ねえ》さんなんて死んでも呼んでやるものか。

検査場で荷物を通したと同時に、スマホがまた振動し始めた。急いで取り出すが、着信元は職場だった。ダッフルコートを着込みながら通話ボタンを押す。

「はい依田です」

「ああ、依田さん！　お帰りになった後にすみません。ちょっとお聞きしたいことがあって」

会社の後輩からだった。通話をしながら搭乗ゲートへ向かう。あれやこれやと指示をし、ようやく電話を切ると、横から「お忙しいんですね」とぼそりと呟《つぶや》かれた。晴美さんの気配に気付かず、思わず「わっびっくりした」と言ってしまう。

「あ、すみません。お仕事、大変なんだな、って思って」

「そうですね、今日はたまたま早く帰らせてもらったんですけど基本的に忙しくて。でも晴美さんもお仕事してるじゃないですか」

「ああ、私は。九時五時の事務仕事で、残業とか、ほとんどないので」

「そうなんですか。いいですね」

呑気で羨《うらや》ましいことだ。私は今の仕事に誇りを持っている。産休育休を二回も挟んで、キャリアが危うかった時期もあったが、それでも役職も得て職務に励んでいる。それに何より、私が躓《つまず》いてしまったら誰もこの家を支えられなくなってしまう。

搭乗ゲートに到着するや否《いな》や、搭乗案内のアナウンスが流れる。私たちは列に並び飛行機に乗り込み、指定された座席に向かう。金曜の夜ということもあってか、ざっと見渡す限り満席に近い。ぎりぎりの予約で並びの席が取れたのはラッキーだったのかもしれない。

荷物を上の棚に仕舞い並んで座ると、窓側の晴美さんが「あの」と話しかけてきた。

「色々手配とか、ありがとうございました。ホテル、着いたらお金、払いますんで」

「いいえ。いつでもいいんで気にしないでください。どうせ一人でも行くつもりでしたし」

「翠さんは、行動力がすごいんですね。すぐに、北海道行くって、決めちゃうなんて」

「そんなことないですよ。いてもたってもいられなかっただけです」

こういうことは時間が経てば経つほど、修復しづらくなることはよく分かっている。早いうちから対策を講じるべきなのだ。

「それで、どうして衛さんが出て行ったのか、心当たりはあるんですか。翠さん、何かよくないこと、しちゃったんですか」

いきなりの質問に私は固まる。答えないでいると、更に尋ねてくる。

「心当たりがないと、会ったところで、意味ないかなって思って」

なんと不躾《ぶしつけ》な女なんだろう。親戚だからといって、夫婦間の問題にとやかく口を出される筋合いはない。それに、私だって実際のところは何が理由か分からないのだ。

今朝だって普通に出勤した。いってきます。いってらっしゃい。家のことよろしくね。うん、翠も仕事頑張って。いつもとなんら変わらない会話。いつもと同じ衛の笑顔。

それなのに、勝手に怒って家を出て行ったのは衛の方だ。私は悪くない。

「すみません私疲れてるので寝ますね」

イヤホンとアイマスクをつけ、コートをブランケット代わりに体に掛けると目を瞑《つむ》った。隣では晴美さんが「避難時の動画、始まりましたけど、見なくていいんですか」なんて言っていたが、やはり疲労は溜まっていたようだ。すぐにどろりとした眠気がやってきて、私の意識は徐々に遠のいていった。

がたん、という大きな衝撃で目が覚めた。どうやら機体が着陸したようだ。がたがたと揺れる体が脳を覚醒に導いていく。フライトの時間を丸々眠ってしまっていた。ふと隣を見ると、晴美さんは窓の外をじっと眺めていた。

やがて飛行機は完全に停止し、ベルト着用サインが消灯する。同時にかちゃかちゃとベルトを外す音が一斉に機内に響き渡り、棚から荷物を取り出そうと乗客が立ち上がる。私もそれに倣い、荷物を取り出す。

「翠さん、ずっと、寝てましたね」

飛行機の外へ向かう列を進みながら、後ろから晴美さんが話しかけてくる。

「そうですね。疲れていたのかもしれないです」

「途中で、飲み物、配りに来たんですけど。起こそうかと思ったんですが、ぐっすり、寝てたんで。起こさなかったです、すみません」

「ああいいですよ。気にしないでください」

この人の気を遣うポイントが妙にずれていて疲れる。親戚の集まりのときも常にこんな感じだった。保さんは、この人のどこがよくて結婚したんだろう。

飛行機を出て、新千歳《しんちとせ》空港に降り立つ。スマホを取り出し機内モードを外す。電波が通じいくつかメッセージが届いてきたが、どれも会社の人間からのもので衛からは相変わらず何の連絡もなかった。

時間は午後十時半を過ぎていた。土産《みやげ》店やレストランは当然全て閉まっていて、飛行機から降りてきた人々の歩く足音だけが響き渡る。巨大な建物が息をしていない様子にどことなく終末感を覚える。

電車はまだ動いていたが、乗る気力は残っていない。タクシーを捕まえるべく外に出る。当然真っ暗で、ぽつぽつと街灯が点在しているだけだ。私たちはタクシー乗り場の列に並ぶ。

「意外と、寒くないですね」晴美さんが真っ暗な空を見上げた。

「そうですね。結構暖かい格好してきちゃいましたけど」

衛の実家に行くのはいつも年末年始の時期だった。雪が降ることも多かったし、底冷えするような寒さの日が多かった。今は十二月の上旬。確かに寒いことは寒いが、吐く息は白く濁《にご》らず、指先も手袋をしていなくてもそれほど冷たくない。

帰省は嫌いだった。冬の北海道が嫌いだった。凍えるほどの寒さに、積もる雪。滑って尻餅《しりもち》をついたことは二度、インフルエンザに罹《かか》ったことは三度。そんな環境下で親戚陣に愛想を振り撒き、嫌味を言われ、神経をすり減らす。私にとって北海道とは、そういう場所だ。

関東出身の私は、北海道という場所が持つ響きに、かつては憧れすら抱いていた。初めて訪れたときは心が躍ったし、衛が披露してくれる雪国の雑学も楽しく聞いていた。

北海道の家はね、窓が二重になってるんだよ。部屋を暖かく保つために、窓が二つ重なってるんだ。

北海道では寒いときにエアコンはあまり使わない、室外機が凍ってることが多いからね。だから基本的に灯油ストーブを使うんだ。賃貸マンションとかにもヒーティングのシステムがついてるところが多いんだよ。

へえそうなんだすごい、と当時の私は何度も頷《うなず》いていた。今では疎《うと》ましくて仕方ない寒さですら、最初は異国情緒のように感じられたのだ。

十五分ほど待ったところで、ようやくタクシーに乗り込める。私は運転手にすすきのにあるホテルの名を告げる。

衛の実家は、札幌《さっぽろ》市内の山鼻《やまはな》19条《じょう》駅を降りて大きな橋を渡った先の、住宅街にある。だがこんな夜中に訪ねるわけにもいかない。今日はとりあえず、ホテルで一泊だ。

車内では沈黙が流れていた。気まずさもあったが、話をしている方が疲れるので黙ったままでいた。いつもこういうとき率先して声を発するのは私だが、この場で気を遣う必要は一切ない。

歓楽街の方に向かっていくにつれ、闇よりも光の割合が多くなっていく。通りを歩く人の姿も増えてきた。その様子をぼんやりと眺めていると、ふいに空腹を感じた。ここまでばたばたとしていたので忘れていたが、そういえば夕飯を摂《と》っていなかった。

「晴美さんお食事って済ませましたか」

反対側の窓を見つめていた晴美さんがこちらを向いて、細い目を瞬《しばたた》かせる。

「あ、はい。家を出るときに、軽くですけど」

「そうですよね」

視線を窓の外に戻す。いつの間にかすすきのに入っていたようだ。赤い帽子を被り髭《ひげ》を生やしたおじさんが、片手に麦の穂を持ちながらグラスを口に運び微笑《ほほえ》んでいる。

「何か、食べに行きますか？」

「いや大丈夫ですよ。ホテルに荷物置いたら、コンビニにおむすびか何か適当に買いに行きます」

「お客さんたち、旅行で来たんでしょ？　それなのに適当はもったいないさぁ」

急に運転手が話に割り込んできた。私は何も答えず歓楽街を見つめる。タクシーの運転手との会話ほど億劫《おっくう》なものはない。無視を決め込もうと思っていたのに、「そうですよねえ」と晴美さんが相槌《あいづち》を打ってしまう。

「せっかく北海道に来たんだし、美味《おい》しいもの、食べたいです」

「そうでしょうねえ。でもねえ、こんな時間だともう居酒屋ぐらいしか空《あ》いてないよ」

「居酒屋。でも、その辺の居酒屋でも、お魚とか美味しそう」

「そりゃあもう！　本州の居酒屋とは比べ物にならないですよ。新鮮で安い！　それが北海道の魚さぁ」

「へえ。なんか、お腹空いてきた」

「あとは、お客さんシメパフェって知ってますか」

「なんだろう。翠さん、知ってますか」

急に話を振られ、げんなりしながらも窓に傾いていた姿勢を正し、余所《よそ》行きモードに切り替える。

「知ってますよ。飲んだ後とかに食べるパフェのことですよね、運転手さん」

「あら、ご存知でしたか」

「へえ、そんなのがあるんですね。締めにパフェって、なんか、すごい発想」

そんな話をしているうちに車が目的地に着く。すすきのの歓楽街を通った脇道にあるホテルだ。大浴場つきらしいが、この時間帯だと堪能することはできなそうだ。

妙にだだっ広く静まり返っているエントランスを抜け、チェックインを済ませる。手続きをしている間、晴美さんは隅に置いてあるウォーターサーバーの水をがぶ飲みしていた。その背中に「チェックイン終わりました」と声をかける。

「すみません部屋がなくて、同じ部屋になっちゃったんですけど大丈夫ですか」

「あ、はい。私は、全然。問題ないです」

「ありがとうございます。じゃあ行きましょうか」

「あ、あのぅー」

ねっとりと長く伸びた語尾で呼び止められる。粘ついた息に絡め取られそうで不快だ。

「なんですか?」

「さっきの、あれ。良かったら、行きませんか。締めに、食べるってやつ。パフェ」

「えっ。シメパフェですか?」

「あ、そう、それです。シメパフェ」

昔一度だけ、衛と食べたことがある。確か九年前。結婚して一年目、美紅がまだお腹に宿る前だ。帰省のタイミングで、一泊だけ二人きりでホテルに泊まることにして、札幌を楽しんだ。そのときの文字通りの締めがシメパフェだったのだ。

今ほど道外まで人気が広まっていない頃だったが、まもなく日付が変わろうとしている時刻だったにもかかわらず店は混んでいた。地下にある店で、地上までの階段には人々が並び、その先も道路に沿って列ができていた。私たちは寒いねやばいねと両手をこすって笑い合いながら順番を待っていた。

一時間ほどしてようやく入れた店の中は、まるでバーのような様相だった。長いカウンター席が横長の店に沿って置かれており、客は横一列になって座っていた。内装はコンクリート打ちっぱなしの壁に囲まれ無骨な感じもしたが、取り付けられた棚に置かれた小さなオブジェや熊の置物たちが可愛らしかったのを覚えている。

馬鹿みたいに高いパフェとコーヒーの値段も、隣の客との距離の狭さも忘れて、私はぎっしりと器の底まで苺《いちご》とクリームの詰まったパフェにはしゃいでいた。懐かしい話だ。今食べてみたところで、こんな時間に食べたら太るなとか、明日も早いからそろそろ寝たいなとか、そんな余計なことがちらついてきっと素直に楽しめない。脂肪も時間も忘れるような勢いと力が、あの頃の私たちには確かにあったように思う。

もとより、晴美さんとシメパフェを食べる気はさらさらない。この人と一緒に長時間並んでパフェを食べるなんて、苦痛以外の何物でもない。

「私は遠慮しておきます。晴美さん行ってきていいですよ。私お風呂入ってるんで」

「そんなあ」

今まで表情のなかった晴美さんが、分かりやすく落胆を顔に宿す。

「せっかくって。私たち一年に一度は来てるじゃないですか。そんなにレア感ないでしょ」

「一年に一度って、結構、レアじゃないですか？」

そう言われたらそうかもしれないが。晴美さんは水の入った紙コップをさっきからずっと右手で握っていて、捨てようとすらしない。意外とこの人、頑固なのかもしれない。

「分かった。分かりましたよ」こんなところで押し問答している方が時間の無駄だ。私は折れることにした。「パフェはちょっとあれなんで居酒屋行きましょう。そこでなら海産物も食べられますし」

晴美さんが両の眉をくいっと持ち上げた。それがどんな感情を示しているのかさっぱり分からない。

「行きましょう。空いてるところ、探しましょう」

そう言うと晴美さんは紙コップの中の水を飲み干し、ごみ箱に捨てた。

零時を過ぎる時刻になってもすすきのは賑《にぎ》わっていた。有数の歓楽街らしい様相で、居酒屋やバーもまだ看板を光らせている。その中でもやはり目を惹くのは風俗店だ。「高級ソープランド」だの「人妻熟女専門店」だのと書かれた文句が光って躍り、そこかしこに無料案内所が乱立している。

とりあえず私たちは適当にホテルから近い居酒屋に入った。中は人で溢《あふ》れ返っていて騒がしかったが、すぐに席に案内された。「二名様ごあんなーい！」と店員が耳を劈《つんざ》くような声を張り上げる。

四人掛けのテーブルに向かい合って座り、荷物を空いた席に置く。晴美さんがメニューを取り、「どれにしますか」とドリンクのページを開き横にして見せてくる。

「私ウーロン茶でいいです」

「あ、そうなんですか。お酒、飲まないんでしたっけ」

「飲みますけど明日早いですし」

「あ、明日、早いんですか」

「もちろんですよ。朝一で向かいますよ」

店員が注文を聞きに来た。晴美さんが「ビール一つ」と口にする。イラッとくるが、不満を飲み込みウーロン茶を頼む。

「食事は、どれにしますか。やっぱり、北海道といったらウニとか、マグロとかですかね。あ、つっこ飯《めし》、だって。すごいですよ、これ、いくら山盛り」

「私は何でもいいです。好きな物をどうぞ」

とりあえず、早くホテルに戻りたい。店に充満している喧噪《けんそう》も酒臭さも苦手だ。そもそも、こういう大衆居酒屋のようなところに来ること自体久しぶりだ。

ドリンクを持ってきた店員に、晴美さんがポテトサラダやらホッケやらを次から次へと注文する。つっこ飯とやらの説明を受けているのを私は喉を潤しながら聞き流す。本当は酒が飲みたい。アルコールがあれば、体の中にずっと沈殿している靄《もや》が少しでも軽くなるに違いない。

「乾杯。翠さん、乾杯、しましょ」

ビールのジョッキを重そうに掲げている。私は既に口を付けてしまっていたウーロン茶の入ったグラスを手に持ち、おざなりに重ねた。

晴美さんはあっという間にジョッキの半分くらいまでビールを飲み干すと、「ふはぁあ」と大きく息を吐いた。口についた泡をおしぼりで拭《ぬぐ》うと、「それで、翠さん」と話しかけてくる。

「衛さんが、出て行った理由に、心当たりはあるんですか」

飛行機ではぐらかした質問をもう一度口にされ、さすがにうんざりしてしまう。相当分かりやすく態度に出したつもりだったのだが、鈍感なのか、それともわざと気付かないふりをしているのか。

でも、と思い直す。いうなればこの人も被害者なのかもしれない。衛と保さんは仲が良い。きっと弟が困っているのを見かねて、実家に帰る手助けをしたのだろう。妻に何の相談もなく同行するあたりこの二人の夫婦問題が垣間見える気もするが、晴美さんが一番迷惑を被《こうむ》っていることは間違いない。私は、ふうと小さく溜息をつく。

「正直理由は色々思い当たるんです」

晴美さんが私の顔をじっと見つめながら言葉の続きを待っている。この女に自分の胸の内を曝《さら》け出すのは癪《しゃく》に障るが、仕方ない。

「私は口が悪いし、仕事が忙しいときは特に不機嫌になりがちだったりするから。そういうのが良くなかったのかもしれない。家事や育児のストレスだってあったかもしれない。でももしかしたら、ラップが」

「ラップ」

晴美さんが表情を変えず繰り返す。お待たせしましたー、とポテトサラダがテーブルの中央に置かれた。

「ラップが苦手なんです。うまく切れなくて芯に巻きついちゃう。そうなるともう自分ではどうしようもなくて衛にお願いして剥がしてもらってました。もしかしたらそれがいつも嫌だったのかもしれない」

話しているうちに思い出したことだった。昨日の晩遅くに帰ってきて、夕飯の残りを温めて食べた。そのときにラップを使って、巻き込んでしまった。私はそれをどうしただろうか。記憶にないが、そのまま放置してしまった気がする。朝の忙しい時間、朝食やお弁当を作っていた衛は、そのへばりついたラップを見て、一体どう思ったのだろう。

「さすがに、それは、違うんじゃないですか」

呟く晴美さんの顔に浮かんでいるのが、同情なのか呆れなのか見当もつかない。そんなことで、と思う自分も確かにいる。でもよく言うじゃないか。些細《ささい》なことの積み重ねで関係は壊れる。

数時間前は怒りだった感情は、今は自責に変化している。私が酷いことを言い過ぎたんだろうか。愛想を尽かされてしまったんじゃないだろうか。いやでも突然子供たちを連れて家を出て行くなんてありえない、と自分の中の怒りを再燃させようとしてもうまくいかない。私たちは、そんなに仲の悪い夫婦じゃなかったはずなのに。

「仲は良かったんです。子供を私の母に預けて、一緒に映画を観たり買い物に行ったりしてました。会話だってきちんとある家庭でした」

晴美さんに話しながら、私は何に対してこんな言い訳じみたことを口にしているのだろうと考える。きっと自分に対してだ。自分たちの仲は良好だった、問題なんてなかったはずだと責任からどうにか逃れようとしている。

「子供、っていえば。お子さんは、大丈夫なんですか。心配になりませんか」

「衛と一緒にいてってことですか？　それは別に」

「あ、そうなんですか」

「そうですね。衛が子供たちを巻き込んだことに対しては憤《いきどお》りを感じますけど、不安な目に遭わせたりはしないっていうことは信じてますから」

「そう、ですか」

どこか腑《ふ》に落ちていないような態度だ。子供が自分の目の届かないところに連れて行かれて不安じゃないなんて、呑気すぎないかとでも言いたげだ。子供がいない女にとやかく言われたくない。

保さんと晴美さんは不妊治療をしていると聞いた記憶がある。原因は晴美さんにあるらしいと衛が言っていた。確か結婚してもう五年、晴美さんは三十二歳。きっと焦っているのだろう。だからといって、子供がいる私たちを妬《ねた》まないでほしい。

「とにかく理由としてはそんな感じです。明確にこれというお返事ができなくて申し訳ないですが」

「はあ、いえ。大丈夫です」

自分から質問してきたくせに興味なさそうにぼうっとしている。次々に届く料理を口にし、ビールを飲み、を繰り返していた。やっぱり、こんな奴に話すんじゃなかった。

「お待たせしましたあ、つっこ飯でぇす！」

無駄に屈強な店員が、どんぶりによそった白米と、ボウルいっぱいに入ったいくらを持って現れた。

「こちら、ご飯の上にいくらをどんどんと載せていきますのでぇ、もうこんな量食べきれない！ と思ったらストップと言ってくださぁい。ストップがない場合は、溢れるぎりぎりまでよそわせていただきまぁす。食べ残したら罰金を頂きますので、ご了承ください。それでは、始めまぁす！」

説明が終わると、店員が「おいさー！」という掛け声と共に、いくらをスプーンで白米に載せていく。他の店員も合唱するように「おいさー！」と掛け声を重ねる。白いご飯が、真っ赤で艶々に光るいくらに塗り潰されていく。

「あっ、わーっ。うわーっ。どうしましょう、翠さん。わー、すごい。すごい、載せられてます。全部、食べられるかな。わー、わぁー」

晴美さんが目を丸くしてその様子を見つめる。相変わらず表情に変化がないので分かりにくいが、きっとはしゃいでいるのだろう。店中の視線がこちらに向かっていて恥ずかしいことこの上ないが、気にする様子はないようだ。

こんなことではしゃげるなんて羨ましいな、と晴美さんを見つめる。皮肉が七割、純粋な羨望が三割ほど。いつから私は、こういうのを楽しいと思わなくなったのだろう。

三十七歳。それなりに生きてきて、それなりのことを体験してきた。もうシメパフェや雪国の雑学くらいじゃ高揚《こうよう》できない。映画も本も、粗ばかり探す癖がついて、いつの間にか純粋に楽しめなくなっていた。積み重ねてきた知識や経験は糧にならず、余計な贅肉《ぜいにく》として私の心にまとわりついて、感情を鈍くさせている。

いつから私は、こんなに可愛くない人間になってしまったのだろう。

だから衛は、愛想を尽かしてしまったんだろうか。

結局晴美さんはつっこ飯を半分以上食べきれず、残りを私が食べることになった。深夜にこんな高カロリーのものを口にするなんて、最悪だ。

ホテルに戻り、晴美さんを先に風呂に入らせる。もう何度かけたか分からない電話をまたしようとして、やめる。深夜二時。さすがにもう寝ているだろう。

一人になり時間を持て余すと、ふいに冷静になってゆく。どうせ会いに行くのは夜が明けてからになるのに、今日の飛行機でどうしても来たかったのは、衛に思い知らせたかったからだろう。私がそれまでに怒り、焦っているのだということを。

馬鹿みたいだ。衛からは一度も何の連絡もない。私の動向など何も気にされていなかったというのに。

「お風呂、お先しました」

晴美さんが髪をタオルでわしわしと拭きながら出てきた。随分早い入浴だ。私は洗面用具の準備をする。

「晴美さん。私の洗顔料や化粧水はこのポーチの中に入れておきますので。洗面台に置かせてくださいね」

「あ、はい、どうぞ。私のは、何もないですから。お好きなように、してください」

「えっ。何もないっていうのは？」

「あ、何も、持ってきてないので」

「洗顔料も？　シャンプーも備え付けのものを？」

「あ、そうですね。急でしたし、一泊だから、顔も水洗いだけでいいかなと」

何を言ってるのだ、この人は。三十を超えた女がそれでいいわけがない。それにこの口ぶりだと、普段から一切気を遣っていなそうだ。あまり化粧をしているところを見ないし、頓着がないのだろう。

「そういうのやめた方がいいですよ」

声色が強くなった。何故か馬鹿にされたような気がした。毎日肌に気を遣い、化粧をし、服だってきちんとしたものを着るように心掛けている。そんな努力を嘲笑《あざわら》われたような気分になってしまったのだ。

「良かったらお貸しします。洗顔料も化粧水も。今やってきた方がいいですよ」

「え、でも」

「いいですから。説明しますから来てください」

半ば強引に洗面台に連れてくると、持ってきた洗顔料たちを並べる。晴美さんは気の抜けた顔でそれを眺めている。

「これパウダーなんですけど洗顔料なんです。少しだけ水を混ぜて擦《こす》って泡立ててください。これが化粧水で、これとこれが美容液と乳液です」

私が手にしていくボトルを、まるで未知の道具か何かのような表情で見つめている。未だ湿っている髪に手櫛《てぐし》を通しながら、「あのう」と呟くように言う。

「私、今まで、化粧水しか使ってきてなくて。美容液と、乳液は、その、どういうふうに使えば」

「ええ？　嘘でしょう」

私は思わず目を丸くする。この歳でなお、化粧水だけで済ます女がいるなんて。信じられない。

これで美肌が保てていますというのならそれでいい。でも彼女の肌はお世辞にも綺麗とは言えない。乾燥し吹き出物もできている。色は白いが、その代わりくまが目立つ。そのことに危機感を覚えないことに衝撃を受ける。

「分かりました。私が横から教えるので言う通りにやっていってください」

「あ、はい。すみません」

私は晴美さんの横に立ち、やり方を指南した。洗顔パウダーはそれくらいで、水を足して泡立ててください。化粧水を肌に塗るときは叩くんじゃなくて両手で押さえて浸透するように。その後に同じように手で美容液と乳液を使ってください。私の説明に彼女は、はい、はい、といちいち大袈裟《おおげさ》に頷き、素直に行っていった。まるで美紅に教えているようだなと思った。

全ての工程を終えると、「ありがとうございました」と晴美さんが頭を下げる。

「いいえ。パックとかもたまにはした方がいいですよ。それと髪もいきなりドライヤーをかけるんじゃなくて、タオルドライしてからオイルを塗って乾かした方がいいです」

「はあ。なんだか、いっぱいすること、あるんですね。風邪、引いちゃいそうです」

「パックしたままだとボタンのないパジャマとか着づらいですからね。私はバスローブ着たりしてますよ」

「はあ。そうですか」

相変わらず覇気のない返事を吐いたかと思うと、今度は私のことをじっと見つめてくる。どうしたんですか、と訊く前に彼女が口を開いた。

「翠さんのところは、セックス、してますか」

「はあ?」

何をいきなり言い出すんだ、この女は。義弟夫婦の性事情を聞き出して、一体どうするつもりなのだ。

「どうしてそんなこと訊くんですか」

「いえ。翠さん、いつもお綺麗にして、きちんとしてるから。衛さんも、いつまでも女性扱いしてくれるのかなって、ふと」

私たち夫婦は、蒼が生まれてから四年間、数えるほどしかセックスをしていない。最後にしたのはもう一年以上前だ。私の性欲がなくなり、性行為が億劫になってしまったことが大きい。けれど私たちはそのことをそれほど問題視していない。一度きちんと話し合って、風俗くらいなら行ってもいいと衛に伝えた。一人で処理をした形跡を見つけたことも何度もあったが、それに対して目くじらを立てるようなことはしなかった。

ただそれだけのことだ。セックスレスに私の性的魅力は関係ない。まるで煽るかのような質問に苛立ちが募るが、もしかしたら晴美さんもレスで、悩みを抱えているのだろうか。

「晴美さんはどうなんですか」

「あ、私たちは、定期的にしてます。月に、二、三回くらい」

なんだそれは。この人は、私のことを馬鹿にしてるんだろうか。化粧水しかつけていなくったって、女の価値を見出してくれている相手はいるのだとでも言いたいんだろうか。

「そうですか。私お風呂入ってきますね」

なんだかどうでもよくなって、苛立ちも呆れに変化する。溜息交じりに言うと、洗面所のドアを閉めた。


朝、悲鳴のような声で目が覚めた。何事かと思い耳を澄ますと、窓の外から聞こえてきている。悲鳴ではなく数人の男女が騒ぐ声だった。朝の八時過ぎ。夜通し飲んでいた若者たちが酔って叫んでいるのだろう。歓楽街らしい光景だが、目覚まし代わりにするには少々やかましすぎる。

どんな奴らか見てやろうとベッドから出て窓を覗き込むと、ガラスが白く結露していた。手のひらでこすると外の様子が見えてくる。空からは、白い塊《かたまり》がちらちらと降っていた。

「雪」

思わず声に出る。道路や車の上には薄《うっす》らと積もっていた。窓に近付くだけで冷えた空気が伝わってくる。昨日はそれなりに暖かかったのに、今日は冷え込みそうだ。

「うわあ雪だ」

声が聞こえて振り向く。晴美さんが細い目を更に細めながら窓の外を見ていた。人は雪を見たら感嘆する生き物なのかもしれない。ただし、雪国の人たちを除く、かもしれないが。

「チェックアウト十時でしたよね。ちょっと寝坊してしまいましたね。準備しましょう」

四時間ほどしか寝ていないので頭はまだぼんやりするが、そうも言っていられない。洗面台に立ち歯を磨《みが》き洗顔をする。化粧水を塗って出ると、まだ晴美さんがベッドの中にいた。自分の頬に両手を当てぼんやりしている。

「晴美さんいい加減起きてください。洗面台空きましたから使ってください」

「あ、はい」

はい、と言いつつベッドから出る気配はない。晴美さん、とさっきよりも強く名前を呼ぼうとすると、「翠さん」と遮られた。

「すごいです、翠さん」

「はあ。何がですか？」

「お肌。すっごく、しっとりして、もちもちしてます。やばいですね。こんなに変わるなんて。うわー、すごい。びっくりです」

言いながら自分の頬を突いたり押したりしている。変わらずの無表情さでいまいち感情が読み取りづらいが、どうやら嬉しそうなことは確かだ。というか、つっこ飯のときと同じ反応じゃないか。思わず苦笑する。

「今朝も貸してあげますから。だから早く準備してください」

はあい、と返事をすると、晴美さんはようやくベッドから這い出てきた。

チェックアウトすると私たちはホテルを出た。雪はさっきよりも大粒になっている。このまま行くと積もりそうだ。

コンビニでビニール傘と肉まんを買い、市電の駅へ向かう。肉まんを食べながら歩くと、湯気と自分の息で視界が度々白く覆われた。

昼前の繁華街は夜とは全く違う顔をしている。人通りはまばらになり、あれだけ景気良く光っていた看板たちは今はただの壁の一部だ。どことなく精彩を欠いてしまったような通りを歩く。風俗の無料案内所のすぐ傍にラウンドワンがあったりしていて、健全なのか不健全なのか分からない。家族で遊びに来たとき子供から、あれって何のお店なのと指を差されたらなんと説明するのだろうと、どうでもいいことがふと気になる。

おじさんのイラストの大きな看板を通り過ぎ、横断歩道を渡ると市電の駅が見えてきた。月寒通《つきさむどおり》の中央分離帯にある外回り方面の停留所へ向かう。白い壁と屋根に囲まれていて、私たちは傘を畳むとその下に入り込んだ。待っている人はそれほど多くなく、リュックを前に抱くとベンチに座った。晴美さんもその隣に座ると、白い息を吐きながら尋ねてきた。

「翠さん。市電、乗ったことありますか」

「ないですね。初めて乗ります」

衛の実家に行くときはいつも、実家の誰かが車を出してくれていた。

「私も、初めてです。あの、パスモとかって、使えるんですかね」

「どうでしょうね。乗る人他にいるし真似してみればいいんじゃないですか」

「あ、確かに、そうですね。じゃあ、最後に乗りましょう、最後に」

そんな会話をしているうちに電車がやってきた。

緑色の四角くて短い電車。レトロな雰囲気で、雪を裂いて走ってくる。先頭についた大きな窓からは運転士が運転している姿が見える。やがてゆっくりと駅に停車した。ベンチに座っていた人たちが一斉に立ち上がり電車へ向かう。

どうやら乗車口と降車口は分かれているようで、前方からわらわらと乗客たちが降りてきた。待っていた人々は中央辺りから乗り込んでいる。先に料金を払ったり券を取ったりする必要はないらしく、そのまま席に座っている。私たちもそれに倣う。

電車内は思ったよりも混雑していた。さすがにぎゅうぎゅうとまではいかないが、立っている人たちがちらほらといる。私たちも並んで吊革に掴まる。晴美さんが上半身を伸ばして、運転席を覗き込んだ。

「翠さん、ピッする機械、ありますよ。パスモ、使えそうです。ああよかったあ」

「そんなに安堵することですか？」

「しますよ。します。私、こういうの、苦手なんです。バスとかで、お金払うの。細かいのがないと、両替するしかないじゃないですか。でも、事前に両替しに行こうとすると、走行中は歩かないでください、とか言われちゃうし。結局、降りるときに、両替しなくちゃいけなくて。後ろの人とか、運転手さんとかの、圧がもうほんとに、苦手すぎちゃって。そういうときに限って、小銭落としたりとかするんです、私。もう、パニックです。だから、パスモが出てきたとき、私、なんて素晴らしいサービスなんだ、って感動しました。素晴らしい発明です。私の人生を、救ってくれました」

ぶつぶつと低い声で熱弁している。そうなんですねーとだけ相槌を打っておく。

市電の内観は普通の電車のそれと何ら変わらない。吊革、シート、優先席、中吊り広告。ただ一つ違うのは外を流れる景色で、街並みが映り、すぐ傍を車や自転車が走り人が歩いている。何だか妙な感覚だ。

次は、中島公園通《なかじまこうえんどおり》です。車内アナウンスが流れる。目的地に徐々に近づいている。吊革を掴む手のひらに汗が滲んだ。どうやら緊張しているようだ。そんな自分が嫌で、深く息を吸い、汗をコートで拭った。

「どうしたんですか。溜息」

「ああ。まあちょっと」

「緊張してるんですか」

この人はこういうときだけ敏《さと》い。本当に嫌な感じだ。自嘲気味に笑うと「そうですね。してます」と答える。

勢いだけでここまで来てしまった。東京と北海道。近い距離ではない。衝動的と呼ぶにしては、冷静になれる時間はたくさんあったように思う。考えないようにしていただけだ。衛に会ってどうするのかを。

じっと家で待っているのが嫌だった。鳴らないスマホを肌身離さず持って、何をしていいか分からずぼんやりと土日を過ごすなんてごめんだった。だからここに来たことを後悔しているわけではない。ただ、衛に会うのが怖い。

何を言われるだろう。どんな顔をされるんだろうか。わざわざ迎えに来てくれたんだと喜んでくれる？　まさか、そんなわけない。だって私に嫌気が差して家を出て行った人だ。歓待なんてされるはずがない。衛がたまに見せる表情。ニュースで胸糞《むなくそ》の悪い事件があると、目を細め食いしばった歯を見せ、嫌だなと呟く。その顔を私に向けるんだろうか。胸の奥がぎゅっと痛くなる。ここまで来ておいて、会いたくないという言葉が浮かんできてしまう。そんなものは消さなきゃいけない。罪悪感も不安も見せたくなくて、いつものように怒りで誤魔化《ごまか》して私は怒鳴りつけるのだろう。衛、一体どういうつもりなのと。そんな自分が本当に嫌だ。

「ですよね。私も、してます」

晴美さんの浅い同意に思わず鼻で笑ってしまう。

「晴美さんは別に緊張しないでしょう。保さんは衛さんについていっただけなんですから」

「どうなんでしょうか」

晴美さんが首を傾げる。電車が中島公園通駅を出る。次は、行啓通《ぎょうけいどおり》です。あと二駅で着いてしまう。

「でも、私、実家に行くときはいつも、緊張してます」

「そうなんですか？」

とてもそうは見えなかった。旦那の実家だというのに常にぼんやりしていて、むしろ堂々としてすらいるように見えたが。

「はい。お義母《かあ》さんに会うの、嫌で」

「お義母さんですか？」義母の穏やかなふりをした顔が脳裏に浮かぶ。確かに私も嫌いだが。

「でも晴美さんは好かれてるじゃないですか」

「ええっ！」

晴美さんが目を見開く。この人の瞳がこんなに露《あら》わになるのを初めて見た。

「え？　違うんですか？」

「ち、ちがい、違います。全然違いますよー。なんでそうなるんですか」

「えっ、だってお義母さんよく褒めてますよ。おしとやかないい子できちんと夫を立ててくれてるって」

「えええ。嘘だあ」

晴美さんが首を何度も横に振る。ぱさついた髪が円を描くように浮いた。

「だって、私も、よく言われてます。翠さんは、しっかりてきぱきハキハキしてて、よく気が付く人だ、って。だから、私、お二人はうまくやってるんだなあ、いいなあって」

「えっ、ないですないです。いつも嫌味ばっかり言われてますよ」

「ええ、じゃあ、なんで……」

「多分ですけど」薄いピンクの爪で口元をいじる。「義姉妹を引き合いに出して私たちのことを貶《けな》したかったんですね。あの人」

「えええええ。あのクソババア……」

晴美さんの表情は微塵《みじん》も変わらないが、歯を食いしばりながら唸《うな》っている。きっとものすごく怒っているのだろう。「クソババア」とつい鸚鵡《おうむ》返ししてしまう。あっ、と晴美さんが声を上げる。

「あ、あの。今の、誰にも、言わないでくださいね。秘密、秘密でお願いします」

「大丈夫です。私も常々クソババアって思ってますから」

「えええ、一緒じゃないですかあ」

「そうですね。一緒です」

アナウンスが流れる。山鼻19条駅です。ついに、着いてしまった。

私たちはパスモをタッチパネルに押し付けると、電車から降りた。

すすきのと比べるとかなり小さく狭い駅だった。降り立つと、すれすれのところに電車がある。ベンチなどの待つスペースはなく、立っているだけで精一杯だ。目と鼻の先で車体が通り過ぎていった。駅はガラス張りの屋根がついてはいるものの、雪は強まり横殴りになっており、ほとんど役割を果たしていない。私たちは傘を差す。

それと同時に、スマホが振動した。取り出して画面を確認する。【依田衛】。一瞬、息が止まった気がした。

「は、晴美さん。ちょっと、ちょっと待ってもらってもいいですか」

駅を出ようとする晴美さんを足止めする。手袋を外し、通話ボタンを押す。指の震えはきっと寒さのせいだけではないだろう。

「もしもし？　ママ？」

聞こえてきたのは、美紅の声だった。衛が子供たちに不快なことを強《し》いるわけはないと分かっていても、およそ一日ぶりの娘の声に、胸の中に安堵が広がった。不覚にも泣きそうになるのを堪《こら》えて、目を見開き、駅の向かい
に建っているコンビニを睨《にら》みつける。

「美紅。元気なの？」

「そりゃ元気だよ、昨日だって普通に会ったじゃん」

生意気な答えが返ってくる。八歳ともなると女の子は口が達者で困る。

「ならいいんだけど。蒼は？　元気？」

「元気だよ。今たーくんと遊んでる」

たーくんというのは保さんのことだ。やはり、衛たちと保さんは一緒にいたのか。

「よかった。今からお母さん迎えに行くから。待っててね」

「えー、いいよ来なくて」

心底嫌そうな声にショックを受ける。美紅たちは、衛に無理矢理連れてこられて、早く東京
に帰りたい気持ちを抱えていたんじゃなかったのか。

「何言ってるの。ちょうど電車降りて家に向かうところだから」

「えっ、もしかして今北海道なの？」

「そうよ。昨日の夜来たの」

「ええ何それ。引くんですけどー」

引く。どうして引かれなければいけない？　私たちが心配で急いで来てくれたんだねと、そう涙ぐんでくれたっていいはずなのに。

「とりあえずパパに替わってくれない？　話したいことがあるの」

「えー。やだ」

「美紅には関係ないでしょ。いいから替わりなさい」

「はあ？　関係なくないから！　家出ておばあちゃんち行こうって言ったの、私だもん」

言葉を失う。一体どういうこと？　頭の整理がつかない。けれど美紅は次々とまくし立てていく。

「昨日学校から帰ったら、たーくんが来てたの。で、なんかオトナの話っぽいことしてて。家にはもういたくない、どんな顔をして話したらいいか分からない、みたいなことパパと二人で話してるからさ。だから、私言ったの。じゃあみんなで家出しちゃえばいいじゃんって。ママたちを懲らしめてやろうって」

「どうして……どうして、そんなこと」

「どうしてだと思う？　ママ、最近はずっと帰りも遅いし、たまに早く帰ってきたと思ったらずーっと会社の人の悪口。しかもパパにはひどいことばっかり言うじゃん。すっごい怒るし。パパ、可哀想だった。言い返しもしないで、ただ笑ってて、ほんとにすっごく可哀想だった。

だったらもう家出しちゃえばいいじゃんって思ったの。私も、最近のママ嫌いだし」

何か、何か言い訳をしなければ。口を開ける。降りしきる雪の中に白い吐息が溶けていく。何も言えない。

何にショックを受けたらいいか分からない。衛が家にいたくないと言っていたこと。娘に嫌いだと言われたこと。美紅がいつの間にか、こんなに理路整然とした話し方をするようになっていたことすら私は知らなかった。

「だから、迎えに来なくていいから。月曜は学校休んでいいってパパ言ってたし。それじゃ」

一方的に電話が切られる。私はスマホを手にしたまま呆然としていた。私は、捨てられてしまった。夫と娘から。

「み、翠さん。どうしたんですか」

晴美さんが尋ねてくる。枝毛の目立つ髪には雪のかけらがいくつも付いていた。狭い駅での近い距離。美紅の声はきっと彼女にも聞こえていただろう。

「だけど、私だって」

だけど、私だって好きで帰りが遅いわけじゃない。好きで衛に辛辣《しんらつ》な態度を取っているわけじゃない。私が一家の家計を支えている。業績次第で評価が変動する営業職は、つまるところ働けば働くほど稼げる。逆を言えば働かなければ給料は上がらないのだ。稼がなければと躍起《やっき》になって、美紅や蒼と触れ合う時間が少なくなっていった。二人が寝ている時間に帰ることも多くなり、休日出勤もしばしばあった。美紅の授業参観や三者面談も夫に任せきりにしている。

まだ四歳の蒼だって、今が一番可愛いときなのに遊んでやることもできない。家族のために必死になるにつれて、家族との隔たりが大きくなっていった。美紅の私に対する拒絶も、本当はどこかで気付いていた。

何故《なぜ》私だけこんな目に、という怒りは衛へと向かった。美紅の宿題を手伝うのも、蒼のヒーローごっこの敵役《かたき》も、本当は私の役割だった。それを衛は奪ったのだ。その頃から私は衛にきつい言葉を浴びせるようになった。家計を支える重責から逃げ出し、子供たちからの思慕を独り占めする衛が、憎くて憎くて仕方がなかった。

それでも私は頑張っていたのに。それなのにどうして、こんな目に遭わなくちゃいけないんだろう。

頭の中で渦巻く思考は言葉にはならず、細く白い息となって私の唇の隙間を抜けていった。

「晴美さん。私帰りますね」

「えっ」晴美さんがしゃっくりのような声を上げる。

「こんなところまで連れ出してしまってすみませんでした。このまま保さんを迎えに行くかどうかはお任せします。保さんは衛についていっただけなので、多分一緒に帰ってくれると思いますから」

頭を下げる。顔を上げると、晴美さんは細い目の中で小さな黒目を頻《しき》りに泳がせている。私はスマホを持ったままの手をコートに突っ込んだ。かじかんですっかり冷たくなっている。道路の向こうから、電車がやってくるのが見えた。市電は環状線だ。外回りはすすきの行きだと遠回りだが、ちょうど来たことだし乗り込んでしまおう。

雪をかき分けて電車が到着する。さっきの緑色の車両とは全く違い、白と黒のメタリックで近代的な見た目だ。電車というよりも新型特急という呼称が似合う。

ドアが開き、乗客が降りてくる。私も乗り込むべく傘を閉じようとしたとき、急に晴美さんに腕を掴まれた。傾いた傘から、ばさばさと積もっていた雪が落ちる。

「わっ。なんですか晴美さん」

問い質すも、彼女は俯《うつむ》いたままで、けれど腕を掴んで放そうとしない。

「ちょっと。放してくださいよ！」

「わっ、わ、わっ」晴美さんが震える声でようやく口を開く。「わたっ、わたしのっ、私のせいなんですっ。ごめんなさい、本当に、ごめんなさい」

薄い睫毛《まつげ》が小刻みに揺れている。私は訳が分からず、電車に乗せようとしていた足を地面に戻した。電車は痺《しび》れを切らしたかのようにドアを閉め、相変わらずのすれすれの距離で走り去っていった。

「だっ、だから、翠さんは、悪くないので。わ、わ、私が、帰ります。だから、あのっ」

「晴美さん落ち着いてください。何の話をしてるんですか？」

取り乱す晴美さんの肩をさすり宥《なだ》める。支離滅裂で今にも泣きそうだが、かろうじて私と衛の話に関係があるのだろうということは分かった。

深く呼吸を繰り返して、ようやく落ち着いた様子で晴美さんは話し始めた。

「私、分かりました。衛さんが、家出を発案したんじゃ、ないです。私の、夫です」

「どうしてそう思うんですか？　娘の話を聞いたからですか？」

「違います」晴美さんが首を横に振る。雪が散る。「初めから、そうじゃないかって、思ってたんです」

不思議とそれほど寒さは感じないけれど、雪はやむ気配がない。駅の屋根の方に体を寄せても、傘に雪は降り積もっていった。そのままでいると柄を持つ手が重くなって、定期的に雪を地面に落とす。

「私、そもそも、結婚なんてしたくなかったんです」

何の話だろうと訝《いぶか》しくなりながらも、「保さんのことが好きじゃなかったんですか？」と尋ねてみる。

「いいえ、違います。保のことは、愛してました。私、こんなんだから。ブスだし、お化粧もうまくできないし。でも、保は、言ってくれて。俺は君の顔が好きだ、化粧っ気のないところが好きだ、って」

私は何を聞かされているんだろう、結局惚気《のろけ》られてるだけなんだろうか。苛立ちそうになりながらも、堪えて続きに耳を傾ける。

「そう言ってくれる保が好きで、だから、一緒にいるだけでよくて。結婚なんて、どうでもよかったんです。しなくてもよかった。一緒に、いられれば、よかったんですけど。保は、そうじゃなくて。結婚しようって、言ってくれたんです。正直、すごく、迷いました」

「迷う必要ありますか？　一緒にいられるなら結婚した方が確実じゃないですか」

「で、でも。結婚って、相手の家族とも、家族になるってことじゃないですか。お母さんとか、弟さんとか、はっきり言って、仲良くなれる気がしなかった。仲良くなんて、したくなかったです。だって、私は、保のことが好きだけど、それと、保の家族のことを好きかどうかは、全然違うじゃないですか」

その気持ちはすごく分かる。残念ながら私は、結婚してからその事実に気付いてしまったが。衛のことをこんなに愛しているんだから、衛の血を分けた家族だってきっと愛することができる。若く浅はかな私はそう思っていて、その自信は結婚後あっさりと打ち砕かれることになる。その点だけで言えば、私より晴美さんの方が冷静な目を持っていたと言えるだろう。

「だけど、結婚、することにしました。一緒に、いたかったから。断れば、きっと、別れることになっちゃうだろうって思って。幸い、保の家族たちとも、それほど会う機会はなくて。だから、どうにか、幸せな日々を送ってました。ある日、言われたんです、保に。俺たち、子供作らないかって。私、別に子供なんて、いらなかった。二人きりが良かった」

不妊治療、という言葉が脳裏に浮かんだ。彼女たちはそれをしているはずじゃなかったか。

「でも、それも、受け入れることにしました。それが、保の望むことなら、そうするしかないかなって。タイミング法、っていうんですか。排卵日を狙って、行為をするようになりました。保は、すごく積極的で、わざわざカレンダーに丸つけたり、その日は仕事を早めに切り上げたり、でも、いつまで経っても、子供はできなかった。だから、私たち、病院に行ったんです。

そうしたら、保の精子の量が、かなり少ないことが分かりました」

「えっ？」

思わず声が出た。私の聞いている話とは違う。確か、晴美さんに原因があるということだったはずだ。

「私が原因だって、多分、聞いてますよね。私が、お願いしたんです。そういうふうに、言ってくれって。依田家での、長男としての、保の立場を、守りたかったんです、私が」

「でもそれじゃあ晴美さんが……」

「いいんです、そんなことは、どうだって。それに、私、正直ほっとしたんです。ああ、これで保は、子供を、諦《あきら》めてくれるって。でも、逆でした。保は、今まで以上に、子作りに励みました。不妊治療を始めました。それに加えて、排卵日での行為も、どれだけ疲れていても、酔っぱらっていても、必ずするようになりました。でも、私は、すればするほど、保の気持ちが、私から離れていくような、気がして」

今まで淡々と話していた晴美さんが、すん、と洟《はな》を啜《すす》った。きっと寒さのせいではないだろう。傘を握っている手が、忙《せわ》しなく柄を撫でている。

「セックスって、そういうものなのかな、って。まあ、本来の生物的なアレから考えたら、子供を作るためっていうのが、正しい理由なんでしょうけど。でも、なんというか、あまりにも、機械的で。私との行為を、楽しむとかじゃなくて、ただただ、子供を作るためだけの作業、そんな感じで。だから、私、保を、誘ったんです。排卵日でも、なんでもない日に。しようよ、って」

義姉の生々しい告白に、私は何も口を挟めなかった。本当なら聞きたくもない話のはずなのに、身につまされる。二人目が欲しいと言って子作りに励んだとき、私も衛に対してこんな態度を取っていなかっただろうか。セックスなんて所詮《しょせん》、子供を作るためだけの通過儀礼だと思っていた。

「そうしたら、保、言うんです。え、今日ってその日じゃなくない？　って。ショックでした。カレンダーに丸が付いている日以外は、保は、私とする気は一切ないんだなって。今しているセックスに、愛情や性欲なんて、微塵もないんだなって、そのとき、知ったんです。悩みました、すごく。私に、魅力がないのかなって、考えるようになりました。化粧っ気がないところが好きって、言ってくれてたけど、やっぱり、綺麗な方がいいに決まってる。慣れない化粧を、頑張りました。でも、うまくいかなくて、変なふうになっちゃって。それでも、口紅をつけたり、付け睫毛をしたり、色々やってみたけど、保は、なんにも反応してくれなくて。自分が、惨《みじ》めになって、やめてしまいました」

晴美さんが傘を持たない空いた手で、自分の頬を撫でた。指は皮膚《ひふ》の上を何度も行ったり来たりして、その度に指の重みで肌が沈む。

「そして、おとといの夜」

そこで、話が途切れた。おとといの夜、つまり衛と保さんが家を出た前日。沈黙の中で、晴美さんはその晩のことをきっと反芻《はんすう》している。私は黙って続きを待った。

また、電車がやってきた。今度は緑色の車体。駅に止まりドアを開けるが、私たちが乗り込む気配がないことを知ると、ドアを閉め去っていった。それを待っていたかのように、また晴美さんが話し始める。

「おとといの夜、保が、言ったんです。じゃあ、しようか、って。その日は、丸の日でした。べつに、体調がすぐれないとか、そういうわけじゃなかったんですけど。どうしても何故か、する気になれなくて。考えてみたんです。このまま、もし子供ができたとしたら。十月十日《とつきとおか》お腹に宿して、産んで、育てて。成長に喜んだり、悩んだりして。なんだか、それがすごく、気持ち悪く思えたんです。うまく言えないんですけど、保は、そうしたいんじゃなくて、そうすべきだって感じていて、私のことをただ、その中の一つの要素としか、考えてないのかもって。人生ゲームって、あるじゃないですか。車の上に、頭の丸い棒人形みたいなの、挿すじゃないですか。私、あれじゃん、って思って。あの車の穴に挿せれば、なんだっていいんじゃん、って。そしたら、もう、気持ち悪くて。だから、言ったんです。今日は、したくないって。具合でも悪いのって訊かれたから、そういうわけじゃないけど、なんとなく、って。そしたら、保、すっごい嫌そうな顔しました。目を細めて、歯を食いしばって、なんとなくってなんだよ、きちんとしようよ、子供作れなくてもいいの、って。私、もう、ぐちゃぐちゃで。そっちこそ、きちんとってなんだよ、って。きちんとなんか、私は、したくないんだよって。それで、つい、言っちゃったんです」

晴美さんがぎゅっと目をつぶった。そしてゆっくりと開く。

「自分のせいで子供できないくせに偉そうに言わないで。衛さんは二人も子供できてるのに。って」

ああ、と私はつい嘆息を漏らした。そのときの場の空気がありありと想像できて、息苦しくなる。保さんは、衛のことを可愛がっていた。俺は兄貴だから、というのが口癖だった。そんな弟が、自分よりも早く子供を授かった。きっと焦っただろう。兄として頼られる存在であるためには、いつだって弟の先を歩いていなければならない。保さんはそう考える人だ。しかもその末に、不妊の原因が自分にあると知った。兄としての矜持《きょうじ》にひびが入ったに違いない。晴美さんが身を挺《てい》してまで自分のせいにしたのは、彼女も保さんのその本質に気付いていて、衛に知られないようにするためだったのだろう。

でも、そこまでして守っていた彼女が、衛の名前を出して保さんを責めた。当然わざとだろう。かろうじて保たれていた矜持を、粉々に打ち砕いたのだ。

「あのときの、保の顔が、忘れられなくて。傷付けてやろうって思って言ったのに、いざ傷付かれると、取り返しのつかないことを、してしまったって、後悔して。でも今更、謝ることも、できなくて。そのまま保は、寝室に、引っ込んでしまいました。朝になっても、会話はなくて。私は仕事に出て、そして帰ってきたら……」

保さんはいなくなっていた。実家に帰る、という言葉を残して。

「私、どうしたらいいか、分からなくて。そうしたら、翠さんから、電話がかかってきました。衛さんも、一緒に帰ってるって聞いて、私、ほっとしちゃったんです。あ、もしかしたら、私のせいじゃないかも。保は、衛さんについていっただけで、家に、いたくなくなったわけじゃ、ないのかもって。私、翠さんを、利用したんです。自分が、安心したいがために」

あちこちに彷徨《さまよ》っていた黒目が、すっと私を捉えた。三白眼《さんぱくがん》の両目が充血している。

「でも、やっぱり、違うと思います。保は、私が帰ってくる家にいるのが嫌で、そちらのおうちに行ったんだと思うんです。衛さんの背中を押したのは、美紅ちゃんの、その一言だったのかもしれないけど。きっかけは、保です。だから、翠さんは、何も気にすること、ありません。実家に、行ってください。衛さんを、迎えに行ってあげてください」

晴美さんが頭を下げた。傘からばさばさと積もっていた雪が落ちる。道路の奥の方から、また市電がやってくるのが見えた。

「晴美さんはどうするんですか」

「私は」小さく口を開けながら、前歯の先を頻りに舐《な》めている。「私こそ、帰ります」

「いいんですか？ 保さんと何か話したいことがあったからわざわざ私についてきたんじゃないんですか」

「それは、でも、正直、よく分からなくて。翠さんが、北海道行くって言って、いてもたってもいられなくて、ついてきちゃいましたけど。会ったら何したいか、分からなくて。でも、でもただ」

晴美さんが大きく息を吸った。つられて私も息を吸う。凍てついた冷たい空気が鼻腔《びこう》を通り、喉を滑り肺へと落ちていく。

「ただ、その口紅似合ってるよって、嘘でもいいから、言ってほしかったです。セックスなんて、しなくてもいい。ただ、それだけで、私は充分だったんです」

電車が駅に停まる。また緑色の車体。ドアが開く。さっきから私たち以外に駅で待つ人たちはおらず、降りる乗客もまばらだ。

「すみません。色々と、ありがとうございました」

また晴美さんがぺこりと頭を下げる。傘を閉じようとしたその手を、私は摑んだ。晴美さんが驚いたのか体をびくりと震わせ、「えっ」と声を上げた。開いたままの傘が落ちそうになって、晴美さんが慌てて両手で持ち直す。

「晴美さんは間違ってます」

「えっ、まっ、間違ってる？　な、何が、ですか」

「あなたたち夫婦間のことは私は何も言いません。晴美さんからの一方的な話しか聞いていないしそれ以外の経緯や状況もあるでしょうから、この場ではどちらかの肩を持つつもりはないです。今後も余計な口出しをするつもりはありません。慰《なぐさ》めたり励ましたりも絶対にしません。夫婦のことは夫婦で解決すべきです。ただ」

電車のドアが閉まる。降りてくる誰かを待っているように見えているのだろうか、さっきから誰にも特に訝しげな反応をされることなく、電車はまた去っていく。

「男のためなんかに綺麗になるなんて絶対に間違ってます。自分を飾るのも磨くのも、自分のためにしてあげるべきです」

「え、でっ、で、でも」白い塊が細切れに晴美さんの口から飛び出す。「べ、べつに、私は、自分のために、化粧をするとか、そんな」

「でも晴美さんは今朝喜んでましたよね。自分の肌触りながら、しっとりしてるってはしゃいでましたよね。それでいいんです。自分が綺麗になっていることが嬉しい、それが一番なんです。化粧するたび気付いてもらえないとかうまくいかないとかネガティブになるなんて馬鹿げてます。本来は自分を喜ばせるものなんです」

私は傘を畳むと、背負っていたリュックサックと共に地面に下ろした。チャックを開け、中身を漁る。化粧ポーチを取り出すと、リュックの横に化粧品を広げ始める。

「え、ええっ。み、翠さん、どうしたんですか、一体」

「晴美さんは私とは地肌の色も違うし似合う色も違うだろうから、そんなにはうまくいかないかもしれないですけど。でも絶対に何もしないよりはいいかと思います」

「な、なな、何の話をしてるのか、私には、全然」

「化粧をさせてください、私に。人にしたことがないのでうまくいく保証はないですが」

「え、ええーっ」

立ち上がって晴美さんの顔を見つめる。唇はかさつき、血の気が悪く紫に変色している。寒さのせいか鼻の頭と頬が赤く、頬や口周りにはニキビ痕が少々目立つ。寝不足のせいか、目の下にはくまがくっきりとできていた。

手に持っていた化粧下地を指につけると、晴美さんの頬に伸ばした。びくっ、と晴美さんの体が震える。「ごめんなさい冷たいですよね」と言いながら塗り広げていく。

「晴美さん。私ね、今すごく怒ってるんです」

「え、ええっ。ご、ごめんなさい……」

「晴美さんにじゃないです。衛と保さんにです」

下地を戻すと、今度はファンデーションを取り出す。パフで顔全体を整えていく。私よりも肌の色が白いから合わないかもと思ったが、意外と違和感がない。ニキビ痕やくまはコンシーラーで隠した方がいいかもしれない。

「だって腹が立ちませんか。何に傷ついたのか、何が気に食わなかったかを伝えもせず、走り書きやメッセージだけで実家に帰りますだなんて。残された私たちはあたふたさせられてばっかり。結局そんなの逃げてるだけじゃないですか。気持ちも伝えず話し合いもせず戦いから逃避しただけです」

「た、戦い……」

「戦いです。夫婦の戦い。お互いの感情をぶつけあって口論して、なんだったら殴り合ったっていい。それをしないで実家へ逃げ帰るなんて卑怯な弱虫です」

「弱虫……」

「そうです、弱虫です。だから晴美さん。私と一緒に戦ってください」

「わ、私も、一緒に、ですか」

「そうです、一緒に。私、化粧って女の武装だと思ってるんです。仕事だったり恋愛だったり、化粧っていう武器と防具を装備して戦いに挑んでるんだと思ってます。私の力を晴美さんにあげますから。だから一緒に戦いましょうよ」

自分でも何を言っているんだろうと思う。呆れ返った返事をされても仕方ないと感じていた。だけど私は高揚していた。それが自分と同じ立場の相手を見つけたからなのか、化粧をほとんど知らない彼女にその喜びを教えてあげられるからなのか、自分でも理由は分からない。降りしきる雪の勢いは衰えないが体は熱くなっていく。こんなに感情が昂《たかぶ》ったのは、一体どれくらいぶりだろう。

「た、たたた戦います！」

晴美さんがずい、と身を寄せてきた。アイライナーの先が危うく目に刺さりそうになる。

「危ない！」と声を上げると、「すっすみませんっ」と今度は大きく仰《の》け反《ぞ》る。

「わ、私も、戦います。戦いたいです」

アイライナーを持つ手が止まる。その言葉をとても頼もしく感じる。誰かが一緒に戦ってくれることがこんなに心強いとは。相手はあの晴美さんなのに、と心の中でこっそり苦笑する。

「分かりました。よろしくお願いします」

「はい。よろしく、お願いします」

色を塗っていく瞼《まぶた》のその下の双眸《そうぼう》は、どこか潤んでいるように見えた。目を見開きすぎて乾いてしまったのか、それとも別の要因なのか。

「晴美さん泣かないでくださいね。化粧落ちちゃいますから」

「な、泣いてません。私、泣く女の人って、苦手なんです」

「そうですか、私もです。初めて晴美さんと意見が一致しました」

「ええっ。初めてなんですか。知り合ってから、結構年月経ってますけど……」

「はい。間違いなく初めてですね」

「そ、そんなあ」

ビルや住宅街に囲まれ、大通りに挟まれた中に、ぽつんとある小さな駅。ガラス張りの壁と短くせり出した屋根があるだけの建物。札幌市内をぐるぐると回る市電は、その駅すれすれに停まると、人を吐き出し吸い込んでそしてまた走り去っていく。

そんな駅の真ん中で、私は晴美さんに化粧を施している。傍を通り過ぎていく人々は奇異の目でその様子を眺める。晴美さんが私たちの中央で差してくれている傘は、雪が積もり白く染まり、まるで大きな雪花《せっか》の下にいるかのようだ。

ビューラーとマスカラで睫毛にボリュームを出し、明るめのリップで唇を彩《いろど》ると、化粧が完成する。

「できました」

ふう、と思わず息を吐く。寒さで手がかじかんでいたのもあるが、他人に化粧をするというのは緊張で指が強張《こわば》ってしまう。手鏡を取り出すと、晴美さんに渡す。

現実は漫画のようにうまくはいかない。地味な印象の子が化粧をしただけで絶世の美女に、なんてことはそうそうない。勿論《もちろん》すっぴんよりは華やかになったけれど、晴美さんはどうしたってやっぱり晴美さんだ。

自分の姿を見た晴美さんも同じように思ったのだろう。「あ、あー」といかにも微妙なリアクションだ。嘘でも大袈裟に驚いてみせればいいのに、正直すぎる。

「ごめんなさい私の力ではこれが限界でした」

「あっ、いえ、こちらこそごめんなさい。で、でも、嬉しいです。お化粧ができたってことも、そうですけど。翠さんが、私のために頑張ってくれたことが、嬉しいです」

そのストレートな物言いに面映《おもは》ゆくなる。にやつきそうになる口元を隠す。

「とんでもないです。晴美さん、綺麗ですよ」

晴美さんも恥ずかしくなったのだろう。にやっと歯を出して笑うと「ありがとうございます」と頭を下げた。

化粧道具をポーチにしまい、リュックサックに入れる。それを背負い傘を持ち、立ち上がる。体を返し、駅のガラス越しに実家への道を眺める。

横断歩道を渡ると、左角にゴルフセンターの建つ大きな通りがある。その先に、衛たちの実家がある。

「じゃあ行きましょうか」声をかけると、閉じていたビニール傘を開く。

「あ、は、はい。行きましょう」

そして私たちは歩き出す。

ゴルフセンターを背にして横断歩道を渡る。橋へ繋《つな》がる道路の歩道は右側しかなく、少し遠回りしなければならない。もう一度横断歩道を渡ると左に折れ、まっすぐ歩いていく。

走る車の数は多いが歩行者はほとんどいない通りだ。時折ランニングや散歩をする人の姿を見かけることはあるが、さすがにこの天気だと誰もいない。右手にマンションや団地などの高めの建物を望みながら進んでいくと、いよいよ橋に差し掛かる。豊平川《とよひらがわ》という川と河原を跨《また》ぐように作られた橋だ。

ここを車で渡る度、いつも憂鬱《ゆううつ》な気分になっていた。ちゃんと笑顔を作って挨拶できるだろうかと、そればかりが気にかかっていた。

でも今は違う。むしろ楽しくすらある。

車では橋を通りぐるりと回って下道に降りていくが、私たちは橋を渡った先にある階段を降り、住宅街に抜ける。そこから歩いて三分ほど。「依田」と表札の掲げられた家に到着する。

こちら側に面した窓。二重に立てつけられたガラスの奥のカーテン越しに影が映った。大きな影が一つ、小さな影が二つ。ゆらゆらとゆらめいている。

私は今から、夫と娘と戦う。向き合うために。私の想いを伝えるために。

「ねえ、晴美さん」

「あ、はい」背後から小さな声が聞こえてくる。

「この戦いが終わったら、シメパフェ行きませんか。戦いの締めってことで」

一瞬、沈黙が流れた。だがすぐに晴美さんの低い声が響いてくる。

「はい。行きましょう」

大きく息を吸う。火照《ほて》った体に冷えて澄んだ空気が落ちていく。大粒の雪が目の前を舞う。

大丈夫。息を吐きながら、自分に言い聞かせる。私たちは、最高に綺麗だ。

私はもう一度息を吸うと、表札の下のチャイムを押した。

# 東京駅、残すべし

松崎有理

松崎有理（まつざき・ゆうり）

1972年茨城県生まれ。2010年「あがり」で第1回創元SF短編賞を受賞、同作を表題作とした短編集で書籍デビュー。他の著書に『イヴの末裔たちの明日』『シュレーディンガーの少女』『5まで数える』『山手線が転生して加速器になりました。』などがある。

凡《おおよ》そ物には中心を欠くべからず、猶《なほ》お恰《あたか》も太陽が中心にして光線を八方に放つが如《ごと》し、鉄道もまた光線の如く四《し》通八達《つうはったつ》せざるべからず、而《しか》して我国鉄道の中心は即《すなは》ち本日開業する此《こ》の停車場に外ならず（中略）それ交通の力は偉大なり。

――一九一四年十二月十八日、東京駅開業式典における大隈重信《おおくましげのぶ》の演説より

すべての建築家、とりわけ美術建築家は旅をすべきである。

――ウィリアム・バージェス、一八七五年

家業なんか継《つ》がないんだから。あたし、将来ぜったいこっちで働いてやる。

まだ十一歳の少女はパステルカラーのキャリーケースを引きながら新幹線改札を出た。リニア開通のおかげで日本列島の西のはてからでも昼すぎには東京に着ける。

大都会の駅構内で迷わないよう事前に調べておいたとおりに通路を進み、インフォメーションの手前を右へ曲がる。大きな通路に突き当たったら左折。直進して、また改札を抜け、天井

にドームのある広い筒状の空間を横切れば、外は真昼の秋の日差しでまぶしいほどに満たされた。

丸の内オフィス街だ。

少女は東京駅丸の内北口の三段しかない階段を下りた。足もとはぴかぴかのスニーカー、その上はニーハイソックスにショートパンツ。深呼吸して、胸いっぱいにあこがれの地の空気を吸いこんだ。目の前にそびえるのは丸ビルと新丸ビル。その名のとおり角が丸くてやわらかい印象の低層部には華やかなショップやレストランが詰めこまれ、あおぎみるような直線状の高層部に日本を牽引《けんいん》する一流企業のオフィスが居並ぶという。まさに選ばれしキャリア女性たちの生息地。そして、あたしの未来の居場所だ。

「あんだらあ。なんでんかんでん、まばいかこつ」

感想をつい地元のことばでいってしまう。いけないいけない、ちゃんと標準語でしゃべらなくちゃ。

さて、丸の内に勤めるお姉さまがたはどこに。

少女はツインテールにしたまっすぐな髪を振って周囲をみわたす。思い描いていたような、あざやかな色のカーディガンを肩に引っかけてヒールを鳴らしつつランチに出かけるきらきらした女性たちはひとりもみつからない。それもそのはず、きょうは日曜日であった。

しかたない。小学生が昼ひなかに堂々と出歩けるのは週末だけなのだから。

少女はショートパンツのポケットから型落ちの携帯デバイスをとりだす。ウェアラブルタイプは買ってもらえなかったのである。画面に新着の通知はない。念のためメッセージを入れておこう。デバイスに口を近づけて音声入力する。

「松浦《まつら》サヨ、ぶじ東京駅に着きました」

さて、待ち合わせ時間にはまだ間がある。さっそく丸の内を見学してこよう。

サヨは背後の駅舎を振り返りもせず、キャリーケースをからから引いて、丸の内オフィス街へ向けて足を踏み出した。


同じころ。

さよなら。きょうでお別れだ。

やはり十一歳の少年、ケンゴはさわやかな秋の風に耳まである髪をなぶられつつ、東京駅丸の内駅前広場に皇居を背にして立っていた。こうやってこの建物をゆっくりながめるのも、これでさいごになるんだな。記念に写真を撮るという選択肢はない。両親は、デバイス類を買い与えるのは中学生になってからと息子に宣言していた。

竣工《しゅんこう》は百数十年前、大地震や戦火をくぐり抜けてなお現役の建築物。それが東京駅丸の内駅舎。正式名称は東京駅丸の内本屋《ほんや》で、国重文すなわち国指定重要文化財である。

ノスタルジックな赤煉瓦の壁に花崗岩の白帯が映える。全長三三五メートル、高さ三五メートルの地上三階建。長大なわりに高さがひかえめなおかげで、どっしりとした安定感がある。

こうして正面からながめると、まるで両手を広げて抱擁しようとするかのよう。駅という性格上、日々市井《しせい》のひとびとにつかわれ、市井のひとびととともに生きている。この場所を舞台にさまざまな出会いや別れもあったろう。この建物が長く愛されてきたのは納得だった。

そしてぼくもこの建物がだいすきだ。

ケンゴは思わず涙ぐむ。めがねをずらして目をこする。引っ越すわけではない。これからも都内に住みつづけるからもちろんここにくるだろう。だがそれはあくまで駅の利用者として。建物をみながら何時間もすごすのはもうやめなくちゃ。だって。

いやな記憶を追い払うようにかぶりを振った。それから再度、総重量七万トンの鉄骨煉瓦造建築をみつめる。なんといっても二〇一二年に復原された南北ひとつずつのたまねぎ型ドームが美しかった。復原は、復元すなわちジョサイア・コンドル設計の三菱一号館のような、あるいは漫画家の聖地トキワ荘のようなレプリカとはちがう。残存したもとの建物を可能なかぎり残しつつ、現在の建築基準に合わせた修復をほどこしながら、往時の姿をとりもどす方法だ。たとえば東京大空襲で消失した屋根は、創建時と同じ宮城県産天然スレートで覆われた。葺《ふ》きかたも同じ一文字葺。いちまいいちまい職人の手でとりつけられたスレートは陽光を浴びて誇らしげにくろぐろと光っている。

ふたつのドームは同じ造りだが、どちらかといえば南が好きだ。なぜなら東京駅の南側には道路をはさんで吉田鉄郎《よしだてつろう》設計の東京中央郵便局があるからだ。地上五階建、カーブした道路に面する敷地形状に従い二枚の壁はゆるやかなアールでつながっている。出入口や窓などの開口部はすべて直線、装飾なし。壁面は白いタイル張り。潔いほどシンプルな、モダニズム建築の傑作だ。

　築百年を越える建物だが惜しいことに残存するのは外壁だけ。しかしその外壁を残すため曳《ひき》家《や》まで行った。建物を解体し移築するのではなく、基礎から切り離してそのまま水平移動させる伝統技法である。執念の保存といえよう。そもそもどんな保存も、是が非でも残すべしという執念がなければ成功しない。

　顔を右へ振り、中央郵便局四階の壁にぽっかり浮かぶこれまたシンプルな大時計をみやってから、ケンゴは東京駅丸の内駅舎の南口へ向けて歩き出した。


　その少し前。

「なんだ、あれは」

　日曜日の原宿駅前を埋めつくした観光客や買い物客は、天を仰いで驚愕した。

　晴れわたった秋空を映すガラス張り地上四階建、ファサードの等間隔縦ラインと片流れ屋根が印象的な駅舎の背後から、巨大な丸いなにものかが立ちあがっていた。ただ丸いだけではない。中央にはやはり丸い穴がぽっかり開いて、背後の代々木公園の濃い緑をのぞかせている。

　長い髪をピンクに染めた高校生くらいの少女がつぶやく。「ど、ドーナツ」たしかに、その丸い物体はこんがり揚がったきつね色である。

「あんなでかいドーナツってないだろ」彼女と腕を組んでいた、やはり高校生くらいの青い髪の少年が叫んだ。「あれは。あれはきっと、もののけだ」

彼の台詞《せりふ》を合図に、周囲の人垣からいっせいに声があがる。

「もののけ」

「そうだ、あれはもののけだ」

「でかい。信じられない。ひ、一〇〇メートル級だ。前代未聞だぞ」

「しかも、こんな繁華街のどまんなかに」

その場に居合わせただれもが思った。なんと間の悪い。いや、このタイミングだからこそこれほど巨大なもののけが出現したのでは。

無数の視線を集めながら、もののけは九〇度回転した。この動きにより、球体にトンネルが貫通したかたちではなくドーナツ型ないしトーラス型であることがはっきりした。あるいはタイヤ型ともいえる。

もののけはまるでタイヤのように転がりだした。しかも駅舎の方向へ。かすかなみりみりという音はたちまち耳を聾する破壊音に成長し、二〇二〇年竣工の原宿駅舎は真っぷたつにされた。窓の強化ガラスが輝く粒の滝となってひとびとの頭上に降り注ぐ。わきおこる嵐のごとき悲鳴を無視して、もののけは東へ向かって転がりつづけた。のちの被害報告によればこの時点での死者は二十二名。もののけ本体および倒壊した駅舎による圧死が二十一、驚きのあまりテイクアウトのドーナツを喉に詰まらせた窒息死が一。

車輪型の巨大もののけは小型バイクほどの速さで東へ進んでいく。進行方向にある建築物をつぎつぎと下敷きにし、路上のタクシーやバスを跳ね飛ばしながら。転がっての移動は脚をつかった歩行に比してエネルギー的に有利である。もののけは出現にさいし自由な姿をとれるから、移動方法の合理性を最優先したのであろう。

人間たちは恐慌をきたし右へ左へ逃げまどった。阿《あ》鼻叫喚《びきようかん》。地獄絵図。この世の終わりと思えたにちがいない。

もののけの姿かたちから。「あれは輪入道《わにゆうどう》の一種だな」と推測した者がいて、ありあわせの紙に「此所《このところ》 勝母《しようぼ》の里」と走り書きして自宅の玄関に貼りつけたのだが、もののけの前進は止まらなかった。彼は命からがら家を飛び出した。だめだ、素人の生兵法では歯が立たない。

もののけ進行現場から安全に避難できた者たちは不安げな表情で見送る。

「なぜ原宿にあらわれたんだろう」

「これからどこへ行くつもりだ」

「まさか。こ、皇居を狙っているのでは」

みなの心配をよそに、もののけは皇居外苑の南をぎりぎりかすめて北上し、ガラスでできた巨船のごとき東京国際フォーラムを情けようしゃなく踏みつぶした。このとき発生からおよそ二十分。死者はすでに一万名を越え、もののけによる被害としては日本最高、世界トップテンに入った。その行く手には。

いちにちあたり利用者数およそ百万人の、東京駅があった。

丸の内駅舎じゅうに警報が鳴りわたった。同時に大音量のアナウンスが流れる。「東京駅丸の内駅舎の一階から上におられるみなさま。大至急、駅舎の外に退避してください」駅自動放送でおなじみの女性の声だ。口調がみょうに冷静なのは録音だからだ。「繰り返します。地上部分におられるかたは大至急、駅舎の外に退避してください。地下におられるかたはそのままでけっこうです」

子供のころから学校での避難訓練で鍛えられた日本人の退避行動は迅速だ。かつ、東京ステーションホテルのチェックアウト時刻をとうにすぎており人数が少なめだったこともさいわいした。避難の原因はなにか、なぜ丸の内駅舎地上部分のみの退避なのか、疑問を抱くひまもなく驚くほどスムーズに、潮が引くように人間が流れ出ていった。

さて、駅前広場である。

「なになになに、いったいなに」

いきなりおおぜいのひとびとが駅から広場へ走りこんできたのでサヨはあわてた。駅舎のなかでは警報も鳴っているようだ。これはひょっとして、大地震がくるのでは。

大地が揺れた。

ああ、やっぱり。サヨはキャリーケースを放り出し、小学校の避難訓練で学んだとおり地面に身を投げて頭を抱えた。その姿勢のまま揺れが収まるまで動かずにいること、そう教えられていた。どうかどうか、早く収まってくれますように。恐怖のあまり両目を固く閉じる。

だからいきなり体が宙に浮いたとき、なにが起きたかまったくわからなかった。

驚いて目を開けばなんと、畳ほどの巨大な手が自分をつまみあげている。その手は鞭のようにしなる長い腕につながっている。長い、長い、まるで消防用ホースのようだ。

なにこれ。いったいなにが起きているの。

ショートパンツのポケットから携帯デバイスが滑り出てはるか地表へ落ちていく。ああ、だからウェアラブルのやつがほしかったのに。サヨは頭の固い母を恨んだ。

そっくりな腕がもう一本、二〇〇メートルほど先で揺れていて、その手にも子供がひとり捕らえられているのを目視できた。自然に囲まれて育ったサヨは目がよいのである。腕が強くしなり、その子との距離が縮まった。自分と同じくらいの歳の少年だとわかった。

「助けてええええええ」

少年に向けて救いを求めるように片手をいっぱいに伸ばした。その少年が、こんな異常事態にもかかわらず、余裕のある表情をしているようにみえたからだ。

もちろんケンゴも、大きな手がつかみかかってきたときはおびえた。足がすくんで逃げられなかった。だが自分を持ちあげたその手が、柔軟で長い腕を介して東京駅丸の内駅舎につながっていることをみてとったとき、たちまち恐怖が消え失せて高揚と期待がわきあがった。

ぼく、まるで東京駅に選ばれたみたいだ。

これからなにがはじまるんだろう。

腕は二本あり、それぞれが南北ドームのとなりにある八角塔から伸びているとわかると期待はいっそう高まった。八角塔のとんがり屋根がまるで花みたいに開くなんてぜんぜん知らなかった。その内部にこんな奇妙なものを格納していたことも。

蜂の群れの羽音のような響きが和音をつくって接近してきた。ネットワークメディアが早くも撮影用ドローンを飛ばしはじめたらしい。うち一台が寄ってきたので落ち着きはらった笑みを浮かべ、カメラに向けてピースサインを出した。もう一方の腕に同年代の少女が捕まっていることにも気づいた。少女の顔は蒼白で、驚愕と恐怖で引きつっている。助けを求めて叫んでいるようだ。なんとかなだめてやりたくて手を振った。効果はないようだった。

さて、この先どうなる。

腕は上空へ振りあげられた。ケンゴはいま、生まれてはじめて、鳥の視点で丸の内駅舎をながめていた。もちろんドローン空撮の写真ならみたことがある。だがこの目で、肉眼で鑑賞できる日がくるとは。

ファサードの華やかな紅白しましま模様の印象とはまるでちがって、真上からみた丸の内駅舎は屋根のスレートの色である黒一色だ。駅舎は厳密には左右対称ではなく、南ドームから先が四五度の角度で中央線線路側に折れている。

少年を握りこんだ大きな手はゆっくりと南ドームへ近づいていった。ロシア正教会の丸屋根にも似たこの優美なドームにこれほど肉薄したのもはじめてだ。いつもは通りをはさんで向かい側の中央郵便局三階からガラスごしにながめるだけなのに。

なんてぜいたくな体験。

しかし、これなどまだ序の口だった。このあとケンゴをさらに驚かす事態が展開する。頂上に長さ一〇メートルものフィニアルをいただくたまねぎ型のドーム屋根は基部が八角形で、八つの丸いドーマー窓が各面にひとつずつついている。そのうち、さきほどまでケンゴのいた駅前広場側の窓が、向かって右側についた蝶番から外側へじょじょに開き出したのである。ケンゴは思わず声を漏らしていた。「あ、あの窓、ダミーじゃなかったんだ」

東京駅南北ドームの天井裏には謎の空間がある。なんのためにつくったのか、そこになにがあるのかはだれも知らない。

建築マニアの間では有名な話だ。断面図でもドーム天井裏はただの空白として描かれている。ドーマー窓はたんなる装飾とみなされていた。

その窓はついに全開となる。窓の内径は子供ならば余裕で、大人は体を曲げれば通れるくらい。長い腕がしなり、大きな手がにじり寄るように進み、少年を窓の奥へそっと押しこんだ。

駅前広場へ退避したひとびとは顔を蒼白にして叫んだ。

「と。東京駅が、子供をさらったぞ」

「東京駅が、子供をふたり喰《く》った」

「東京駅は、もののけになってしまったのか」

かれらの脳裏には例外なく、二口女《ふたくちおんな》というキーワードが浮かんだ。二口女であればちょっと知識のある素人でも対処できる。焼石を餅といつわって与えるか、問答でおだてて蜘蛛など小さな虫に変化《へんげ》させひねりつぶす。しかし、あの大きさでは。だいいち教科書に載っている二口女の典型的な画像とあまりにかけ離れている。こんなもののけはやはり専門家にまかせるしかない。軽い風邪なら家庭で治療するが、原因不明の重い病気は医師に頼るように。

それにしても、なんと間の悪い。いや、このタイミングだからか。

つづいて、かれらの想像のさらに上をゆくできごとが起こった。

「地上部分、退避完了しました」

アナウンスを合図に、東京駅丸の内駅舎はじりじりと、成長する植物のタイムラプス動画のように、天をめざして垂直に上昇しはじめたのである。駅舎を持ちあげているのは床面から生えた多数の脚で、これらが巨大植物の芽生えのように伸びているのであった。

「みろ。東京駅が」

「た、立ちあがった」

ひとびとは興奮して声をあげ、腕を振って駅舎を指した。全長三三五メートル高さ三五メートル(フィニアル除く)、総重量七万トンの赤煉瓦建築は、数百もの長く柔軟な脚を支えとして、丸の内の大地に立ったのである。

そのようすを日本中がネットワークニュースの映像を介してみつめていた。

「じいちゃん、たいへんだ」

ここは東京郊外の一軒家。十歳くらいの少年が居間からテラスへ走り出てきた。テラスの先の庭で菊の花の手入れをしていた老人は顔をあげ、麦わら帽子を脱いだ。「どうした、そんなにあわてて」

「いいから、これみて」少年は手にした筒状のデバイスを振り回す。

「いったいなんだい」老人は園芸用手袋を脱ぎつつゆうゆうとテラスに近づいていく。

少年は祖父とテラスにならんで座り、去年の誕生日に買ってもらったフレキシブル有機ＥＬディスプレイを膝の上で巻物のように広げた。

「どれどれ」老人はポケットから古風な遠近両用めがねを出してかけると画面を凝視し、眉をあげた。「ほほう。これは」

「どういうこと」少年は真剣なまなざしで祖父の顔をみつめる。祖父はかつて東京駅丸の内駅舎の保存復原工事にかかわった技術者であると、少年は知っていた。「どうして東京駅から手足が生えてるの。じいちゃん、いったいなにしたの」

老人はめがねの奥であやしげな笑みをみせた。「じつはな。こんなこともあろうかと、仕込んでおいたのだよ。東京に危機が迫ったときの秘密兵器を」

少年はあぜんとした。まだ小学生にすぎない彼にも分別があった。祖父とその仲間は、とんでもないことをしでかしたのではないか。

二〇〇二年にはじまったＪＲ東日本による東京駅丸の内駅舎保存復原プロジェクトでは、建築、土木、意匠、歴史など各分野からよりすぐりの人材が集められた。いわばドリームチームである。もっとも重視されたのはこの貴重な建築物をいかに地震から守るかというこの国特有の問題への対処であった。

そもそもこの駅舎は、やはり地震を大いに怖れる設計者により度を超して堅固につくられた。おかげでマグニチュード七・九の関東大震災をも無傷で生きのびた実績を持つ。しかし将来、より大きな地震が東京を襲わないともかぎらない。そこで技術者らは話し合いのすえこう結論した。

「免震レトロフィット工法にしよう」

おもに伝統的建築物をまるごと免震化したいとき選択される手法である。日本への導入のきっかけは一九九五年の阪神淡路大震災だ。ル・コルビュジエ設計で世界文化遺産にもなった国立西洋美術館は翌年から免震化工事を開始した。かつての帝国図書館である国際こども図書館も同工法で免震化している。

伝統建築は地盤に多数の丸太を垂直に打ちこんだ基礎の上に建っている。木材は土中で酸素供給が絶たれた状態であれば数百年経っても腐らないし、圧縮強度はむしろ増していく。じつは優秀かつ持続可能な建材なのである。この基礎を切り離し、積層ゴムでできたアイソレータを複数個入れて建物の荷重を支える。地震がきたばあいは柔軟に揺れを受け流す。

つまり、免震化工事後の丸の内駅舎は地盤から浮いた状態になる。

「そうか」と膝を叩いたのは技術主任である。「東京駅は地面から離れて独立するわけだな」

「そのとおりですが、なにか」いっしょに図面をみている若い部下がけげんな顔で上司をみやる。

「東京を襲う危機は巨大地震だけじゃないかもしれない」主任の目は近視用めがねの奥であやしく輝いた。これがいわゆる技術者の目である。「そこでだ。この工事では、地震を含めたあらゆる脅威から首都東京を守れるような工夫をとりいれたらどうだろう」

「はあ」部下は首をかしげる。

「いいかい。ぼくのアイデアは」主任は設計図をひっくりかえすと裏面に鉛筆でポンチ絵を描きはじめた。数分後、即興のプレゼンテーションがはじまった。

「どれどれ」「ぼくにもみせて」「ぼくもみたい」技術チームの面々がポンチ絵をとりかこむ。プレゼンが終わるとみなが喝采《かっさい》した。「これはいい」「なんとクレバーなアイデアだ」「しかも夢がある。ぼくら技術者が、子供のころから抱いていた夢の具現化だ」「ああ、技術者になってよかったなあ」勢いあまって万歳《ばんざい》まではじめる始末。

「東京駅、大地に立つ」チームの万歳を受けて、主任はにんまり笑った。


さて現在の東京駅。

ケンゴがやさしく押しこまれた先には椅子があった。大人の頭の上までありそうな高い背もたれがついているが、肘掛けはない。手ざわりのよい白い張地はおそらく革。上部と座面からシートベルトが垂れている。

椅子の前には十文字の格子が飾る丸窓がある。いましがた自分が通ってきた窓だがいつのまにか閉まっている。ガラスを通して丸ビルや行幸《ぎょうこう》通りがみえた。ってことは、まさか。

南ドーム正面のドーマー窓を、内部からのぞいているのか。

あわてて周囲を見回す。自分がいるのは直径二〇メートルほどの白い半球状の空間。八つの丸窓が円周に沿って等間隔でならんでいる。丸窓の下にはやはり円周に沿ってキャビネットが造作《ぞうさく》されていた。曲面収納とはすごい。中銀《なかぎん》カプセルタワービルにだってこんなクールな収納なかったぞ。納まりがどうなっているのか気になってたまらない。

キャビネットを開けてみようと足を踏み出したとき。「パイロットは、操縦席に着いてください」聞き慣れた女性の声だ。駅自動放送と同じだ、とすぐに気づく。

音声は繰り返す。「パイロットは、操縦席に着いてください」

自分しかいないし、椅子はひとつだけ。どうみても自分がパイロットで、この椅子が操縦席だ。

ってことは、ここはコクピットなのか。いったいなにを、どうやって操縦するのか。操縦桿《かん》や計器らしきものがまったく見当たらないのに。

「パイロットは大至急、操縦席に着きシートベルトを装着してください」アナウンスの台詞が変わった。音量も一段階あがる。「緊急事態です。敵が迫っています。左後方をごらんください」

え。敵って。

とつじょ、頭上の白いドームが青空になった。丸ビルや新丸ビルや中央郵便局などの丸の内ビル群も映りこんでいるから外の風景とわかる。つまりこのドームは半球状の巨大モニタらしい。ケンゴは左手すなわち南の方角を振り返った。「え。ええっ」思わず声が漏れる。そこにはとんでもないものが映し出されていた。

「あ。あれは、もののけ」サヨは目をみはった。

しかも、超大型。おそらく一〇〇メートル級。あのクラスの出現は国内初だ。これまでの最大記録は一九五九年九月二十六日に発生した伊勢湾もののけで中部地方に五千人超の死者を出したが、あれでさえ六〇メートル級だった。もののけは船の姿をとっていたが当地のダブルアルファ級調伏《ちょうぶく》師はすぐさま正体を見抜き、木曽檜《きそひのき》で巨大な柄杓《ひしゃく》をつくらせその底を抜いた。これをクレーンで船に投げこみ、みごと調伏に成功したのである。柄杓作成とクレーンの手配に手間どったものの、調伏師の判断がなければ被害はどこまで拡大したかわからない。いまもあらゆる流派で語り継がれる名調伏である。

なぜ、これほど近づくまで気づけなかったのだろう。

半球状スクリーンをみつめながらサヨは冷や汗を流していた。謎の大きな手によってこの白い部屋に連れこまれたあと、聞き覚えのある女性の声にうながされるまま白い椅子に座り、パイロットみたいな三点式シートベルトを装着した。たしかに茫然自失《ぼうぜんじしつ》状態だった。故郷からはるか遠い東京を生まれてはじめて訪れて、生まれてはじめての不可解な事件に巻きこまれた。そんな悪条件が重なったとはいえ、こんなに大きなもののけに気づかないなんて。

この、もねならん。

祖母の声がきこえた気がして、サヨは思わず両手で耳を押さえた。「す、すんまっせええええん」反射的に謝ってしまう。

そうだ、自分にはやっぱり素質がないんだ。どんなに期待されたって。そんな期待、重すぎるってば。

その直後。「あー。えー。きこえますか」

女性音声ではない声がしたので驚いて顔をあげた。デバイスからか。あわててポケットをさぐるがみつからない。そうだ、さっき落としたっけ。ああ、待ち合わせが。でも、もうそれどころじゃない。

操縦席の右ななめ上の壁にタブレット大の画面が開いて、知らない少年の顔が映し出されている。いや、まんざら知らないわけではない。さっきみかけた。自分と同様、巨大な手に掴まれて振り回されていた。それなのに余裕しゃくしゃくなようすが印象に残っている。「だれ、あなた」

いま少年はさすがに緊迫した表情を浮かべていた。めがねをかけて、男子にしては髪が長め。インドアタイプの雰囲気だがなぜかうっすら日焼けしている。「ぼくの名前はケンゴ。きみと同じように東京駅のドーム天井裏にいて、駅舎内有線通信で話している。ぼくは南ドームできみが北だ」

どこにスピーカや集音装置が仕込まれているかまったくわからないが、相手の声は明瞭に響いてくる。「あたし、サヨ」少年が名乗ったのでこちらも名をあかす。祖母と同じ名前であるのがいやでしかたない。

「とにかくサヨ、ぼくらは選ばれた。いますぐ敵と戦わなくちゃいけない」

はあ。どういうこと。

敵は、わかる。ドーナツみたいな姿をした一〇〇メートル級もののけだ。でも。「選ばれたって、なぜ。戦うって、どうやって」自分みたいな未熟者の、半人前が。

するとさきほどの女性の声が。「おふたりとも着席しましたね」

「そういえばあなた、だれ」ついサヨは誰何《すいか》してしまう。

「わたくしは本機の操作マニュアルです」なんと、ただの録音と思っていた女性の声は問いに答えた。「本機はわたくしも含めました半自律AIが動きの多くを自動コントロールしています。たとえば起立、姿勢保持、歩行などです。しかし攻撃行動をとるには南北コクピットのパイロットふたりが同時にコマンドを音声入力する必要があります」

ふむふむ、安全装置みたいなものか。「あの。外とは話せないの」

「ざんねんながら、本機に無線通信機能はありません。しかし躯体《くたい》各所にカメラがあって、コクピット内のドームスクリーンに周辺の映像情報を送ります。集音装置もありますので近い音でしたら拾えます」

「その、本機、って」

「本機の名前はトーキヨー・キンゴ。コマンドを認識させるウェイクワードでもあります。ですからコマンドの前にかならず本機の名をつけてください」

なるほど、二重の安全装置だ。「ええと、名前はわかったよ。で、本機っていったいなに」

「国指定重要文化財、東京駅丸の内駅舎。設計は日本初の建築家、工学博士辰野《たつの》金吾《きんご》だ」

まるでわがことのように誇らしげに答えたのはケンゴだった。

「はあ」サヨはとまどいの声をあげた。

「東京駅丸の内駅舎は半自律AI登載のロボットです」こんどは女性の声、操作マニュアルが説明した。「東京に危機が迫るとまず警報を発し、構内の人間を退避させたあと起動するよう設計されました」

駅が、ロボット。

なにそれ。どっから出たのその発想。ぶっとびすぎてついていけないんだけど。

画面のなかの少年をみた。ケンゴの態度は自信ありげで、若干の緊張はみえるが落ちついていて、このべらぼうな事態を疑問なく受け入れているようにみえた。

操作マニュアルの声はつづく。「ともかく、緊急事態です。まずは敵の方向を向いてください」

「む。向いて、っていわれても」そもそも駅の顔ってどこ、とサヨは質問しかけて、すぐさま自分で答えを出した。西の方角すなわち皇居に向けているほうがこの駅の顔だ、まちがいない。

「コマンドは『左へ九〇度回転』です。さあ、ウェイクワードをつけて、どうぞ」

サヨは画面の少年と目を合わせた。ケンゴはうなずく。「いち、にいの」と声をかけ、タイミングを合わせて。

「トーキョー・キンゴ。左へ九〇度回転」

「す、すごい。ほんとだ。ほんとに東京駅が動き出した。っていうか、回り出した」

もと技術主任の孫はフレキシブル有機ELディスプレイをみつめて驚嘆の声をあげた。「駅舎の下の面からいっぱい生えてる脚が、あっちで伸びたりこっちで縮んだり、と思えばななめ方向へ位置変えしたり、それなのにぜんぜんからまなくて、まるでおたがい連絡をとりあってるみたいに駅本体をスムーズに動かしてる。いったいどうなってるの、じいちゃん」

「ふふふ。説明しよう」祖父は無意識に両袖をまくりあげた。巻物状ディスプレイのいわゆる軸部分にくっついて充電していたスタイラスペンを握り、孫愛用のお絵かきアプリを立ちあげる。得意のポンチ絵を描き出す。「あの脚は剛性と弾性のバランスにすぐれた新素材、全能形態材料でできている。合計で三五二本。ふだんは免震アイソレータとして総重量七万トンの鉄骨煉瓦造軀体を支えているが、内蔵の半自律AIが起動してロボットモードになると、脚の役割を果たす」

「半自律AI、って」孫は首をかしげた。「たしか、東京駅の工事が完了したのは十何年も前だったよね。そのころそんなものあったの」

「さいしょ搭載したものはプロトタイプにすぎなかったが、部下たちがメンテナンス担当として残っていてな。年々アップグレードをつづけている」

これだから大人たちは。悪乗りに際限ってものがない。「起動して、そのあとはどうなるの。

半自律だから操縦には人間が要るんでしょ」

「計画では、専属パイロットがふたり乗りこむはずだったんだが」

「はずだったんだが」孫はおうむ返しする。

「どうも間に合わなかったようだな。そのばあい、半自律ＡＩが周囲の人間からもっとも適した者をふたり選んでコクピットに入れる」

「もっとも適した者、って」孫は声を高くした。ロボットのポンチ絵をニュースサイトの中継映像に切り替える。「さっき、ちらっとカメラに映ってたよ。ふたりとも、ぼくとあんまり歳の変わらない子供だった」

「むむむ。そいつは奇っ怪」もと技術主任は腕を組んだ。「内蔵ＡＩの判断を信じたいところだが、はてさて」

「はてさて、じゃないよ。いきなり選ばれたあの子たちがかわいそうだよ」ニュースによれば超大型もののけの活動ですでに何万人も死んでいるらしい。放置すれば死者はさらに増えるだろう。そんな敵を食い止める、そんな重い責任を負わされるなんて。

自分だったらぜったいにごめんだ。孫は同世代の臨時パイロットふたりに心の底から同情した。「ＡＩはいったいどんな基準でふたりを選んだの」

「情報収集はできる。カメラと集音装置がついているからな」祖父は画面をのぞきこんだ。

「みろ、はじまったぞ。これは、すごい。まるで」

左へ九〇度回転した東京駅はその壮麗なファサードを巨大ドーナツ型もののけに向けていた。

しなやかな腕につながった畳大の両手が駅舎中央部の皇室用玄関門扉《もんぴ》につけられた、まるで行司の軍配のようなデザインの飾りの上で打ち合わされた。つづいて駅舎南端の、いや九〇度回転しているのでいまや南と呼ぶのはおかしいのだがともあれ、南端にあたる場所の脚数十本がぐんと伸びて駅舎の南半分をななめに持ちあげた。南側が元通りに沈むとこんどは北側が同じ動作をした。ついでふたたび南側が持ちあがる。

「どうだ、この柔軟性」もと技術主任は胸を張った。「かつ、三五二本の脚が協調して動き、支える軀体への剪断力《せんだんりょく》および曲げモーメントがゼロの状態を維持しつづける。これら多数の脚は、従来のロボットのように中枢AIが中央集権的に管理するのではなく、それぞれが個別に判断して動く自律分散型だ。この制御法は真正粘菌《しんせいねんきん》の移動をヒントにバイオミメティクスを援用して」

孫は祖父の長い説明をいつものように聞き流した。「まるで四股《しこ》を踏んでるみたいだ」

中継をみているひとびと、現地で東京駅ロボットの動きをまのあたりにしているひとびとも同じ感想を抱いた。だから。

「よいしょー」

「よいしょー」

というかけ声が自然とわきあがったのである。

このころにはみな、東京駅はもののけ化したのではなく正義の味方に変身したのだと察していた。理屈はかいもく見当がつかないなりに受け入れていた。だって、赤煉瓦の駅舎はずっと前から東京の顔、東京の守護神だったじゃないか。あの包容力のあるデザインも守護神感があるし。子供たちは喰われたというより、なんらかの必要があって格納されたんだ。

「な、なんでわざわざこんな、派手な動きを」サヨは三点シートベルトのおかげでかろうじて操縦席から投げ出されずにいた。「重要文化財とやらが壊れたらどうするの」

「だいじょうぶ。辰野金吾は『辰野堅固』と渾名《あだな》されたとおり頑丈な建物をつくることで有名だった。この東京駅は関東大震災でも無傷だったんだから」少年は誇らしげに返す。「ぼくの名前もケンゴだしね。この名前、気に入ってるんだ。『ゴ』がつくのが建築家っぽいし。辰野金吾しかり、武田《たけだ》五一《ごいち》、村野《むらの》藤吾《とうご》、隈研吾《くまけんご》」

こんな自慢を他人にするのははじめてだった。どうせだれにも理解してもらえないから。でも、きょうは。建築の趣味とさよならする、きょうこの日くらいは。

ケンゴは相手の顔が映るウインドウに目をやった。色白細面《ほそおもて》で小作りな顔立ち、品のよさを感じる。ツインテールの髪型も似合っていた。

サヨは思う。自分の名前が好きだなんてうらやましい。「でもどうして、よりによって土俵入りコマンドなんて」

「辰野が無類の相撲《すもう》マニアだったからだよ。初代国技館を設計した。長じてのち仏文学者となる息子を相撲部屋へ入門させた。赤坂新坂町《しんさかまち》の自邸には土俵があった。毎年の日銀竣工記念日には宴会を開き、土俵入りして相撲甚句《じんく》をうなった。角力《すもう》にゃ負けても怪我さえなけりゃ、あどすこい、どすこい」

「なんで日銀なの」

「日銀も辰野の代表作だから」そんなことも知らないの、といいたげな口調だ。

どうやらこの少年は筋金入りの建築マニアらしい。

ケンゴがコクピットの片方に座っている理由は納得できた。ということは、自分が選ばれたのも。

いっぽう。

「さてここで中継が入ります。映像はいったん東京駅前を離れます」日本中が注目するネットワークニュースに男性キャスターの声が割りこんだ。「アイルランド西部の街ゴールウェイで行われている、第一回世界もののけサミット会場からです」

アイルランドが会場に選ばれたのは古代よりケルト民族の住むこの島があらゆるもののけ祓《ばら》いの聖地とみなされているからである。十月末日のこの日をはさんで会期が設定されたのも、ハロウィンはもうひとつの世界との扉が開く日であるためだ。

四分の一秒の空白ののち切り替わった画面には、白衣緋袴《びゃくえひばかま》の上に絹の千早《ちはや》をまとった初老の日本人女性が映し出された。半白になった髪をていねいにうしろでまとめている。色白細面で小作りな顔立ち、額の皺さえ品がよかった。ただその両眼は常人ならぬ厳しい光を放っていた。

「ほんなごて、いさぎゅうこつになっちょる。せじうっちょけん。ないどん」

彼女のしゃべることばは日本語だが方言がきつくほとんどの日本人が理解できなかったので、国際会議でつかわれている同時通訳ＡＩが画面に標準語の字幕を出した。

「あれに乗っておる子供のうちひとりはわたしの孫。第十七代松浦サヨ、もののけ祓いである」

視聴者らは安堵《あんど》し、喝采した。

「おおっ、ほんとか」

「それは心強い」

「十六代松浦サヨさまは日本唯一のトリプルアルファ級調伏師だ。そのお孫さんなら盤石《ばんじやく》じゃないか」

「なんで子供を、と思ったけどじつは最善の選択だったんだな」

半自律AIは集音装置が拾い集める乗降客の会話から、トリプルアルファ級調伏師の存在を識《し》っていた。さきほど駅舎の前で少女が松浦サヨと名乗ったのも耳ざとく聴いていた。また、ケンゴの顔も識っていた。丸の内駅舎をみあげる、憧憬《どうけい》と情熱に満ちた表情を。何年も前から幾度もカメラに写っていた。

しかし。ここに唯一、安堵していない人間がいた。

「た。たしかにあたし、もののけ祓いの家系に生まれたけど」サヨは声を震わせ、ケンゴに説明した。「まだ半人前、修行中。ばあちゃんには叱られてばかり。自慢じゃないけど調伏の自信、ぜんっっっぜんないんだから」

祖母とは名前が同じというだけで、まだ正式に襲名《しゆうめい》していない。そもそも松浦家の長女は代代サヨと名づけられるしきたりである。襲名とは、一人前になったと先代に認められる儀式であり修行期間の終わりを意味する。母も同じ名だが、修行のかいなく「もねならん」と判断され襲名できなかった。

「自信がなくてあたりまえだよ、まだ小学生なんだし」ケンゴが画面ごしにさらりという。事情を知らない者の気楽さだ。「でも、この状況じゃきみがいちばんなんだ。だっていま、日本中の調伏師の主力はみんなアイルランドに行っちゃってるんだから」

そう。だからこられた。祖母のいぬ間に東京へ。

異国からの中継はつづく。「わたしらはこのたび日本を留守にするにあたり、全土を結界で覆っておいた。だが一〇〇メートル級もののけの出現は想定しておらなんだ。ここで詫《わ》びを申しあげる」老女は半白の頭を深く下げてから。「とはいえ。さいわい東京には孫娘がおった。第十七代松浦サヨが責任を持って国を守るであろう」

視聴者から嵐のような拍手がわきおこった。おのおののデバイスで中継をみていた東京駅前のひとたちも歓声をあげた。出動命令を出しかけていた消防、警察、海上保安庁、自衛隊はいったん待ったをかけ、状況を見守ることにした。だいいち通常兵器がもののけに通用したためしはないのである。

トーキヨー・キンゴに無線通信機能はない。幸か不幸か、サヨは祖母から国を守る重い使命を課されたことに気づいていなかった。

四股を踏む東京駅に、巨大ドーナツ型もののけはじりじりと間合いを詰めていく。コクピットでは。

「きたぞ。行け、敵を止めるんだ」

「ちょっと。ウェイクワードとコマンド、でしょ」

「そうだった、ごめん」

ふたりは声を合わせる。「トーキヨー・キンゴ。四つ身」敵に腕はないので正確にいうと四つ身にはならないが、こちらの両腕で組みつけば相手の動きを封じられるはず。

もくろみはあたった。ロボットは柔軟な腕を長く伸ばし、一〇〇メートル級もののけのドーナツ型の体を抱えこんで前進を止めた。

「おおっ、やった」

「さすがはサヨさまのお孫さんだ」

ネットワーク中継で戦いをみている観衆がわきたった。

東京郊外の一軒家でも、もと技術者の孫が膝の上のフレキシブルディスプレイに熱い声援を送っていた。「すごい、すごいぞ。ふたりとも、いきなりパイロットにされたのにうまく戦ってる」

「その子らの力ではない。ロボットの性能のおかげだということを忘れるな」祖父は嵩高《かさだか》にいはなった。孫は無視して巻物状ディスプレイの軸部分をにぎりしめた。がんばれ。大人たちから理不尽に押しつけられた運命に負けるな。

「よし、動きを封じたぞ」ケンゴは画面を振り返った。「つぎ。このもののけをどうすればいい」相撲ではないし投げるわけにもいかない。だいいち丸の内で投げ技をつかえば東京中央郵便局や明治生命館や日本工業倶楽部が被害を受けてしまう。三菱一号館はレプリカだからどうでもいい。

ところが画面のなかのサヨは苦しげに顔をゆがめていた。「だめ。このままじゃ勝てない」

「どうして」

「さっき組みついたとき、もののけの声をきいたの」サヨは両手を耳に押しあてている。音ならぬ音をとらえるに鼓膜は不要というかのように。「あんまり鮮明じゃない、そもそも人間のことばじゃない。でも、とにかく、あれを調伏するには代償が必要」

「代償って」

「生贄《いけにえ》」サヨの顔は白くなり、両目は燃えるようだった。「松浦家に伝わるのは、生贄調伏術。対価として生贄を差し出し、もののけを祀《まつ》りあげて無力化する」

生贄。日常生活ではまずつかわない用語の不穏な響きに少年は戦慄した。「生贄って。ど、どんなものがいいの」生贄というからには生き物なのかな。まさか、人間なんていわないよね。

「それを決定するにはケンゴ、あなたの協力が必要。なぜならあのもののけの正体は」

「えっ。もう見抜いたの、正体」少年は驚嘆する。すごい。第十七代松浦サヨの名は伊達ではない。

少女は声を落とし、しばし少年と話し合った。ネットワークから隔絶された会話をきいているのはロボット搭載の半自律AIだけだった。

最終的にふたりはこうきめた。「よし、旅に出よう」

＊＊＊

旅に出るにしても超大型もののけを野放しにしてはおけない。ふたりは操作マニュアルAＩの助けを借りながら巨大ロボットを操縦し、ドーナツ型もののけをかつぎあげて駅舎の屋根に載せた。中央の寄棟《よせむね》部分にドーナツの穴をはめこんで安定させる。かつ、荷重がかかりすぎて屋根のスレートを割らないよう両手で支える。

「みためより重くないみたいだね」

「きっとドーナツみたいにすかすかなんだろうね」

トーキヨー・キンゴは歩き出す。三五二本の強靭かつ伸縮自在な脚は協調しあって加重を分散しながら進む。駅舎の長さは三三五メートルだが奥行きは一般部が二二メートル、もっとも広いドーム部でも四一メートルにすぎない。だからキンゴは南ドームを先に、北ドームをうしろにした縦長の姿で、かつ幅のある幹線道路を選んで歩いた。それでもよけきれない建造物があるときは脚が伸張して姿勢を変える。円筒状の脚の着地点は路面と駐車場に限定された。自治体の避難指示により周辺地域の車両は退避しているから、被害はアスファルトのひび程度ですんだ。

「意外におとなしいね、ドーナツ」もののけでは呼びにくいのでいつしかケンゴは通称をつけていた。「捕まえるのも屋根に載せるのも、もっと苦労するかと思ったのに」

「もののけってね。最終的には、祀ってほしいものなの」サヨが応じる。

「えっ、そうなの」ケンゴは自分の無知を自覚した。大型もののけが出没すればニュースにもなるが、その調伏の実務は知らなかったしさしたる興味もなかった。

「もののけははるか昔、人間の誕生とともに生まれた。人間とは表裏一体、人間の心の影、っていえばわかりやすいかな。人間を困らせるのは、なんらかの不満を抱いているから。このドーナツは付喪神《つくもがみ》だからよけいわかりやすい」

付喪神とは器物が百年を経て精霊を獲得したものだと、サヨは説明する。九十九髪《つくもがみ》が元来の意味で、長生きした女性の髪をあらわすことばだ。転じて古い器物につかわれる。廃棄された古道具たちがもののけと化して深夜に市中を練り歩くのが百鬼夜行《ひやつきやこう》である。

「人間に長年仕えてきたのに、その人間に捨てられた。古いし、もういらない、ってぞんざいに」まだつかえるとに捨てるてにゃ、あったらかばい、と祖母はいう。「だからもののけ化した。だから、こちらが相応の代償を払って誠意をみせれば調伏できるはず」

ケンゴはすなおに舌を巻いた。「くわしいなあ。さすが松浦家のあととり」

相手はほめられてもあまりうれしそうではない。「知識だけはね。ばあちゃんに叩きこまれたから」

「でも、ドーナツの正体あっさり見抜いたじゃない」

「四つ身コマンドで接触するほど接近できたおかげだし」

そこで少女はだまる。つられて少年も口をつぐむ。ドーナツの気持ちもわかるぞ。古いし、もういらない、なんて人間の身勝手だ。だから人間が代償を払わなきゃ。だいじなものを生贄として差し出さなくちゃ。生贄をささげる。そう考えると気持ちがずしんと重くなった。こんなに厳しい任務を課されるなんて、あんな決意をした報いだろうか。

北ドームにいる少女もやはり気持ちが重くなっていた。せっかく東京へ出てきたのに、また戻るのか。なるべくなら戻りきらないうちに、まだしも東京に近いところで決着をつけたい。さきほど少年が選んでくれた生贄が効果を発揮すればいいのだが。

駅舎型ロボットは巨大ドーナツをかついだまま南進する。国重文、伊東忠太《いとうちゅうた》設計の築地本願寺のそばを通過する。先のとがったインド風屋根と左右の尖塔《せんとう》が仏教寺院とは思えぬ個性的なオーラを放っている。国重文かつ機械遺産である勝鬨橋《かちどきばし》の手前から、隅田川へ入って東京湾へ出た。そこで巨大ドーナツを屋根から下ろし、海に浮かべて、ドーム内のキャビネットにあったロープで牽引する。

中継をみながらもと技術主任が両手をたたき合わせた。「うまい。浮力を利用すればそのぶんバッテリを節約できる。いくら密度の低いもののけでもあのサイズではそうとうな荷物だからな」

「あのロボット、電気で動いてるんだ」分別のある孫がもっともな発言をする。「でも、バッテリってたまに発火するでしょ。首都防衛用ロボットにつかうのは危ないんじゃ」

「ふふふ。わがチームにぬかりはない」祖父は自慢げにほほえんだ。「リチウムイオン二次電池の発火は有機系電解液が原因だ。であれば、その原因をとりのぞいてしまえばいい。トーキヨー・キンゴには最先端の全固体電池を搭載した。全国に普及している電気自動車用充電ステーションで給電可能な仕様だ」

「すごい」孫の賞賛に祖父はご満悦だった。そこだけは、を省略しているのは気づいていない。

「でも、あの駅舎は鉄骨煉瓦造なんだよね。海に入ったら鉄骨が錆《さ》びちゃいそうだよ」

「そこもぬかりない。そんなこともあろうかと、鉄骨はすべて錆びない新素材、炭素繊維複合材でコーティングした。強度もあがるうれしいおまけつきだ。あの建物はつぎの百年もすこやかに生きのびるだろう」

　そんなこともあろうかと、って。駅舎が海水浴する状況でも想定したんだろうか。「ところで。あのロボット、どこへ向かっているんだろ」

「西をめざしているようだな」駅舎型ロボットは三浦半島を回って相模湾を横断しつつあった。

「となれば。目的地はきっと、京都だ。京都で助太刀《すけだち》を求めるつもりなんだ」

「なに、助太刀って」間髪《かんはつ》を容《い》れずに孫が問う。

　祖父はまた不敵にふふふ、と笑った。「説明しよう。じつは、駅型ロボットはもう一体ある。全長四七〇メートル、高さ六〇メートル、総重量一二五〇トンの京都駅舎がそれだ。二〇一五年から一六年にかけての防災および空調工事のさい、京都を守る巨大ロボットに改造しておいた。京都に危機が迫れば立ちあがる、その名も」

「その名も」

「キヨート・ヒロシ」

四代目となる現京都駅舎の設計者は原広司《はらひろし》。代表作は梅田スカイビル、札幌ドームなどである。

「じいちゃん、京都でも仕事してたの」

「東京駅の復原工事をしたのはJR東日本が招集したドリームチームだといっただろ。あれに参加した功績を認められて、JR東海から声がかかった。直属の部下たちもろとも、な」もと技術主任は胸を張る。

「はあ」分別ある孫はため息をついた。信じられない。信じたくない。いったい祖父は、現役時代に貴重な工事費をつかってなにをやっていたのか。

日が暮れようとしていた。大きな夕陽が黄金色に溶けながら伊豆半島のむこうへ落ちていく。

「おなか、すいた」サヨがつぶやいた。緊張の糸が切れ、新幹線のなかで駅弁を食べて以来飲まず食わずであったことをようやく思い出した。

ケンゴもつぶやく。「ぼくもだ」この騒動に巻きこまれたせいで昼食をとりそこねていた。

もうすぐ夜だ、両親が心配しているにちがいない。ニュース映像をみただろうか。すくなくとも、いまどこにいるかだけは教える必要がなさそうだ。

「ご安心ください」AIがしゃべりだす。「そんなこともあろうかと、食糧を備蓄しております。ロボットの操縦はわたくしにまかせて、コクピット壁面のキャビネットを開けてください。一番の番号がついた扉です」

ふたりは三点シートベルトをはずし、いわれたとおりキャビネットの白い扉を開けた。

「わお」思わず同時に叫んでしまう。子供がひとり隠れられそうな収納スペースには缶入りビスケット、ゼリー飲料のパウチ、飴《あめ》や羊羹《ようかん》、ミネラルウォーターのボトルがぎっしり詰まっていた。

「二番のキャビネットには簡易トイレ、三番には非常用圧縮毛布が入っています。数日間はそこそこ快適にすごせるはずです」

子供たちは各自シートに戻ってビスケットをほおばり、ごくごく水を飲んだ。「だんだん暗くなってきたよ。灯《あか》り、ないの」サヨが不安げに問いかける。

「ご安心ください」というが早いか、ドーム床付近からあたたかなオレンジ色の光がわきあがった。

「わお。間接照明だ、かっこいい」ケンゴがはしゃいだ声でいう。

「駅舎外壁のライトアップも開始しました。船舶との接触事故を避けるためです。当機は浅瀬、すなわち陸のすぐそばを移動しておりますので、おそらく沿岸の町からも目視できるかと」

「ライトアップのデザインは面出薫《めんでかおる》。壁面の素材ごとに色調を変えるなど、駅舎がもっとも美しくみえるよう計算しつくしている」ケンゴが高揚した声でつづける。「辰野はイギリス留学中に出会った生涯の師、ウィリアム・バージェスから建築における美しさの重要性を学んだ。ひとびとが日々そして長年つかうもの、目にするものは美しくあらねばならない。このライトアップのできばえには喜ぶにちがいないよ」こんな知識を貯めこむのもきょうでさいごになるはずだった。しかし、このアクシデント。この先どうなるのかちっとも予測がつかない。

「でも、電気の無駄づかいにならないかな」サヨが質問した。「さっき、このロボットはバッテリ駆動だっていってたよね。船に気づいてもらえるぎりぎりの光量に落としたほうが」

　するとＡＩは。「ご心配なく。照明はすべて最新の省エネ型ＬＥＤですから」

　全身にオレンジ色の灯りをまとった丸の内駅舎は巨大なドーナツを曳《ひ》いて夜の海を進む。光は暗い海面に反射して幻想的な光景をつくりだす。

　太平洋沿岸地域の自治体は、超大型もののけがふたたび暴走する事態を危惧《きぐ》しネットワークを通じて避難指示を出していたが、それでもなお、海をみつめるあまたの目があった。かれらは例外なく感嘆の吐息を漏らした。

「きれい」

「写真やニュース映像ではみたことあったけど、実物のほうがはるかにかっこいいね」

　ふだん東京駅と接する機会のない地方のひとびとは降ってわいたチャンスを逃さなかった。もののけの危険を肌で感じながらも、秋の夜長に肉眼で、あるいは双眼鏡で、この動く巨大イルミネーションをとっくりと鑑賞した。

「まるで豪華客船みたい」

という感想は的を射ていた。東京駅の鉄骨を組みあげたのは造船会社なのだから。

「東京駅って、取り壊して高層ビルに建て替える計画があったんだとさ」

「なんで」

「金のためだよ。高層化してテナント入れて収益をあげるんだ」

「でも。こうやってみると、あの姿で残ってよかったねえ」

「うん。よかった、よかった」

＊＊＊

「東京駅、残すべし」

と、時の都知事が高らかに号令したかどうかはわからない。ともあれ彼は運輸大臣であったころから丸の内駅舎の存続に積極的だった。

東京大空襲で屋根と三階部分を焼失し、戦後の仮復旧で二階建になったまま運用されている東京駅を、解体し更地にしたうえで新たに高層化する計画は国鉄によりなんども提案されていた。それを押しとどめ、現状保存どころか一九一四年の創建当時の姿に戻す大プロジェクト実施を勝ちとったのは都知事と、国鉄内の保存派と一部の建築史家と、赤煉瓦の丸の内駅舎を愛してやまぬおおぜいの市民たちのあふれる熱意であった。

＊＊＊

翌朝。

月曜日だが、もと技術者の孫の通う学校は臨時休校となっていた。だからきょうも祖父とならんでディスプレイに釘づけである。「へんだなあ。最短で京都に着きたいなら、伊勢湾に入って鈴鹿あたりで上陸して西をめざすと思ったんだけど」

祖父は白い髭の伸びかけた顎に手をあてる。「大阪から淀川をさかのぼるんだろう。遠回りでも海路で浮力を利用したほうが速いと判断したんじゃないかな。道路への被害も最小にできるし」

おおぜいの視聴者が画面ごしに見守るなか、ＬＥＤ照明をとうに消した駅舎型ロボットは大阪湾を進みつつあった。まぶしい朝日が煉瓦の軀体を赤く燃え立たせ、青い海と鮮烈なコントラストをつくっている。上空では好奇心旺盛な海猫たちがくうくう鳴きながらネットワークニュースの撮影用ドローンといっしょに旋回している。

ロボットは海岸沿いを進む。関西空港のそばを通過し、大阪ガス科学館の手前で右へ折れ、浜寺水路《はまでらすいろ》に入った。

「あれあれ、淀川はどうしたの」

「おかしいな。いったいなんのつもりだ」

水路の東岸は松林に囲まれた公園となっており開けていた。駅型ロボットは与謝蕪村《よさぶそん》の句碑《くひ》の前で上陸する。花いばら故郷の路に似たる哉。俳句のとおり薔薇園があるが、時季はずれのため数えるほどの花がほころんでいるだけである。上陸のさいやむを得ず何本かの松をなぎ倒した。ドーナツ型巨大もののけをふたたび屋根にかつぎあげ、潮に濡れた円形の足跡を公園の幅広いブロック敷き通路に転々と残しつつ、東へ数百メートル進む。

映像でその路面をみて。「まるでテギノボーが集団で通りすぎたあとのようだ」と、高知のひとびとがいったとかいわないとか。なおテギノボーとは杵の姿をした妖怪で、とんぼがえりという斬新な移動手段を採用している。

トーキョー・キンゴは歩みを止めて、高架化した真新しい駅舎に対峙した。いや、この前面ガラス張りのつるっとした建物が目的ではない。その手前に建つ、赤い屋根のかわいらしい木造平屋のほうだ。屋根の基本は寄棟で、正面に小さな三角のドーマー窓が横一直線によっつならぶ。玄関アーチを支える木製の柱は東京駅の銅製飾りに似た徳利型をしている。外壁はすぐそこにある海の色をうすめたパステルブルーだ。建物正面の長さはせいぜい二十数メートルしかない。

コクピットのふたりは駅舎内通信で話し合う。

「かわいい建物。西洋の古い絵本から抜け出してきたみたい」

「的確なたとえだね。あれはハーフティンバーといって柱や梁《はり》などの構造をあらわしにしたヨーロッパ北部の伝統的建築様式なんだ。とくにドイツやスイスでよくみられる」

「ほんとうにあれも辰野金吾の設計なの。東京駅とぜんぜんちがうんだけど」

「辰野といえば赤白ストライプのクイーンアン様式が、辰野式と呼ばれちゃうほどに有名だけど、じつは辰野はヨーロッパを広く旅してさまざまな建築様式を吸収し自分のものとしているんだ。だから作風も幅広い。たとえば日銀旧小樽支店はルネサンス様式、旧松本家住宅はアールヌーヴォー、初代国技館は巨大ドーム屋根でイスラム風だった。洋風だけじゃなく奈良ホテルや武雄《たけお》温泉楼門など和風建築にもすぐれたものがある。いわば彼は」

ここでケンゴは辰野の相撲好きに敬意を表してつぎのように形容した。「技のデパート」

サヨは丸いドーマー窓の格子ごしに旧い駅舎をみつめていた。「ケンゴがあれを選んだ理由、わかる気がする」

年代を重ねた建物はていねいに清掃され、すべての窓ガラスは素通しかと疑うほどに磨きあげられていた。正面には白やピンクの花が咲くコンテナがならぶ。古い木造建築の維持とは手数のかかるメンテナンス作業の繰り返しだ。湿気や白蟻の害、火事の危険との戦いも終わりがない。薄い窓ガラスははるか以前に生産停止となったのでまんいち割れれば特注となる。にもかかわらず美しく保たれつかいつづけられているこの建物は、まちがいなく駅員と地域のひとびとに愛されている。かれらはいま、このロボットはなにをするつもりかとはらはらしながら中継映像を注視しているのだろう。

「浜寺公園駅旧駅舎。百年を越えていまだ現役の登録有形文化財。いちども火災などに遭《あ》わず完全保存されている点では東京駅よりすごいかもしれない。これを」ケンゴはいったんことばを切った。胸が重い。鼻の奥が痛い。両手が震えている。日々この駅を訪れている地元のひとたちも泣くにちがいない。

サヨにドーナツの正体を教えられてから、これしかないと考えていた。それでもずっと迷っていた。本心をいえば、こんな選択はしたくなかった。

だがもののけを鎮《しず》めるには相応の代償が必要なのだ。けっして放置はできない。東京を離れるときドームの映像で確認できた。ラファエル・ヴィニオリ設計の東京国際フォーラムが全壊していた。ヴィニオリが草葉の陰で泣いているだけではない、たくさんひとが死んだにちがいない。ケンゴは涙をこらえてことばのつづきを絞り出す。「これを、生贄にしよう」

ふたりのパイロットは音声コマンドで巨大ロボットを動かす。ドーナツ型もののけは屋根から下ろされ駅前ロータリーに横たえられた。ついで、ロボットの両手が木造駅舎を基礎からそっとすくいあげた。

「新駅工事のさい、この旧駅舎は解体移築ではなく曳家で工事現場のとなりへ移された。つまり土台から切り離したわけだ。最終的にいまの場所へ設置したとき全体をレトロフィット免震化しているから、このロボットなら持ちあげられるだろうと思ってた。もくろみどおりだ」画面のなかのサヨを振り返る。「つぎは、どうすればいい」

少女の顔は青ざめひきつっていた。両手はしっかり耳にあてている。「だめ。やめて。その建物を生贄にしても、むだ。いますぐ止めて」

「ど、どうして」とケンゴが問うた、その刹那《せつな》。

駅前ロータリーに寝た巨大ドーナツの中心から強烈な青い光が天に向けて吹き出した。

「あてのひっちごた」アイルランドから中継をみていた第十六代松浦サヨがつぶやく。「いっせんがってんならんばい」

巨大ドーナツは青い光を放ちながら、じりじりと、さらに大きく、発酵が進むイースト生地のようにふくらんでいった。

「き、巨大化してる」ケンゴもまた青くなり、全身を震わせた。「なぜだ。ぼくの選択が悪かったのか」

「ちがう。あたしのせい。ごめんなさい力不足で」

「そんな、力不足なんて。信じるんだ自分を」ケンゴはむしろ彼自身にいいきかせるように叫ぶ。調伏はサヨにまかせるしかない、信じるしかない。

「だめ。ほんとなの。地元から離れてるから力が弱くて」

「え。そういうものなの調伏師って」ケンゴは首をかしげた。

サヨは説明する。調伏師の力はその本拠地から遠ざかるほどに減衰《げんすい》する。ここ大阪なら東京よりましなはずだが、想定したより回復していない。なお、強大な力を持つはずの祖母がいっこうに助けてくれないのは、さすがのトリプルアルファ級も遠くヨーロッパから力をおよぼすのは不可能だからだ。

だったら飛行機で戻ってくればいいのに、とケンゴは思う。ああそうか、サヨのおばあさんは孫娘を鍛えようとしているんだ。この試練を乗り越えて、大きく成長させようと。

そして信じてるんだ。孫娘がかならずや成功すると。

いずれにせよ、浜寺公園駅を壊さずにすむならうれしい。「わかった、じゃあきみの地元へ行こう。そこで適切な生贄も探す。で、どこなの」

その土地の名をきいてケンゴは驚き、ついで奮《ふる》い立った。偶然の神に感謝だ、こんどこそ勝てる。

「移動しはじめたな」

「ドーナツまた大きくなったからさすがに重そうだね。バッテリだいじょうぶかな」

「おっ、海岸沿いの充電ステーションに寄ったぞ」

祖父と孫はいまも中継映像に貼りついていた。東京駅型ロボットはいちど持ちあげた浜寺公園駅旧駅舎をもとの位置に戻し、かわりに二〇〇メートル級までふくれあがったドーナツをかついでふたたび大阪湾に入った。ふたたびドーナツを海面に浮かべ、牽引を開始する。

「あれ、どこへ行く。京都はどうした」

「もしかして、京都駅がロボットになったの知らないんじゃないかな」

「そんなばかな。戦略のひとつとして操作マニュアルAIがパイロットたちに教えているはずだ」

もちろんAIはその情報をふたりに伝えていた。かつ冷静に、祖父が孫に話さなかった、あるいはたんに忘却していた情報もつけくわえた。

「京都駅型巨大ロボット、キヨート・ヒロシは京都に直接の危機が迫ったときにしか起動しません。助力を請《こ》うても無視されるでしょう」

まさかロボットを起動するために超大型もののけを京都市内へ放りこむわけにもいくまい。

ふたりは京都に寄るのをあきらめた。自分たちだけの力で問題を解決せねばならない。

駅型ロボットはさらに西へ向かう。橋長およそ四キロを誇る雄大な明石海峡大橋の下をくぐり、国重文かつ近代化遺産である江《え》崎《さき》灯台のころんとした純白のドームを左手にみながら進む。

瀬戸内海を縦断するとちゅうで二度目の日没をむかえた。ふたたびライトアップがはじまる。

「がんばれよ、東京駅」

「超大型もののけを調伏してくれ」

今治《いまばり》の、呉《くれ》の、周防大島《すおうおおしま》の住人たちが輝きながら夜の海をわたる駅に声援を送る。

「ねえ、そもそもサヨはどうしてわざわざ東京にきたの。すごく遠いよね。おばあさんに行ってこい、っていわれたの」

シートで夕食がわりのゼリー飲料や小型羊羹を食べながら、ドーム内モニタを通して少年は少女に質問する。

サヨは首を左右に振る。「ばあちゃんにはないしょ。ぜったい許してもらえないから。でも、どうしてもこの目で東京をみたかった」将来は丸の内のオフィスに勤めてきらきらした人生を送る夢を語る。

「なぜ。調伏師、継がないの。伝統のあるりっぱな仕事でしょ。みんなに尊敬されて、お金もたくさんもらえるし」

「だって。修行はきついし、祭文《さいもん》とか呪法とかおぼえること盛りだくさんで頭からあふれそう。食べちゃいけないものとかタブーもある。仕事は危険で、体力勝負で、三日三晩寝ないとかふつう。命を削ってお金に換えてるようなものだよ」

そうなのか。少年は絶句した。そんなたいへんな思いをして、ぼくらをもののけの害から守ってくれているんだ。

「きつくて危険なのはまだいいの。みんなの安全を守る重要な仕事だから、むずかしいのはあたりまえ。でも」じつをいうとやりがいも、誇りさえもある。だけど、それでも。「いったよね、調伏師の力は距離と関係するって。もしばあちゃんの跡を継いだら、これからもずうっと、松浦家が先祖代々住んでいるあの山奥からそう遠くへは行けない。それがなによりがまんできない」

真の不満はそこなのか。「田舎暮らし、いいと思うけどなあ。ぼくなんてむしろあこがれちゃうな」広大な野山や緑あふるる田園に古民家が点在する風景を思い描く。そんなところなら自分だって居場所をみつけられるかもしれない。

少女は爪を嚙んだ。東京に生まれ育ったひとにはきっと理解できない。田舎のあの暗い、息の詰まるような雰囲気を。光のあたる都会への渇望を。都会へ行けば無数の可能性がひらけている。だが田舎にとどまればあととりという道しかない。

じつはたんなる東京見物ではなかったのだが、出会ったばかりの少年にそこまで話すつもりはない。東京育ちの、苦労知らずの少年に。たしかに建築の知識はすごいからとても助かっているけれど。「そういうケンゴこそ、あのときどうしてあそこにいたの」その偶然のためにいまふたりは同じロボットに乗っている。南北のコクピットに引き離されてはいるが。

「そ。そりゃあもちろん、東京駅丸の内駅舎がだいすきだから。あそこにはしょっちゅうきてるんだ、ぼくにとっては庭みたいなもんだよ」

つい、あせりぎみの声を出してしまった。出会ったばかりの少女に秘密の決心まで話すつもりはない。あれは建築へのお別れだったなんていうつもりはない。別れの理由は、なおさら。

少女は数秒だまったのち、こう返した。「好きなんだね、建築」

少年は大きくうなずく。

「どういうところがいいの、建築って」

ケンゴは大人みたいに咳払いしてからとうとうと語り出した。「建築は、衣食住の住。人間が人間らしく暮らすための三要素のうち、もっとも大がかりな技術を要するものだ」思えばなぜ建築が好きか、これまで明瞭に言語化したことはない。しかしいまなら話せる気がした。きいてもらえる気がした、もののけの声なき声さえききとる少女になら。「建物にはね、人間の知恵がみえるんだよ。ほかの動物とちがって人間は毛皮を持たない。そのか弱い生き物が、厳しい自然からなんとか自分と家族を守ろうと考え出したのが建物なんだ。さいしょは雨風しのぐだけのものだったけど、文化の発展につれ、つかうひとがどれだけ心地よく、幸せになれるかを考えて設計されるようになった。たとえばこの丸の内駅舎も」と、右手をあげてドームをぐるりと示す。「たんに駅として便利にできてるだけじゃない。前に立てばわかる。あの胸をうつデザイン、どんな地震にも負けないと信じさせる安定感。建築ってね」

いったんことばを切ってから、だいじなひとことを繰り返した。

「人間の幸せのためにあるんだ」

サヨはシートの背もたれに体をあずけたまま、だまって耳をかたむけていた。そんなに愛している対象から生贄を選ばせるなんて、思えばなんと酷なことをまかせてしまったのだろう。

話し終えて、ケンゴは胸のなかがポタージュみたいにあたたかくなった。家族でもないだれかに自分の主張をさいごまできいてもらうのははじめてだ。このあと目的地に着けばまた、生贄選びという身を切られるような決断をしなきゃいけない。でも、いまだけは。

しばしのち。少女はにわかに上体を起こし両耳をふさぐようにして手をあてた。「きこえる」「な、なにが」少年もシートの上で身じろぎする。

「もののけの。ドーナツの、こえ。地元に近づくにつれてはっきりしてきた」サヨは両手を耳にぎゅっと押しつけて顔を青ざめさせていた。「怒ってる。つぎはぜったい失敗できない。もし失敗すれば」画面ごしに少年をみる。

ケンゴは自分の顔も青くなっていくのがわかった。むざんに押しつぶされた東京国際フォーラムがフラッシュバックする。巨大もののけが倍加した体でふたたび暴れ出せばどんな被害が出るか。

目的地では決断を迫られる。つらいつらい決断を。やはりこれはあの悲壮な、しかしいまにして思えば軽率な決意の代償としか思えなかった。

「おふたりとも。いま緊張しても、むだに疲れるだけですよ」ＡＩが駅自動音声の声で呼びかける。「このペースですと目的地に到着するのは翌朝です。いまは夜、なにもかも忘れて休んでください。むずかしいことは明日、考えましょうよ」そして音楽を流しはじめた。車内チャイム「鉄道唱歌」のロングバージョンだ。オルゴール風の音色はふたりのささくれた神経を癒やした。ほどなく眠りが歩み寄ってきた。

＊＊＊

なだらかな山々のあいだから三日目の太陽があらわれる。光ははじめ赤く、のち白さと輝きを増していく。夢のなごりのように海をつつんだ藤色の霞《かすみ》はしだいに消える。海猫たちが朝食を求めて騒ぎ出した。

夏には海水浴客で賑わうであろう長い砂浜と緑濃い松林に囲まれた湾はプリンの表面のごとくなめらかだった。その湾を駅型ロボットはさざ波立てつつ進み、牽引していた巨大ドーナツ型もののけを河口そばの無人の砂浜にひきあげたのだった。

無人だと思っていた。住民はネットワークニュースの中継から状況を知って、ないし自治体の指示で、海岸から数キロ以上先へ退避したと信じていた。ところが。

河口をはさんで対岸に桜や松の生い茂る半球状の丘がある。頂上には植生の緑に白壁が映える城。丘のふもとにめぐらされた石垣や櫓《やぐら》も合わせてみれば、まるで海に浮かんでいるようだ。城の敷地内には多数の市民が小旗を手に集結していた。

「辰野先生、おかえりなさい」

「辰野先生がついに帰ってこられた」

「辰野先生、万歳。万歳」

市民たちは小旗を振りあげて万歳する。そのようすを、ふたりのパイロットは外部カメラを通じてながめていた。声はほとんど集音装置に入ってこないが大歓迎されているのはよくわかる。

「トーキョー・キンゴ。右手を振れ」

ここは辰野金吾が生まれ育った地だ。東京駅型ロボットはその設計者を郷土の誇りとして敬愛する唐津《からつ》市民に畳サイズの手を振ってあいさつした。

市民らはどっとわいてさらに小旗を振り回した。よくよくみれば、その小旗は二〇二四年に改刷となった新一万円札であった。裏面には東京駅が、表面には辰野のはじめての施主《せしゅ》である渋沢栄一《しぶさわえいいち》が描かれている。

唐津城からの万歳の声を背に受けて、トーキョー・キンゴは町田川《ちょうだ》に入る。辰野が盟友曾禰《そね》達蔵《たつぞう》とともに高橋是清《たかはしこれきよ》に学んだ耐恒寮《たいこうりょう》跡地を右手にみながら上陸し、民家や商店やオフィスビルを髪の毛一本の差でよけつつほんの数百メートルも南へ進めば。

「あっ、あれだ。あたしにもわかる。あの建物でしょ」サヨはシートから身を乗り出して前方を指す。

交差点の先にあらわれたのは赤い壁に白帯の映える、スレート葺の塔屋がひときわ目立つ重厚な二階建。その前にはふたりの人物がならんでいる。ひとりは片手を腰にあてて立ち、もうひとりはベンチに座っている。

少女は丸いドーマー窓からそのふたりを凝視し、やがてふうっと息を吐いた。「なあんだ、銅像か。逃げ遅れたひとかと思ってひやっとした」

「立っているほうが辰野金吾。座っているのが同郷の親友、曾禰達蔵だよ。講談社や慶応大学の図書館や旧小笠原伯爵邸を設計したひとだ」

「辰野堅固、なんていかめしい渾名だからどんだけおっかない顔してるのかと思ってたら、ずいぶんやさしげだね」

「きっと曾禰さんのとなりにいるからだよ」

「それにしてもこの建物のデザイン、東京駅によく似てる」

「旧唐津銀行本店だ。当時の頭取《とうどり》は辰野の藩校時代の同級生で、ぜひ郷里の銀行を設計してくれと依頼したんだけど、ざんねんながらこの時期の辰野は東京駅の仕事でいっぱいいっぱい。そこで弟子の田中実《たなかみのる》にまかせた。田中は空気を読んで、辰野式にそっくりな建物を師の故郷につくったってわけ。でも表面の仕上げは化粧煉瓦じゃなくて煉瓦風のタイルで」

「ちょっと待って」サヨはドーム型スクリーンを見据え、親指の爪を噛んだ。「これ、辰野式じゃなくて辰野風、なの」

「まあ、そうなんだけど。でも辰野はちゃんと設計の監修をしているし、唐津市民は辰野建築とみなしてだいじにしている。唐津市も文化財に指定した」

「でも、ちがう。浜寺公園駅のような駅でもない」少女は爪を噛むのをやめて両手を耳に押しあてた。「だめ。どれほど市民に愛されていようと、これが生贄ではもののけが納得しない」

　生まれ育った地を目前にしてサヨの調伏師としての力は研ぎ澄まされていた。

生贄調伏術はサヨの先祖、初代松浦サヨが遠くあづまのくにより持ち帰った。唐津からさらに南へ入った山中にある松浦家は富裕であったが、大黒柱の父の死をきっかけにみるみる落ちぶれていった。母は泣くばかりで頼りにならない。初代サヨは家を救うためみずから身売りを決意する。売られた先では大蛇の生贄にされかかるも、父の形見の法華経《ほっけきょう》でみごと調伏。その大蛇から伝授されたのが、適切な生贄の選択によりあらゆるもののけを鎮める秘法であった。この法を得てのち松浦家は以前にも増して栄えた。

サヨの声と呼応するかのように、海の方向から青い光が放たれた。

少年は体をひねって背後のドーマー窓を振り返った。「な、なんだ」

サヨはひきつづき両手を耳にあてている。「もののけが怒った。人間たちは本気で祀る気がない、不要だからと捨て去った罪をつぐなう気がないと判断したみたい」

浜に寝かせておいたはずのドーナツは立ちあがっていた。車輪型の体から強烈な青い光を放ちながら、出現したときのように転がりはじめた。その前方には。

市民が鈴なりになった唐津城がある。

「トーキョー・キンゴ。唐津城前へ、急げ」

ふたりは声を合わせてコマンドを入力する。東京駅の底面から生えた三五二本の脚は人間の目にとまらぬ速さで動き、市街地を二秒で横切って巨大ドーナツの前に立ちふさがった。

「ああっ」サヨが耳をふさいで叫ぶ。「すごい声。ドーナツが吠えてる」

ケンゴは正面のドーマー窓から目視でもののけを確認した。中心の穴を口として、声なき声で叫んでいる。ＬＥＤ照明よりはるかに強い光を四方八方に放っている。まぶしさで目がくらみそうだ。

決断しなきゃ。どんなにつらくとも。

少年は思い返していた。二日前の日曜日、なぜ東京駅丸の内駅舎の前で立ち尽くし、別れを告げようとしていたのかを。

建築マニアはスクールカーストで最下位とみなされていた。クラスメートの侮蔑《ぶべつ》の視線を浴びながら学校へ通うのが苦痛でしかたなかった。だからあの日曜をさいごにして建築の趣味をすっぱりと止め、月曜日になったらサッカークラブの入団試験を受けるつもりだったのである。でも、やっぱりぼくは建築を愛してる。だっていまこんなに、心が血を吐くように痛んだから。

「サヨ」いまや自分の声が落ちついて、やさしささえにじみ出ていることに自分自身で驚いていた。「生贄は。あのもののけを調伏するための生贄は」

いったんだまる。じつはさいしょから、心の奥の奥の奥底では、わかっていた。これが、これこそが、ほかのどんな建物よりも生贄にふさわしいと。

さよならは、あのときいった。「生贄はこの、東京駅丸の内駅舎だ」

同時に少女は、おととい上京した経緯を思い返していた。修行を中途であきらめ、祖母にまったく頭のあがらない母がふがいなかった。娘の進路は娘自身にきめさせてほしい、などと意見したことはいちどもない。そんなおり、父と名乗る男からソーシャルメディア経由でひそかに連絡がきた。いま東京に住んでいる。会わないか。

父は婿養子で、サヨがごく幼少のころ出奔《しゅっぽん》したので顔もおぼえていない。父ではないかもしれない。ネットワークで知り合った男のひとりが父を騙《かた》っている可能性が高い。それでもサヨは東京をめざした。二度と帰らないつもりだった、ようするに家出だったのだ。

だがロボットに乗って唐津城前に立ちはだかったとき、ドーム型スクリーンの隅にちらりとみえた。唐津城敷地を埋める群衆のなかに母の顔があった。

あの山奥から、ここまできてくれたんだ。

サヨは画面のなかの少年にうなずきかけた。「生贄はきまった。じゃ、はじめるよ。準備は、いい」

少年はできるだけ勇ましく返事をした。「いいとも」

ふたりは声を合わせてコマンドを出す。「トーキョー・キンゴ。もののけに向かって、全速前進」

つづいて少女が印を組む。中指と小指を折り曲げ、無名指《むめいし》と呼ばれ呪力を持つとされる薬指をまっすぐ立てねばならぬむずかしい型である。印が完成するや、松浦家に伝わる調伏の祭文を唱え出す。これはもののけが付喪神であるとき専用の呪文で、サンスクリット語、かつ長大だが、サヨは記憶術をつかって全文暗記していた。祭文はちいさな唇からなめらかに流れ出てくる。ナウボバギャバテイ、タレイロキャ、ハラチビシシュダヤ、ボウダヤ、バギャバテイ。タニャタ、オン、ビシュダヤ、ビシュダヤ、サマサマサンマンタ、ババシャソハランダギャチギャガナウ、ソハバンバ、ビシュデイ。アビシンシャトマン、ソギャタバラバシャナウ、アミリタ、ビセイケイマカマンダラハダイ、アカラアカラ。アユサンダラニ、シュダヤシュダヤ、ギャギャナウビシュデイ、ウシュニシャビジャヤ、ビシュデイ、サカサラアラシメイ、サンソジテイ、サラバタターギャタ、バロキャニ、サタハラミタハリホラニ、サラバタターギャタ、キリダヤ、ジシュタナウ、ジシュチタ、マカボダレイ、バザラキャヤ、ソウカ、タナウ、ビシユデイ、サラババラダ、バヤドラギャチ、ハリビシュデイ。祭文はまだまだつづく。少女の声はさらに熱を帯びる。

少年はもののけに向けて叫んだ。「壊しちゃって、ごめんねえええええっ」

唐津市民はその目でみた。

「ああっ、辰野先生」

「辰野先生の東京駅が」

唐津城から見守るかれらの眼前で、総重量七万トンの建築物は南端から巨大ドーナツの穴へ突入していった。愛知県常滑《とこなめ》市で幾度も試作を重ねて当時の赤い色を再現した化粧煉瓦がはがれて火花のように飛び散る。南ドーム頂上のフィニアルが穴のふちにあたってくにゃりと曲がった直後、ドーマー窓のひとつが開いた。

「あっ、飛び降りたぞ」

唐津城からはどんぐりの実くらいにみえる少年は、背負っていたパラシュートを開いた。ドーム内キャビネットに用意されていたのは航空機用ではなく高層ビル緊急脱出用の六角形パラシュートであった。エアバッグもついており、一〇〇メートル以下の落下距離でも安全に人間を地表へ送り届けてくれる。

丸の内駅舎は煉瓦と屋根スレートの破片を振りまきながら、巨大ドーナツにむりむりむりと喰われていく。ほどなく中央部の皇室専用口が軍配風飾りもろとも消え、北ドームも飲みこまれた。もちろんこのときサヨも脱出した。

トリコロールのパラシュートにくるまれて、数十メートルをやんわり降下しながら、少女は唐津城をみやった。視力のよい彼女の目は母の顔をとらえた。頬につたう涙さえみえた。娘の無事を喜ぶ涙であった。母の声もきこえてきた、はよううちさんかいるばい。

北部八角塔がそこから生える柔軟な腕とともに消えた直後、巨大なドーナツは全身から発する光の色を青からやわらかな緑に変えた。ドーナツ型の姿も変化していく。

「あれは、なんだ」

「建物みたいにみえるけど」

「けっこう小さいな。個人のお宅くらいだな」

白い壁にダークブラウンのハーフティンバーが美しいファサード。屋根はしぶい緑色。その屋根の中央からひょっこり生える銅板葺の八角ドーム、てっぺんにはレトロな風見鶏。

ぶじ路面に下りた少年はパラシュートの布をかきわけながら身を起こし、もののけを振りあおいだ。その正体は、一九二四年竣工の旧原宿駅舎。キュートな姿で原宿のシンボルとして長く愛されてきたにもかかわらず、二〇二〇年にあえなく解体。理由は、現代の耐火基準に合致しないから。文化財指定されれば基準も緩和され、まだまだ働けたのに、さぞ無念だったろう。もののけ化するのも無理はない。

原宿駅は、東京駅がうらやましかったんだ。同じ山手線の駅なのにこの扱いの差はなんなのか、って。

ほんの数メートル先に、サヨのパラシュートがふわりと落ちてきた。ケンゴはすばやく駆け寄り、手を差しのべて少女を助け起こした。ここでふたりははじめて、モニタを介さずじかにみつめあった。

ふたりは手をつないだまま、本来の姿をあらわしたもののけをみあげた。

「原宿駅いいっ」ケンゴは呼びかける。もういちど謝ろう。心から、すべての人間たちのかわりに。「壊しちゃって、ごめんねええっ」

サヨが祭文をしめくくる真言を唱える。「オン、ボロン、ソワカ、オン、アミリタ、アユダディ、ソワカ」

すると木造駅舎はしだいしだいに透明になり、蠟燭の炎のようにゆらゆら揺れて。

ついには唐津の青空へ溶けこんでしまった。

丘の上の白い城から市民たちの声があがる。もののけ調伏成功の喜びと、郷土の誇りの象徴が失われたことへの悲しみが同時に噴出した泣き笑いだ。東京駅の姿を写した一万円札がいっせいに舞い散る。万歳、万歳、万歳。

「やるじゃん」少年は相棒の少女に笑いかける。ふっきれたような笑みだ。

「そっちこそ」少女も相棒に笑い返す。こちらもふっきれた表情だった。ふたりは握りあった手を離すと、おのおの右手でちいさな拳をつくってこつん、と突きあわせた。

＊＊＊

ケンゴはいまも建築マニアのままだが、もはやスクールカーストを脱した自覚があった。上位になったのではない。完全に逸脱《いつだつ》したのである。将棋の小学生名人戦に出ているマサヒロくんや、児童絵画コンクールがあるたび最上位の賞をさらっていくアカリさんみたいに。

ケンゴとサヨがトーキヨー・キンゴを操縦しはじめてからの死傷者はゼロ。被害は道路や植《しょく》栽《さい》の一部破損のみにとどまった。丸の内駅舎を犠牲にしたことを批難する者もいるにはいたが、すぐさま「大人げない」と罵倒の嵐にあって沈黙した。

現都知事はふたりの小学生に感謝状を贈ったあとこう宣言した。「東京駅、戻すべし」

丸の内駅舎は復元される。三菱一号館と同じレプリカではないか、との批判もあるが、根本理由が異なる。経済の論理に従って解体された一号館のケースとはちがい、やむを得ぬ事情のために破壊したからだ。人間の幸福を守るために壊したからだ。

唐津市からは喰い残された煉瓦やスレートが送られてきた。破片をひとつひとつ拾い集める唐津市民の姿は、第二次世界大戦時の空爆で破壊された聖母教会の瓦礫《がれき》を拾うドレスデン市民のようであったという。世界最大のジグソーパズルと呼ばれたドレスデン聖母教会再建工事は二〇〇五年にようやく完了した。

唐津への旅から帰還して半月ほどたったある日の朝。

「ええ、転校生を紹介します」といいながら担任教師が教室に入ってきた。そのあとについて黒板の前に立ったのは。

「松浦サヨです。佐賀県からきました」

ツインテールにショートパンツの少女は驚愕するケンゴと目を合わせ、さわやかにほほえんだ。

「あれからばあちゃんも反省して。調伏師一族は距離にも負けぬ力を持たねばならん、って、あたしを東京で修行させることにしたんです。こっちではお母さんといっしょに住みます。よろしくお願いします」きれいな分け目のみえる頭をひょこっと下げる。

ケンゴは思わず椅子から立ちあがっていた。ひゃあ、これは。人生って、なにが起こるかわからないなあ。

# 明洞発3時20分、僕は君に撃たれる

額賀　澪

額賀　澪（ぬかが・みお）

1990年茨城県生まれ。2015年『ヒトリコ』で第16回小学館文庫小説賞を、『屋上のウインドノーツ』で第22回松本清張賞を受賞してデビュー。他の著書に『タスキメシ』『転職の魔王様』『世界の美しさを思い知れ』『夜と跳ぶ』『願わくば海の底で』などがある。

「週刊ミッドデイ」

二〇二四年二月十五日号
【春雨静&元「NA9」牧原ツバメ　泥沼不倫から一年、再起の道は?】

俳優・春雨静(32)と人気アイドルグループ「NA9」の不動のセンター・牧原ツバメ(26)の不倫騒動から一年。芸能界で再起を図る二人だが、状況は正反対のようだ。

〈イケメン俳優と大人気アイドル　衝撃の不倫劇〉

二〇〇九年に映画『君の羊は青い』で俳優デビューした春雨。その後、ドラマ『恋する生姜焼き』や『ハル・ハンドラー』、映画『徒心』などの話題作に出演し、若手イケメン俳優として着実なキャリアを歩んできた。

二十六歳で同い年の女優・芹沢桃奈と結婚。美男美女カップルと話題となり、二〇一八年にはカップル・オブ・ザ・イヤーを受賞している。

一方の牧原ツバメは二〇一二年にアイドルグループ「NA9」のメンバーとしてデビュー。

デビュー曲『さよならの半分』は日本レコード大賞最優秀新人賞を受賞し、同年の紅白歌合戦出場を果たした。二〇一六年には十四枚目のシングル『ピアニシモ』で初のミリオンセールスを達成し、牧原のソロ写真集『予感』は二十万部を超える大ヒットとなった。

そんな二人の不倫が「週刊ミッドデイ」二〇二三年二月二日号で初めて報じられた。巨大なスーツケースを引いて都内のホテルへ入っていく春雨と、アイドルとは思えない地味な格好で春雨を追いかける牧原の写真を記憶している読者も多いことだろう。

二人の出会いは、二〇一九年のバラエティ番組での共演。かねてより「NA9」のファンだったという春雨からアプローチし、友人としての付き合いが始まったという。その年の「NA9」の武道館ライブでは、春雨の目撃談も多数あった。

もちろんこのとき、春雨はすでに芹沢と結婚していたわけだが。


〈不倫の代償　再起の行方は正反対？〉

不倫報道を受け、牧原は「NA9」を電撃卒業。卒業公演も行われないという異例の事態となった。「卒業後は演技の仕事に挑戦したい」と常々語っていた牧原だが、とある映画関係者は「不倫騒動のダメージは相当。女優業で再起を図るにしても、かなりの時間が必要なのでは」と語る。

春雨は不倫騒動からおよそ三ヶ月後の二〇二三年四月に芹沢との離婚が成立。夫婦で出演していた鶴亀食品のCMは放送中止になり、公開目前だった主演映画『リフレイン』は公開延期となった。

しかし、春雨の再起の道は牧原とは少々事情が異なるようだと、前述の映画関係者は語る。

「公開延期となった主演作『リフレイン』が二〇二三年十一月に劇場公開されました。十数劇場という小規模興行でのスタートでしたが、公開から三ヶ月以上たつ現在も上映が続くロングランヒットとなっています。ヒットの理由の一つは、主演である春雨さんの演技。双海大樹さん演じる逃亡犯を匿い、友情を育んでしまうという難しい役どころでしたが、『春雨静がこんな冴えない男を演じられるとは』『ただのイケメン俳優ではなかった』と関係者からは大好評です。不倫のダメージは大きく、テレビドラマへの復帰はまだまだ難しいでしょうが、映画業界では評価が高まっています。すでに次回作のオファーが来ているという話です」

仕事復帰への道は二人仲良くというわけにはいかないようだ。

（文・茂田日出夫）

◆

たいした記事じゃなかったか。

きつねうどんのお揚げを頬張りながら、春雨静《はるさめしずか》はスマホをテーブルに置いた。過去にあった事実を並べ立て、どこの誰だかわからない業界関係者の言葉でそれらしく締めただけの記事だった。

それでも、これを読んだ人間は（ほとんどの人間は見出ししか読まないだろうが）「牧原《まきはら》ツバメを差し置いて、不倫男の春雨が順風満帆に仕事復帰している」と考える。「男の不貞はすぐ許されるのに女の不貞は一生叩かれる」と憤《いきどお》っている女性読者も多い……のだろうか。むしろ女性のほうが、不倫をした牧原ツバメを毛嫌いするのだろうか。

テーブル備えつけの柚子《ゆず》七味を丼にたっぷり振りかけて、静はうどんを勢いよく啜った。汁まで綺麗に飲み干して、会計をして店を出る。

マスクをして、黒いバケットハットを目深《まぶか》に被って。

目の前を、見知ったロゴマークの入った飛行機がゆっくり横切っていく。ベンチに腰掛けた家族連れが、ガラス越しに飛行機を指さして笑い合う。側に設置されたテレビからは、今日未明に品川《しながわ》駅前の交番が襲撃されて拳銃が盗まれたという物騒なニュースが流れていた。犯人は二、三十代の背の高い男だったという。テレビの前のベンチに座った二人組の女性が「え、怖っ」と同時に呟くのが聞こえた。

それを尻目に、静は小振りなリュックサック一つで目的の搭乗ゲートへ向かった。国際線ターミナルはそこまで混雑していないが、それでもときどき巨大なキャリーバッグを引き摺《ず》る外国人観光客のグループとすれ違った。

韓国行きの便の搭乗ゲート前でベンチに腰掛け、他の客から怪しまれない程度に周囲の様子を窺《うかが》った。

週刊誌に記事が出たばかりだ。「芸能人の尻を追いかけるしか能のないハイエナゴシップ雑誌」などと蔑まれることの多い週刊ミッドデイだが、馬鹿にしながらも人々は好奇心に負けて読むし、自分はマスコミに踊らされるような馬鹿じゃないですという顔をしながらＳＮＳで騒ぐ。

一度記事になった以上、どこのどんな記者に追われているかもわからないし、記事を載せた週刊ミッドデイの記者が、新たなネタを摑《つか》もうと自分を追っている可能性もある。どれほど注意したところで、奴らは思ってもみない形で自分達を尾行し、写真を撮り、指名手配犯でも見つけたように誇らしげに記事にするのだけれど。

息を殺して搭乗時刻を待った。午前十時ちょうど、地上スタッフが搭乗開始のアナウンスを始める。

同じ便に乗る客がぞろぞろと列を作る中、静はコートのポケットからスマホを取り出した。久しく連絡を取っていなかった人物へ向けて、メッセージを送った。

〈本当に行くからな〉

既読がつくのを待たず、スマホを機内モードにした。なんと返事が来ようと、韓国へ行ってやる。ふんと鼻を鳴らし、静は搭乗ゲートへ向かった。

◇

茂田日出夫《しげたひでお》は乗り物の中で用を足すのが嫌いだ。新幹線のトイレだろうと飛行機のトイレだろうと、あのゆらゆらと不安定な状態で排泄《はいせつ》をせねばならないのが気に入らない。学生時代からそうだ。四十を迎えた今でも乗車中にもよおすとうんざりしてしまう。

そうは言いつつ、出るものは出る。狭苦しいトイレから出てやっとひと息ついた瞬間、日出夫は悲鳴を上げそうになった。洗いたてで湿った掌で口を押さえて、なんとか耐えた。

「やばいっ」

席に戻って、窓際に座る妻の真衣《まい》の肩を叩く。ばん、ばん、ばん、と三度叩くと、羽田《はねだ》の売店で買った韓国旅行ガイドを広げていた彼女は「えっ、なに？」と迷惑そうに顔を上げた。

「春雨静がいる」

自分の席に深々と腰掛け、声を潜めた。え？　と耳を寄せてくる真衣に、もう一度「はるさめ、しずかっ」と声に出した。

「ええっ、嘘。乗ってるの？　同じ飛行機？」

「トイレ出たら目の前の席にいた。間違いなく春雨静」

マスクとメガネで顔を隠していたが、機内でもバケットハットを被ったままなのが逆に目立った。背もたれに寄りかかっているのに異様に姿勢のいい男で、すらりと長い手足がエコノミークラスで窮屈《きゅうくつ》そうだった。

「よくわかったじゃん。芸能人のゴシップでごはん食べてるだけあるぅ」

「耳だ、耳。耳の形でわかるんだよ」

バケットハットから覗く耳の形と、耳たぶにポツンとあるホクロで、春雨静と確信した。

芸能人は顔でも背格好でもなく、耳の形で見分ける。週刊誌——それも「芸能人の尻を追いかけるしか能のないハイエナゴシップ雑誌」と呼ばれる週刊ミッドデイの記者をやって十八年、人を見たら耳の形を確認するのが癖になっていた。日出夫の頭には、さまざまな著名人の耳の形が嫌というほどインプットされている。

「春雨静、一人でいたの？」

「あれは一人だな」

「スキャンダルのあとだもんねえ、さすがに誰かと旅行なんてしないか」

「いや、わからんぞ」

一人で飛行機に乗っているからといって、一人旅とは限らない。例えば、現地で誰かと落ち合うつもりとか……。

一年前に不倫スキャンダルで世間を騒がせた春雨静のお相手は、アイドルグループ「NA9」の牧原ツバメだった。スキャンダル後、二人が交際を続けているという話は聞かない。だが、別れたという話も聞かない。そこまで考え、いかんいかんと首を左右に振った。

「やめよう。俺は休みを取ってるんだから。貴重な一泊二日の韓国旅行なんだから」

世間は今朝発生した品川駅前交番襲撃事件の話題で持ちきりだろう。なんせ拳銃が強奪《ごうだつ》されているし、襲われた警官はナイフで刺されて意識不明の重体だとか。

新聞や他の週刊誌の記者達は何か情報を摑もうと走り回っているに違いないが、週刊ミッドデイは違う。政治よりも事件よりも芸能人のゴシップ。それが週刊ミッドデイだ。社内に政治や社会問題を扱う週刊誌が別にあるから、お前らはゲスなネタを集めて馬鹿な読者を釣れと命じられているのが週刊ミッドデイなのだ。

そんな雑誌だからこそ、日出夫は久々の……本当に久々の休暇を満喫するため、日本を飛び出すことができているのだ。これが普通の週刊誌だったら、休暇返上で取材に駆り出されることだろう。

「えー、いいの？　春雨静の記事、この前書いたばかりじゃなかった？」

ああ、確かに書いた。一度はお蔵入りの危機に陥《おちい》った春雨静主演の『リフレイン』がロングヒットを飛ばしているから、編集長から「適当に一本頼む」と言われたのだ。

春雨静と牧原ツバメの不倫を最初に報じたのが週刊ミッドデイだったこともあって、何かしら記事を載せたかったのはわかる。わかるが……たいしたネタもなかったから、これまでの記事のまとめと、知り合いの映画プロデューサーに酒を飲ませて機嫌よく喋らせた内容を添えただけになった。

執筆した日出夫自身、全くいい記事だとは思っていない。

「これ、追撃のチャンスじゃないの？」

旅行ガイドの明洞《ミョンドン》グルメ特集をチェックしながら、真衣はにやにや笑っている。

「おい、ここは『せっかくの旅行なのに仕事のことなんて忘れて』って言うところだろ」

「そんなこと言ったって、あなた、仕事人間だから。春雨静で頭がいっぱいで、旅行にならないでしょ」

私は別に一人でも明洞を楽しむし～と言いたげに旅行ガイドをめくる真衣に、日出夫は肩を落とした。

確かに、自分は仕事人間なのだ。週刊ミッドデイに配属され、がむしゃらに芸能記者として働いて、働いて、働いて、働いた。それはつまり、数多の芸能人の晒《さら》されたくないことを晒してきたということだ。

これからも、そうやって俺は働いていく。

「あーあ、せっかく日本から逃亡できたのに」

もう、久々の夫婦水入らずの韓国旅行など、無理だ。俺は週刊ミッドデイの記者として、仕事をしなければ。

◆

金浦《キンポ》空港から空港鉄道で二十分ほどでソウル駅に着いた。そこから地下鉄に乗り換えて五分ほどで、目的の明洞駅に到着する。

一番に目に入ってくるのがハングルの案内ということ以外、日本の地下鉄駅とそう大きく違わない。青く光る改札を抜けると、目の前に改札と同じ青色に光る案内板が天井からぶら下がっていた。

鮮やかな青色に、牧原ツバメの顔が浮かぶ。アイドル時代の彼女のメンバーカラーは青だった。彼女がステージでソロを歌うとき、観客のペンライトはこの看板のような鮮やかな青色に染まった。

羽田空港で送った〈本当に行くからな〉というメッセージには、〈明洞駅の六番出口で待ってます〉という返信が来ていた。

英語の案内を頼りに八番出口まで辿《たど》り着くと、階段の側に真っ白なダウンを着た牧原ツバメがいた。生まれたときからずっとこの街に住んでいて、今日は友人と待ち合わせしているだけです——そんな顔でスマホを眺めている。

「NA9」時代は頑なに黒髪だったのに、ツバメの髪は淡いピンク色になっていた。しかもロングヘアをばっさりとボブカットしていて、一瞬、本当に牧原ツバメかどうかわからなかった。

「……よくわかりましたね」

スマホから顔を上げたツバメは、静の姿を見て目を丸くする。

「こっちに来てイメチェンをしたので、春雨さんは私だって気づかないんじゃないかって期待してたんですけど」

「そりゃあ、最初はわからなかったけど。ていうか、見てるだけで頭皮がピリピリするな、その髪」

「初めて染めるからちゃんと色が入るか心配されたんですけど、ブリーチで綺麗に色が抜けて、この通り綺麗なピンクになりました」

ボブカットの毛先に触れ、ツバメはふふっと肩を揺らす。

「ていうか、こっちで髪切ったの？　韓国語、喋れたっけ？」

「翻訳アプリでね、意外となんとかなったんです」

スマホで翻訳アプリを見せてくるツバメに生返事をしながら、静は彼女のピンクの髪から視線を外せなかった。

ツバメは二十六歳にしては童顔だった。鼻の下から顎にかけてが短い、典型的な子供っぽい顔。そのせいか、重めの前髪と外ハネのボブがよく似合う。

「いつからこっちに？」

「そんなに長くないですよ、昨日来たばかりです。二泊三日の予定です」

「なんだ、じゃあ、明日には帰るのか」

ちょっと、拍子抜けしてしまった。

ツバメから静にメッセージが届いたのは、昨日の夜だった。

〈ソウルの明洞に来ています〉

明洞駅の看板の写真と共に、そう送られてきた。長く顔を合わせていなかったのに、彼女の声で再生された。

相変わらずの敬語で、ちょっと距離があって、でも突き放してはこない奇妙な親しみやすさのある話し方をする子だった。

〈トッポッキが食べたいんですけど、一人で食べるにはちょっと量が多いみたいなんです。お暇だったら来ませんか？〉

電車で数駅のところに住んでいる友達を誘うような文面に、明洞ってあの明洞だよな？　と五分ほど考え込んだ。

〈韓国へ来いと？〉

そう返事をしたら、二頭身のタヌキが手を振るスタンプと共に〈お待ちしてまーす〉と返ってきた。まさか、俺が本当に韓国に行くと思っているのだろうか。まさか、まさか、行くわけがない。

ちょっと新幹線に乗って京都や大阪に行くのとはわけが違う。飛行機に乗るとはいえ、北海道とも違う。海外だ、パスポートを握り締めて、俺が、トッポッキを食べに行くわけが――。

気がつけば、スマホ片手に飛行機のチケットを取っていた。連休ではないとはいえ、前日に予約したチケットはなかなか割高だった。

何より、リスクがあった。海外とはいえ、目的地はお隣の国・韓国だ。飛行機でたったの二時間半。日本人観光客も多いソウルの明洞。一年前に不倫スキャンダルを起こした自分達が一緒にいるところを、事情を知っている人間に見られたら、果たしてどうなるか。

「春雨さんはもう独身じゃないですか」

唐突に、ツバメが笑った。何も言わずしきりに周囲を窺う静の胸の内など、丸わかりらしい。

「ただの独身じゃない。不倫して離婚した独身」

不倫して離婚した独身は、何年かは楽しい思いをしてはいけないのだ。何年たてばほとぼりが冷めるのか知らないが、少なくとも一年では到底足りないと世間は考えているだろう。

「あはは、確かに」

スマホで時間を確認したツバメは「ダウンコートを買いに行きませんか?」と首を傾《かし》げた。

「着てるじゃん、ダウンコート」

「私のじゃないです、春雨さんのです」

静が日本から着てきた濃紺《のうこん》のチェスターコートを指さし、ツバメは呆《あき》れ顔で首を横に振る。

「そのコートじゃ、ソウルの寒さはしのげませんよ」

「マジ?」

「ソウルって新潟と同じ緯度だけど、札幌くらい寒いんですって。私もこっちに来てからダウンを買ったんで」

ほら、行きますよ。ツバメに先導され、六番出口から地上に出た。ネモフィラの花の青をぶち撒《ま》いたみたいな見事な青空が広がっていた。青さに呆けていられたのは一秒ほどで、すぐに静は「さぶっ」と背を丸めた。

「ね? 東京で買った見た目重視のコートじゃ耐えられないですよ。シルエットが綺麗になるように裏地も最低限だし、別に中綿ベストも着てないですよね?」

チェスターコートの襟をグイッと引っ張られ、中を覗き込まれる。咄嗟《とっさ》に一歩後退《あとずさ》ったら、後ろを歩いていた男性にぶつかりそうになる。

「コート、買いに行きましょう」

店の目星はついているらしいツバメは、大通りから繁華街へ伸びる道をずんずんと歩き出す。

道行く人の羽織《はお》るコートは自分が着ているものとそう大きく変わらないように見えるのに、同じデザインでもソウルのコートはソウルの寒さに耐えられるように作られているのだろうか。

通りにはアパレルショップやコスメショップが並び立っていた。さすがはソウル随一の繁華街と言われる明洞だ。十字路を通り過ぎると、この街の華やかさがよくわかる。赤、青、黄色、ピンク……色とりどりの看板が高笑いするように人々を見下ろす。

こちらだって平日の昼間だろうに、若者の姿が目立った。何がそんなにおかしいのか、あっちこっちから笑い声がふわふわと漂ってきて、静の耳元あたりで弾ける。

日本で不倫スキャンダルを起こした男女がここにいるなんて、きっと想像もしていない。ショップの店頭に並ぶマネキンや商品を楽しげに眺めるあの子達、店頭で配られる試供品を宝物でも受け取るみたいな顔で手にするあの子達は、あのスキャンダルを知っているのだろうか。

◇

春雨静が明洞駅で下車したとき、ピンと来た。青く光る改札を抜けると、すらりとした足は彷徨《さまよ》うように六番出口の案内に向かった。

小さな予感と期待は足を進めるごとに大きくなり、春雨静が白いダウンコートを着た女性の前で立ち止まったとき、「うおおお」と声を上げそうになった。

いや、本当は上げた。実際には「うおおお」ではなく「ぬおおおおん」だった。雑踏に紛れてターゲットに聞こえなかったのが幸いだが、代わりに隣を歩いていた若い女性グループが日出夫から大きく一歩距離を取った。

アイドル時代とは全く印象の違うピンク色の髪をしているが、春雨静が落ち合ったのは間違いなく元「ＮＡ９」の牧原ツバメだった。

記者歴十八年の体が、勝手にスマホを構えて写真を撮っていた。二人の側を通り過ぎながら一枚、近くの地下ショッピングモールの入り口で道に迷ったふりをしてＵターンして一枚。

春雨静はマスクをしているが、牧原ツバメの顔はカメラに収めることができた。

――不倫騒動から一年。仕事激減でもめげない？　春雨静・牧原ツバメ、極秘韓国旅行。

そんな見出しが浮かぶ。記事の内容もおおよそ見えてしまった。真衣をほっぽり出して春雨静を尾行した甲斐《かい》があったと、ガッツポーズをしそうになる。

二人はそのまま地上に出た。耳たぶがちぎれそうな寒さだったが、とてもいい天気だった。

ゴシップを追いかける己が哀れに思えるほどだ。

人生初の明洞は煌《きら》びやかだった。人生初だからせっかくの夫婦水入らず旅行に選んだのだ。ゲームセンターにあるお菓子掬いのクレーンゲームを彷彿《ほうふつ》とさせる街だ。世の中の楽しいものを全部詰め込んで一つの街にしたみたいな場所だった。

春雨静と牧原ツバメはそんな明洞のメインストリートを、なんてことない、どこにでもいるつまらないカップルであるかのように歩き、一軒のセレクトショップに入っていった。

五階建てのビルの壁面にでかでかとショップ名が描かれ、一歩足を踏み入れると一階には雑貨やアクセサリーが山のように売られていた。どれもこれもチューインガムみたいな色合いをしていて、どこの何につけるアクセサリーなのか日出夫にはさっぱりわからない。今時の若者文化はわからないな～とおじさん仕草をかましたいのではなく、本当にわからない。

牧原ツバメが春雨静を引っ張っていく形で、二人はエスカレーターで二階に上がった。メンズファッションのフロアを時間をかけてぐるぐる練り歩いたかと思ったら、牧原ツバメは防寒着のコーナーで大量のダウンコートを手にし、一着一着を丁寧に春雨静の体にあてがった。

いつの間にか男性店員がそれに混ざり出した。真衣が好きなK－POPアイドルによく似た男だった。数秒だけ眉間に皺《しわ》を寄せて考えてみたが、名前が出てこなかった。直後、牧原ツバメが「お兄さん、チャンビンにそっくりですね」と言うのが聞こえる。そうだ、チャンビンだ、チャンビン。

日本語、韓国語、片言の英語をぽんぽん繰り出しながら、牧原ツバメとチャンビンばかりが盛り上がって次々コートを持ってくる。春雨静はされるがまま、どこかうんざりした様子でフィッティングルームに放り込まれていった。同じ頃、日出夫も別の店員に「何かお探しですか？」と韓国語で声をかけられた。こちらはこちらでJ. Y. Parkにそっくりだった。

長身の春雨静は服の着せ甲斐があるのかもしれない。いろんなコートを着ては無表情でフィッティングルームを出てくる彼に、牧原ツバメとチャンビンは動物園でパンダでも見るような顔で歓声を上げげた。何故か二人揃って春雨静に向かって手まで振る。隣でJYPが「もしかしてダウンコートがほしいの？」と聞いてきた。

すぐさま牧原ツバメとチャンビンは「ちょっと色が合わないね」「もっと彼に似合うやつがあるはずだね」などと言い合って、春雨静を再びフィッティングルームに追い返す。ＪＹＰが「あのコートはあなたには似合わないと思う。コートは骨格で選んだほうがいい」と言う。

春雨静は十着近いコートを試着した。途中、彼が「コートなら試着室で着替える必要なくない？　その場で羽織ればよくない？」と嘆《なげ》くのが聞こえたが、「こっちのほうが楽しいからいいの！」とツバメに黙らされた。その間にＪＹＰが日出夫に三着のダウンコートを着せた。

結局、牧原ツバメとチャンビンが「これだ！」とＯＫを出したのは十着目の黒いダウンコートだった。二着目、五着目、七着目と一体何が違うかわからないが、とにかく決まったらしい。

春雨静がクレジットカードでの支払いに手間取っている隙に、ＪＹＰが「絶対これがいいよ！」と薦めたモスグリーンのダウンコートを買い、ＪＹＰが「僕が被ってるニット帽もコートに合うと思うよ。今なら二十パーセントオフだよ」とサムズアップして言うからついでにそれも買った。

ダウンとニット帽を着込んで再び外に出ると、なるほど明洞はこんなに寒かったのかと驚いた。さすがは韓国で買った韓国のダウン。防寒レベルが違う。

日出夫同様、買ったばかりのダウンを羽織り、ショップバッグを肩から下げた春雨静が店から出てくる。マスク越しでも、げっそりと疲れているのがよくわかる。それでも、原宿《はらじゆく》の竹下《たけした》通《どお》りを思わせる冬晴れの明洞で、元人気イケメン俳優の姿はなかなか絵になっていた。

店頭まで見送りに来たチャンビンに手を振りながら、牧原ツバメが春雨静の隣に並ぶ。春雨静の耳元に何か囁《ささや》いて、二人は再び並んで歩き出す。

チャンビンの隣でJYPが手を振っていたから、とりあえず振り返した。

◆

「こうやって見ると、やっぱり東京は人が多すぎると思いませんか?」

真新しいダウンに身を包んでソウルの街を見下ろす静に、ツバメがふと思い出したように聞いてくる。

セレクトショップを出た直後、ツバメが「観光って言ったら、やっぱり高いところじゃないですか?」と静に囁いた。その理論はよくわからないが、彼女の言う通りに明洞駅から少し歩いて、ケーブルカーに乗った。

「どのへんが?」

「ソウルも大都会ですけど、東京みたいな感じじゃなくて、山も見えるし緑もあるし」

「酸素を作ってる場所がちゃんとある?」

「そう、それそれ」

南山《ナムサン》という山の頂上に立つNソウルタワーの展望台からの眺めはよかった。ソウルのランドマークといわれるだけはある。冬の霞《かす》んだ空気の向こうにうっすらと山々が見えて、平らな土地に身を寄せ合うようにして街ができているのがよくわかる。

陽が傾いて、高層ビルが青い影を街に落とす様が美しかった。

「関東平野は本当に真っ平らだからなあ。どこまでも街を広げられちゃうんだろうな」

東京とそう変わらないと思ったソウルだが、上から見下ろしてみると、確かに東京ではない。東京タワーやスカイツリーに上ったら、きっともっと圧迫感のある景色が待っている。

少しの隙間に高層ビルやタワーマンションを建て、とりあえず見栄えがいいように緑を植え付けて、とりあえず夜は明かりが綺麗に見えるように何もかもガラス張り。風通しがよくて、いつも誰かに見られているようで落ち着かない。

「春雨さんとこういうところに来るの、初めてですね」

展望台の分厚い窓ガラスに映り込むこちらの顔を、ツバメが見ている。

「こういう、ザ・観光地ってところ」

「そりゃあ、ね」

初めてきちんと言葉を交わしたのは、映画の番宣《ばんせん》で出たバラエティ番組だった。「ＮＡ９」のメンバーはその番組に二人ずつ交替で毎週出演していて、静が出る週はたまたま牧原ツバメが出演する回だった。

収録終わりにわざわざ楽屋に挨拶に来たツバメは、「新曲が出たばかりなので」とＣＤを手渡してきた。

お世辞半分……いや正確にはお世辞八割で「よく聴きますよ」と言った。本当はＣＭと歌番組でちょっと聴いたことがあるくらいだった。

でも、牧原ツバメがあんまり嬉しそうに「えっ、本当ですか？　嬉しいです！」と言うものだから、「新曲、楽しみにしてました」とついお世辞を重ねてしまった。

「じゃあ今度ライブに来てください。ご招待します」

ライブの日時まで伝えられ、お世辞が過ぎたかもしれないと思った。

数日後、本当にマネージャー経由でライブに招待されてしまって、迷った。断る理由なんていくらでもあって、断ったところで別に角は立たないだろう。

ただ、牧原ツバメはこちらのことを「NA9」のファンだと信じていて、それが嘘だったと知ったら傷つくのではないかと思い、悩んだ末に行った。

CDを配るのも、ライブへの招待も、デビュー当初からツバメが「NA9」のPRのために根気よくやっていたことで、お世辞で「ファンです」と言われることもライブへの招待を適当に断られることも慣れっこだったと知ったのは、随分あとのことだ。

連絡先を交換したのは、ライブの半年後だった。あのときもやっぱり番宣だった。確か、春クールのドラマ。主題歌が「NA9」で、彼女達が出る歌番組にゲスト出演したときだったはずだ。

軽率、だったのだと思う。このときもう自分には女優の妻がいて、おしどり夫婦としてカップル・オブ・ザ・イヤーなんてよくわからない……でも受賞すると何故か洗剤や食品メーカーのCMが舞い込む賞を獲ったりしていた。もちろん洗濯洗剤のCMに夫婦で出ていた。

むしろそのときは、こちらは結婚しているのだから、連絡先を交換しても変な意味には取られないはずと思った。

今思えば、やはり軽率だった。考えが足りなかった。結婚したんだという自覚や、責任感が全くなかった。

軽率だった。

◇

茂田日出夫は乗り物の中で用を足すのが嫌いだが、それ以上に高いところが嫌いだ。

茨城出身の日出夫だが、高校の修学旅行は京都でも北海道でも沖縄でもなく東京だった。バスで二時間ほどで行けてしまう場所が、高校生活最大の思い出である修学旅行の舞台だった。市内でも有名な「治安の悪い高校」だった。授業中にしょっちゅうヤンキーがバイクで校庭に乗り込んでぶおんぶおんしていたし、二十一世紀だというのに休み時間に竹刀《しない》を持った体育教師が校舎内を闊歩していた。

体育祭では女人禁制の棒倒しにOBが乱入して殴り合いの喧嘩が起こり、男子禁制の棒引きにOGが乱入してやはり殴り合いの喧嘩になった。

学校に伝わる伝説によると、歴代の先輩方が修学旅行のたびに各地で喧嘩やら万引きやら物品破損やらをやらかし、京都にも北海道にも沖縄にも出禁になり、ついにはJRからも出禁を食らって新幹線が使えなくなり、バスで二時間の東京しか行き先がなくなったのだという。

そんなこんなで修学旅行で東京にやって来た高校生の茂田日出夫は、クラスメイトと仲良く東京タワーに上り、初めて自分が高所恐怖症だと知った。あまりの高さに膝が震え、展望フロアではエレベーターの横でずっと壁に摑まっていた。

そんな日出夫をクラスメイト達は大笑いし、眺めのいい窓際へ無理矢理連れていこうとして、日出夫と取っ組み合いになった。これにより、母校は東京タワーも出禁になった。その後、後輩達がどこに修学旅行に行っているのか、日出夫は知らない。

ホテルの廊下で正座させられ、担任から説教を食らいながら「こんな街、絶対に出ていってやる」と思った。

修学旅行のためにすでに街は出ているし、そういう決意をした人間が目指す街ランキング百年連続一位であろう東京に自分はいるのだが、そんなことはどうでもよかった。「俺はもっと文化的教養度の高い人間の集まる場所に行ってやる。少なくとも、京都と北海道と沖縄とJRから出禁にならない人間と共に生きたい」と強く強く思った。

Nソウルタワー五階の展望台で、日出夫は当時のことを生々しく思い出していた。

円形の展望台の中央部にはギフトショップがあって、日出夫は店の端にある棚にしがみついて春雨静と牧原ツバメを凝視していた。

ソウルの街を見下ろし、二人は長いこと話し込んでいる。ときどき牧原ツバメが肩を揺らして笑うのだが、何を話しているのかはわからない。

周囲に観光客らしき人々もいる。日本語も聞こえてくる。春雨静と牧原ツバメはそれに溶け込んでいるつもりのようだが、外見のレベルが違う。真衣が美男美女を指してよく使う言葉を借りるなら「ビジュがよすぎる」のだ。

ただ遠くを眺める後ろ姿すら妙に様になっていて、映画やドラマのワンシーンに見えてしまう。とりあえずスマホで撮っておいた。

不倫スキャンダルを起こした二人の極秘韓国旅行は、今のところ大変平和だ。不倫騒動なんてまるでなかったかのような気がしてきてしまう。六本木《ろっぽんぎ》の高級ホテルでの二人の不倫をすっぱ抜いたのは、他ならぬ日出夫なのに。

あの頃、日出夫は別の某人気アーティストを追いかけていた。随分と派手に遊び歩いている男だったから、何か撮れるだろうと考えた。

六本木の高級ホテルにグラビアアイドルを連れて消えた某人気アーティストの写真を撮り、ひと息ついた瞬間、春雨静が大きなスーツケースを引いてそのホテルに入っていくのに気づいた。

息を殺して春雨静を追いかけ、飛び込みで部屋を取ろうとする客のふりをして、フロントで彼のルームキーの番号を盗み見た。

十数分後、全身グレーの地味な格好で牧原ツバメが現れた。部屋着で家を飛び出してきたかのような、アイドルとは思えない生活感あふれる格好だった。

喉が震えた。宿泊客のふりをして彼女を追うと、春雨静の部屋に堂々と入っていった。

写真をバッチリ撮って、記事を書いた。
人気若手俳優・春雨静と、アイドルグループ「NA9」の不動のセンター・牧原ツバメ。芸能界を悠々と飛んでいた二人を、日出夫は自分の手で墜落させた。

数分後、ギフトショップの片隅で腹痛を我慢しているかのような顔でたたずむ日出夫に、ついに店員が声をかけてきた。

店員がにこやかに薦めるものだから、ソウルタワーのイラストがプリントされたペアのマグカップと、タワーの形を模したキーホルダーを買ってしまった。

◆

Nソウルタワーのある南山から下る頃にはすっかり夜になっていて、明洞は昼間と様変わりしていた。メインストリートには屋台がぎっしりと並び、日中よりずっと混み合っていた。甘い匂い、しょっぱい匂い、辛い匂いが、人々の話し声や笑い声、屋台の呼び込みと混ざり合って通り中をただよっていた。

「ていうか、トッポッキを食べるために韓国に来たんじゃなかったの？」

一本の串にイチゴが五つも刺さったフルーツ飴《あめ》を頬張りながら、ツバメは「え？」と目を丸くした。

「量が多くて一人じゃ食べられないから、俺に連絡してきたんじゃないの？」

「ああ、そういえばそうでした。楽しくて忘れてました」

本当かよ。すっかり冷えてしまった十ウォンパンを齧《かじ》りながら、静は肩を落とした。

目についた屋台で十ウォン硬貨そっくりの巨大なパンを買ったツバメは、「春雨さん、私、これを一度やってみたかったんです」とパンを半分に割った。

パンの中のチーズとカスタードが見事に伸びるのを、静は動画に撮らされた。どこのSNSにも絶対にアップできない動画の出来上がりだった。

半分を静に手渡すと、彼女はあっという間に甘塩《あまじょ》っぱい十ウォンパンを平らげてしまった。ちょっと目を離したと思ったら、フルーツ飴の屋台で「イチゴ！　イチゴ一本！」と財布片手に店員に手を振る始末だ。

徐々にチーズが固まり始めてしまった十ウォンパンを静が口に詰め込んでいると、ツバメは何食わぬ顔で「半分どうぞ」とイチゴ飴を差し出してきた。

「二人いると、いろいろ食べられていいですよね」

言いながら、ツバメの視線が静の背後に移る。「あ、次はしょっぱいものがいいですね」と彼女が指さしたのは、揚げトウモロコシの屋台だった。振り返った瞬間に、油でカラッと揚がったトウモロコシの香ばしい匂いと、ソースの辛味が静の鼻先を小突いた。

「ねえ……ツバメって、そういうタイプだったっけ？」

咄嗟に名前を呼んでしまったが、ツバメは意に介さない。

「そんなことないですよ？」

ふふっと笑って、ツバメは揚げトウモロコシの屋台に並んだ。静は口の中でイチゴの酸味と飴の甘味を弄《もてあそ》びながら、ツバメの後ろ姿をしばらく眺めていた。口の奥でカラカラとイチゴ飴が音を立てる。

不倫報道があってから一年、ツバメとは会っていなかった。周囲から会うなときつく言われていたし、そうでなくても会えるわけがなかった。連絡もしなかった。

不貞を働いた代償は、別れらしい別れもできないまま別れるということなのだと、ぼんやり思っていた。

でもそれは、自分のやらかしを勝手に悲劇と捉えて、その悲劇に酔っているだけ……とも言える。

「なんで」

屋台の店員に覚えたての韓国語で注文するツバメに、無意識に声が漏れてしまう。

「そんな奔放《ほんぽう》キャラじゃないだろ、君は」

明洞駅でおよそ一年ぶりに会った牧原ツバメは、安っぽい恋愛ドラマで安っぽい男性主人公を翻弄する安っぽい不思議系奔放ヒロインみたいだった。似たようなキャラクターを、古今東西《ここんとうざい》いろんな作品で見た覚えがある。それくらい既視感がほとばしっている。

俺を明洞に呼び出した上でこんなわかりやすいキャラを演じるツバメは、一体何がしたいのだろう。

「殺したいか、俺のこと」

イチゴを嚙み砕《くだ》いたら、声に出てしまった。

香ばしく揚がったトウモロコシの入ったカップを抱えてツバメが戻ってくる。マヨネーズとピリ辛のソースがかかっていて、ひどくいい匂いがした。静は串に刺さった最後のイチゴ飴にかぶりついた。

◇

明洞の屋台街で十ウォンパンとフルーツ飴と揚げトウモロコシを食べ歩いた春雨静と牧原ツバメを必死に追いかけ、気がついたらホットクとトルネードポテトとキンパを食べていた。

韓国式海苔《のり》巻きとは言うが、牛肉は入ってるし米はごま油の風味がするし、日本のものと随分味わいが違う……としみじみしながら日出夫がキンパにかぶりついていたら、

「殺したいか、俺のこと」

春雨静が、確かにそう呟いたのが聞こえた。人が多いのをいいことにすぐ側で聞き耳を立てていたから、間違いない。キンパを取り落としそうになった。

揚げトウモロコシを買った二人は、仲良くメインストリートを歩いて行く。キンパの端を口に放り込み、あとを追った。

スマホ片手に、春雨静と牧原ツバメはネオンがギラギラと眩《まぶ》しい飲食店に入っていった。ハ

ングルの店名は全く読めなかったが、店頭には真っ赤なトッポッキの写真が入ったメニュー看板があった。

看板の一番上にあったメニューを指さした牧原ツバメが、春雨静の腕を引く。店内はそこまで混んでおらず、幸運にも二人の一つ隣のテーブルに座ることができた。

にこやかにやって来た店員に、牧原ツバメが指さしていたメニューを深く考えずに頼んだ。

バスケットボールがすっぽりと入りそうなサイズの丼になみなみと盛られたトッポッキが運ばれてきて、欺《だま》されたと思った。しかも茶碗蒸しの親戚みたいな卵料理と、茹《ゆ》で卵が二つと、巨大な飲むヨーグルトと……キンパが来た。

こちとらここに来るまでにホットクとトルネードポテトとキンパを食べてるってわかってる？ キンパはもう食べたの知ってる？ と店員を問い詰めたかった。自分の中に眠るヤンキー王国・茨城の血を総動員させればできないこともないかもしれないが、寸前のところで堪えた。

トッポッキは美味かった。食べられないレベルの辛味ではないが、あとからジワジワくるタイプの辛さ。とろとろの真っ赤なタレの中に、餅だけでなくソーセージと魚のすり身も入っていた。辛さの合間に食べる茶碗蒸しも茹で卵もキンパも、ピリリと熱くなった舌を癒すヨーグルトも美味い。

なんて、深夜の孤独なグルメドラマの孤独な主人公気分でいられたのも、トッポッキの三分の一までが限界だった。餅は腹に溜まる。米も腹に溜まる。なんなら茹で卵も腹に溜まる。そこに国境はない。

それに、蓄積された辛味でじわじわと舌先が痛み始めた。春雨静と牧原ツバメのほうを見てみれば、大盛のトッポッキをきゃいきゃい楽しそうに取り分けている。

マスクを外した春雨静の顔は若干疲れていた。牧原ツバメに振り回されて疲労困憊、ついでに腹もいっぱい、という目をしている。

それでも、楽しんでいるようには見えた。スキャンダル以降、恐らく一年近く二人は顔を合わせていないはずだ。妻がいる身でそれでも手を出してしまった年下の元アイドルと旅行なんて……楽しいのだろうか。

春雨静は主演映画『リフレイン』が好調で、この調子で次回作のオファーも舞い込んでいるだろう。一方の牧原ツバメは「ＮＡ９」を事実上の脱退となり、仕事復帰の目処《めど》はたっていない。

果たして、春雨静はどんな気分で牧原ツバメとトッポッキを食べるのか。

◆

確かに好きで結婚したはずの妻と距離ができたのは、割と早いうちからだった。

原因は何なのだろうと、離婚した今でも思うときがある。新婚生活のスタートが静の映画撮影と、妻のドラマの撮影と被っていたからかもしれない。もしくはその後、妻には数ヶ月仕事が凪《な》ぐ時期があって、静のドラマ出演が3クール連続したのがいけなかったのか。

とにかく、せっかく引っ越したマンションの空気がどんどん冷え込んでいくのが肌でわかった。部屋は綺麗だった。埃一つないわけではないけれど、人様に見せられるくらいには整理整頓されていた。

ただ、静があの家について鮮明に覚えているのは、広々としたリビングで一人テレビを見ていることだけだった。妻が選んだ真っ白なソファに寝転がって、ラザニアを食べている。

ラザニアはいつも自分で作った。温かくて見た目が華やかなものを作ろうと思って、レシピを探して作った。最初は「次は何を作ろう」と思っていた。「そのうち桃奈《ももな》に作ってあげよう」とも思った。でも、結局彼女に振る舞うことはなかった。

妻に好きな男ができたことに、結婚二年目で気づいた。物的証拠はない。ただの勘だった。その人をただ好きなだけなのか、すでに何か行動を起こしたのか。わからないまま数ヶ月が過ぎた。

原因はなんだったか忘れたが、ある日妻と喧嘩をした。少なくとも、こちらに落ち度はなかったことだけは覚えている。

口論した挙げ句、妻は仕事に行った。ジムにでも行って汗を流せばスッキリする程度のイライラだったはずなのに、不思議なほど猛烈に腹が立った。

その日、初めてツバメを食事に誘った。ツバメは無邪気にやって来た。それも一人で来た。帰りがけ、彼女は「壁にメニューがべたべたに貼ってあるタイプの居酒屋に行ってみたい」と、次の誘いのリクエストをした。

彼女のリクエスト通り、壁にメニューがべたべたに貼ってあるタイプの居酒屋に次は行った。正直、このとき週刊誌に撮られてもおかしくなかった。そんなスリルを楽しんでいる節があった。間違いなくあった。

その日、ツバメに「俺が結婚してるって知ってる?」と問いかけた。

「そりゃあ、知ってますよ。春雨さんが奥さんとCMに出てる洗剤、使ってますもん」

ふふっと笑ったツバメは、楽しそうだった。挑発的で、静と同様にスリルを楽しんでいる顔だった。

そこからだった。言い逃れできない不倫が始まった。

浅はかだった。妻だってもう俺を愛していないのだからと胸の内で唱えていれば、許される……とは思っていない。ただ、アクセルを踏むことができた。

週刊ミッドデイに決定的な写真を撮られた日は、夫婦喧嘩が怖いくらいにヒートアップした。妻に「もういいよ。離婚しよ」と吐き捨てられて、カッとなって家を出た。スーツケースに数日分の荷物を詰め込んで、勢い余ってツバメに〈離婚すると思う〉とメッセージを送った。

たまたまオフだったツバメから、すぐに返事が来た。〈どこにいます?〉という問いに、六本木のホテルに行く予定だと返してしまった。

「すごい格好で来ちゃいましたよ」

ホテルの部屋にやって来たツバメは、後頭部を掻《か》きながら笑っていた。グレーのスウェットに、野暮ったい黒縁メガネに、黒いゴムが丸見えの一つ結び。休日に部屋でゴロゴロしていたそのままの格好だった。

「さすがにそんなことはないと思ったんですけど、春雨さんが変なことを考えないか心配だったので」

変なことはずっと考えてるだろ。じゃなきゃ不倫なんてしないだろ。そんなことを自分は言った気がする。

ホテルで朝まで過ごして、ツバメは朝イチで自宅に帰ってから仕事に向かった。静はホテルから直接撮影に行った。

週刊ミッドデイに記事が出たのは、二週間後だった。

たまたま飛び込んだ明洞駅近くのホテルの内装があの夜のホテルとそっくりで、ベッドに寝転がった途端にしみじみと思い出してしまった。ふと顔を上げたら、サイドテーブルの時計は午前零時を示していた。

明日は明洞駅に朝八時に集合だとツバメが言っていた。トッポッキを食べるというミッションはクリアしたが、どうやら明日は明日で何やら目的があるらしい。

大盛りのトッポッキでずっしりと重たくなった腹を摩《さす》って、とりあえずシャワーを浴びることにした。

◇

「餅は……餅はもう見たくない……」

譫言《うわごと》のように呟きながら部屋のドアを開けた日出夫に、風呂上がりらしい真衣は目を丸くした。

「随分、なんというか……楽しんできたのね」

日出夫の全身をしげしげと眺めた真衣は、怪訝《けげん》そうに首を傾げる。

真新しいダウンコートにニット帽、右手にはNソウルタワーの土産が入った袋、左手には食べきれずテイクアウトにしてもらったキンパがある。一人で明洞観光を楽しんだようにしか見えない。

「春雨静の何かは撮れたの？」

「おう、バッチリな」

真衣の手に土産とキンパを押しつけ、ダウンとニット帽を剝ぎ取ってベッドに大の字に寝転がる。

「牧原ツバメと極秘旅行してた」

「えっ、マジで？」

「マジもマジだ。春雨静の主演映画がロングラン中だし、いいタイミングで記事にできるはずだ」

　スマホをズボンのポケットから引っ張り出し、写真を見せてやる。画面をスワイプしながら、真衣は「あら〜」「あらまあ〜」「まあまあ〜」と歓声を上げた。

「あの二人、まだ続いてたんだ。結構ちゃんと純愛だったってこと？」

「純愛も何も、始まりが不倫だろ」

　愛しているなら、順番を守るべきだったのだ。配偶者がいるならきちんと離婚してから次の人と付き合う。好きになった相手が妻帯者なら、別れるのを待ってから付き合う。

　ただそれだけのことではないか。十年も二十年も待たねばならないわけでもない。精々数ヶ月だ。いい年した大人なら、真面目に働いていたら一瞬で過ぎ去ってしまう時間ではないか。どうして、それだけのことができなかったのか。

「他に面白いことはあった？」

「ＪＹＰそっくりの店員からダウンコートを買った」

「なにそれ、めちゃくちゃ面白い」

　その店にお前の好きななんとかってアイドルにそっくりな店員もいたぞ。そう言おうとしたら、代わりに大きな欠伸《あくび》が出た。

　明日は午前八時に明洞駅の六番出口だ。春雨静が牧原ツバメをホテルまで送り届けるところまで尾行したおかげで、明日の予定までバッチリ盗み聞きできてしまった。本当に俺はいいゴシップ記者だ。神様まで俺の仕事を後押ししてくれる。

「なんかね、東京は東京で大変みたいよ」

隣のベッドでスマホを弄りながら、真衣が呟いた。

「品川の拳銃強奪?」

「そう、まだ捕まってないんだって」

「襲撃された警察官は?意識不明の重体ってなってなかった?」

「その人は助かったみたいよ。犯人が品川駅の防犯カメラに映ってたらしいんだけど、そこから足取りが摑めないって、夜のニュースでやってたみたい」

「じゃあ、『週刊白昼』の連中は今頃バタバタだろうな」

週刊白昼は社内にある別の週刊誌だ。週刊ミッドデイと違って、政治や社会問題をしっかり真面目に扱う雑誌だ。

十八年前、新入社員だった日出夫が配属を希望していた編集部でもあるのだが、それも遠い記憶だった。

◆

ツバメに連れていかれた店の看板の日本語を、思わず声に出して読んでしまった。

「実弾、射撃場……」

名前を確認して「ここだ〜」と意気揚々と入店していくツバメを、もう何も言わずに追いかけた。昨日から明洞観光に付き合い続けて、いい加減リアクションするのにも疲れてしまった。

「韓国旅行の目的はここなんです」

勝手に二人分の受付を済ませたツバメは、ラウンジの椅子に腰掛けてそう笑った。スイーツビュッフェの待合席にでもいるかのような横顔で、壁に掛けられた銃の見本を楽しげに眺めている。

ラウンジに、不規則に乾いた破裂音が響く。

物騒な音だった。なのにラウンジには若い客が多く、音など気にせず店員に渡されたメニューを見ている。ファミレスで食べ物を選ぶかのように指さすのは、当然ながら銃だ。

店員がメニューを運んできて、流暢《りゅうちょう》な日本語で説明をしてくれた。銃一丁あたり四万から六万ウォン。三丁セットだとちょっと安くなるよ。それを聞いたツバメは迷わず三丁セットを選んだが、静は一丁だけにした。

ツバメがちょっと不満そうだったけれど、気づかない振りをする。

ルパン三世愛用のWALTHER P38に、ジェームズ・ボンド愛用のWALTHER P99、自衛隊でも使われているというSIG SAUER P226と、男性が撃てる銃は種類が豊富なのに、女性となると選択肢が少ない。男性店員がツバメに薦めた銃はすべて小振りなもので、やはりツバメはちょっと不満そうだった。

「春雨さん、私、ネットドラマのオファーが来てるんですよ」

順番を待っている間、唐突にツバメが言った。

「ネットドラマ？」

「女性同士が一人の男を取り合うデスゲームもの？　っていうんですかね。女の嫌なところ満載な感じの」

監督とプロデューサーの名前を聞いてみたが、どちらも聞いたことがなかった。

「私の役、銃を撃ちまくる殺し屋なんですって」

「まさか、それで実銃を撃ちに来たわけ？」

役作り？　と思わず身を乗り出した静の何が面白かったのか、ツバメは「役作りっ」とピースサインを作った。

スタッフの名前や簡単なあらすじと役どころだけで作品の価値を計るべきではないとわかってはいるが、その作品はきっと、元「ＮＡ９」の牧原ツバメに相応《ふさわ》しい仕事ではない。

でも、不倫したアイドルの仕事復帰としてはほどほどに惨めで、ほどほどにイメージ通りで、ほどほどに「ざまあみろ」という感じで、いいのだろうか。

「役作りってことは、引き受けるんだよね？」

「春雨さんだって映画が無事公開されたし、次のお仕事のオファーもあるんですよね？　ネットニュースで見ましたよ？　結構有名な映画監督から声がかかったとかなんとかって」

確かに、そうだ。ロングラン中の『リフレイン』を観たとある有名監督から、次回作の主演にとのオファーがあった。主人公に相応しい役者が見つからず、棚上げになっていた作品なのだという。

海外で賞を獲ったことのある映画監督だった。静の不倫スキャンダルのことは承知していて、プロデューサーやらうるさそうな連中やらはすべて黙らせるとまで言ってくれた。ぜひ、僕にやらせてください。その場でOKをした。ツバメの顔が一瞬だけ浮かんで……でも浮かんだだけだった。そういう男だから、不倫なんてした。

「どうして、男の不貞より女の不貞のほうが叩かれるんでしょーねー」

静の思考を読んだように、ツバメが肩を揺らして笑う。間延びした語尾に、背筋が強ばって寒くなった。

何も言えずにいる静をよそに、店員がツバメ達の名前を呼んだ。「あ、やっと回ってきた」とツバメがスキップでもするように立ち上がった。

防弾チョッキをして、耳当てとゴーグルをして、分厚い扉で隔てられた射撃ブースに案内される。一人分ずつ仕切りがあって、それぞれが選んだ銃が太い鎖で壁に繋がれていた。

「あはは、一蘭《いちらん》のカウンターみたい」

隣でツバメが笑うのが聞こえた。直後「一蘭、行ったことないくせに」と、自分で自分にツッコミを入れてまた笑う。意味をわかっているのかいないのか、インストラクターの若い男も笑っていた。

インストラクターに一対一で銃の持ち方や構え方をレクチャーされ、十メートルほど離れたところにある人型の的に銃口を向ける。

ゴーグルの透明なアクリルレンズ越しに、真っ白な人型が静を見ている。

耳当てをしているせいで、酷く静かだった。シンと冷え切った射撃ブースで、適当に選んだWALTHER P99がぬるりと光った。

銃を持つのは初めてだった。映画やドラマで持ったことすらない。モデルガンは……果たしててあるだろうか。

重たかった。想像の数割増しの重量で、掌にずんと沈み込んでくる。

「いち、にー、さん……」

隣のブースから男性の声がして、直後、耳当てを吹き飛ばすような激しい銃声がした。あまりの音に、銃を握っていた手が震えた。

ツバメのブースの前にある人型に穴が開く。ちょうど、左目のあたりに。

それを横目に、静を担当するインストラクターがカウントを取り始めた。

機械的に引き金を引いた。掌に鈍い衝撃が走り、反動で銃を固定する鎖が軋む。弾は人型を大きく逸れていた。

「しっかり狙って」

インストラクターがもう一度照準の定め方をレクチャーし、再びカウントを取る。

二発目は、人型の胸に当たった。胸の真ん中、心臓のあたりだった。

「これは、死んだね」

お見事、と言いたげにインストラクターが笑った瞬間、ツバメが再び撃った。立て続けに三発撃つ。

顔は見えないのに、彼女が楽しんでいるのが銃声からわかった。歌っているみたいだし、踊っているみたいな銃声だった。

再び銃を構え、三発目を撃った。今度は頭に当たった。

真っ白な人型に、小さな穴が開いていく。

四発目を撃つ瞬間、人型にとあるベテラン俳優の姿を重ねた。腹のど真ん中に当たった。デビューしたての頃、映画の撮影現場で暴言を吐かれた相手だった。「若いイケメン俳優には絶対やるんだよ」と、後ほどスタッフが教えてくれた。

五発目は、静に「お前は制服を着られなくなったら消える」と言い放った映画監督の顔を撃った。本人は発破をかけるために言ったと、まるでいいことをしたとでも思っているに違いない。

六発目は元妻の芹沢《せりざわ》桃奈で、七発目は彼女と先日熱愛報道が出た「一般男性」とやらの顔を勝手に想像して撃った。品のいい笑い方をする、育ちのよさそうな、でも野心はしっかりありそうな男だった。

八発目、あの日ホテルに入る自分達を撮った週刊ミッドデイの記者を撃った。名前も顔も知らないが、しなびたニンジンみたいな風貌が自然と思い浮かんだ。どうやら俺は、元妻の恋人よりずっと記者のほうが嫌いらしい。

九発目、陰で好き勝手言っていた何百人かをまとめて撃った。十発目、ネットで好き勝手言っていた何万人かをまとめて撃った。数万もの人間が一つの人型にぎっしりと押し込められる様はグロテスクで、彼らにぴったりの姿だった。

静の注文した十発の弾は、それで終わった。

隣からは絶えず銃声が響く。反対側で別の客が銃を撃ち始めたから、さながら銃撃戦の最中のようだった。

銃を替え、ツバメは何度も何度も引き金を引く。人型にどんどん穴が開いていく。

彼女は何人撃ったのだろう。何人殺したのだろう。誰を殺したのだろう。

俺のことは殺しただろうか。

一足先に射撃ブースを出て、重たい扉の前で彼女を待った。

数分後、額にうっすらと汗を搔いたツバメが、インストラクターに連れられてやって来る。

「俺のこと、殺したいって思わないか」

昨夜、屋台街でぶつけられなかった疑問をやっと口にする。

「あ、大丈夫です。さっき、春雨さんのど頭に一発ぶち込んだんで」

射撃ブースの分厚い扉を指さし、「あっはっはっ！」と甲高い声でツバメは笑った。そうだ、これだ。これがツバメの笑い方だ。「あははっ」とか「ふふっ」じゃない。この子はこうやって笑う子だった。

「食べたことがない食べ物が目の前にあったから、私、思わず食べちゃったんですよね。それが世界一好きな食べ物かと言われたら、別にそうでもなかった、みたいな」

ツバメは再び「あっはっはっ！」と笑う。肩を上下に揺らし、天井を仰ぎ見るようにして。

「春雨さんだって、そうですよね？」

違うと言いかけて、言葉が喉仏に引っかかったのがわかった。そのまま溶けて消えてしまうのも。

「そう、だな」

愛しているなら、順番を守るべきだったのだ。

妻ときちんと離婚してからツバメと付き合う。ただそれだけのことだった。十年も二十年も待たねばならないわけでもない。精々数ヶ月だ。台本に目を通し、スケジュールをこなし、番宣活動に精を出していたら、一瞬で過ぎ去ってしまう時間だった。いい年をした大人なら、できて当然のはずだった。

どうして、それだけのことができなかったのか。

それだけ、妻との生活に嫌気が差していた。妻には別に好きな人がいるようだし、俺だけが寂しい気分でいなくてもいいじゃないかと思った。

それだけ、牧原ツバメを好きになった。たった数ヶ月を待てないほどだった。

要するに我慢をするのが面倒だった。理性がなかった。愚かで浅はかだった。

自分一人だったら自分の愚かさに怖じ気づいたかもしれないのに、ツバメもそうだったから、二人で愚かならそれでいいかと思った。

不倫の裏にそうせざるを得なかった事情があったわけでも、モラルをかなぐり捨てるほどの壮絶なドラマがあったわけでもない。

全部全部、俺達の自業自得で、なんの言い逃れもできなくて、誰も同情なんてすべきじゃない。

「だから、自業自得なんですよ、私達。たまに私達に同情したり共感したりしてる人をSNSで見かけますけど、やめなやめな〜って思ってますもん」

◇

春雨静の隣でWALTHER P38を撃った瞬間、どうして今なのかわからないが、無性に情けない気分になってしまった。

そういう気分になるなら、飛行機の中のトイレで小便をしていたときでもよかった。真衣を置いて春雨静を追いかけると決めたときでもよかった。JYPからダウンコートを買ったときでも、Nソウルタワーの売店の棚にしがみついているときでも、大盛りトッポッキを半泣きで食べているときでもよかった。

いや、もっともっと前だってよかった。

真っ白な人型に、日出夫が撃った弾によって穴が開く。

その穴から、黒い染みがじわじわと広がっていくような錯覚がした。その染みが人型を飲み込んだと思ったら、顔の部分がぬるっと反転して、茂田日出夫の顔になる。

虚空《こくう》を眺めてボーッとする、なんとも間抜けな自分の顔だった。

芸能ゴシップではなく、社会をよりいいほうへ動かす記事を書く人間になりたかった。政治でも事件でも社会問題でもいい。世の中のために記者をやってるんだと胸を張れる人間になりたくて、週刊誌のある出版社を受けた。

どういうわけか、配属されたのは芸能ゴシップが専門の週刊ミッドデイだった。これは俺の思い描いた「世の中のため」ではなかった。

新卒一年目、しつこく電話取材をした著名人にSNSで本名と電話番号を晒されたことがあった。これはさすがに他部署に異動できるのではないかと思ったが、編集部内では英雄扱いされた。「これでお前も一人前だな」と編集長が酒を飲みに連れていってくれた。

記者は結婚したら希望部署に異動できる暗黙のルールがあると二十五歳のときに知った。なんの気なしに当時付き合っていた真衣に話したら、「え、じゃあ結婚しちゃおうよ」とプロポーズされた。三ヶ月後に籍を入れたら、「これでお前も一人前だな」と再び編集長に飲みに連れていかれた。

結婚式を挙げていないから、ちゃんと結婚したと会社に認識されていないのでは？ と真衣と二人で考え、入籍から一年たった頃に結婚式を挙げてみた。身内だけの小さな式と言いつつ、会社の人間だけはしっかり招待した。スピーチをした編集長は「これで茂田君も一人前ですね」と言った。

俺は何度一人前になれば異動できるのだろう。そう思いながら三十になり、「でも、これが俺の天職なのかも。結果だって出てるし」と思うようになった。「変な夢を見るのを諦めて現実を悟るのが格好いい三十代だぜ」というおじさん仕草が実はとってもダサいと気づいた頃には、もう四十になっていた。

はたと顔を上げたら、インストラクターが隣で拍手していた。最後に撃った弾が人型の頭部、それも真ん中を打ち抜いていた。

隣のブースでは、春雨静ではない別の客がレクチャーを受けていた。日出夫は慌てて射撃ブースを出た。

「明洞駅を三時二十分に出る電車に乗れば間に合いますね」

すぐ側で、牧原ツバメが春雨静にスマホを見せてそう言うのが聞こえた。その後、カバンからパスポートを取り出し、中に挟んであったチケットを確認して、自分が帰国する便の出発時刻を春雨静に伝えた。

「空席があったら、その便で俺も帰るかな」

おう、そうしろ。そうしてくれ。このスクープが記事になることを想像しながら、日出夫はうんうんと頷いた。

先ほど、ラウンジで順番待ちをしている最中、牧原ツバメがネットドラマのオファーがあると話していた。仕事復帰が控えているとなれば、尚更読者は食いつくだろう。

今まで、何度も何度もそうやって、仕事をしてきた。

右の掌と肘が熱を持っていた。銃を撃つと肩が痛むと聞いたことがあるが、どうやら違うらしい。

この痛みと熱が一生消えなかったらどうしよう。消えたとしても、たびたび蘇ってしまったらどうしよう。そんなことを思った。

スマホが鳴った。真衣からだった。チャンビン似のあの店員と、JYP似のあの店員と三人並んだ写真が送られてきた。どうやら、昨夜話した店に買い物に行っているらしい。

サムズアップのスタンプを送り、帰りの飛行機の便を早めると連絡をした。

◆

明洞発三時二十分の電車に乗って、金浦空港を七時ちょうどに出発する飛行機に乗った。

明洞駅でツバメと落ち合ったのが昨日の昼だから、日本を離れていたのは三十時間ちょっとか。羽田空港の滑走路が煌々《こうこう》と光るのを窓から見下ろしながら、静は座席に座り直した。

飛行機が着陸態勢に入り、何事もなく着陸する。乗客が荷物を抱えてぞろぞろと出口に向かうのをしばらく眺め、最後尾で飛行機を降りた。

荷物受取所に着く頃には同じ便に乗っていた客はほとんどおらず、荷物のほとんど載っていないターンテーブルがぐるぐる回る中、白いキャリーケースを携えたツバメが待っていた。

「……一緒に出る気？」

恐る恐る聞くと、何食わぬ顔で「晩ご飯でも食べて帰りませんか？」と聞いてくる。

「空港でキンパ食べたけど、お腹空いちゃって」

「ここはもう日本だぞ。俺と君が一緒に飯食ってたら……」

「思うんですけど、週刊誌に撮られたから別れるのって、逆に印象悪くないですか？　撮られた後も付き合ってるほうが誠実だと思います。不倫だったけど」

それは多分、付き合い続けても誰も祝福してくれず、きっと幸せにもなれないからなのでは。

「私、こう見えて、キャリアをめちゃくちゃにしやがってという恨みと同じだけの重量で、春雨さんが結構好きだったりしますよ」

平然と言ったツバメは、ポケットからマスクを出してつけると、また「あっはっはっは」と声を上げて笑った。

「さっきは世界一好きな食べ物じゃないって言ったくせに」

「ほら、世界一じゃなくても、美味しく食べることはできるじゃないですか。美味しい食べ物なら」

「馬鹿言ってんじゃないよ」

語尾が跳ねて、喉を震わせてしまった。そのままツバメと二人で荷物受取所を出た。

あーあ、また間違っている。ツバメと付き合ってしまったときだって、こんな感じだった。こんな感じで間違ってしまった。不倫する人間ってのは、どれだけ痛い目を見たってずっとこうなんだ。

午後九時を回った空港内はまだまだ賑やかだった。店の種類が多いからと出発ロビーのフロアへ移動すると、飲食店は結構埋まっているし、土産物店も元気に営業している。

通路の真ん中を、ツバメのキャリーケースを引いてやりながら歩いた。誰かにじっと見られているような視線を感じる。韓国に向かう飛行機からずっと感じていた刺すような視線だった。でも、どうでもよくなってしまう。

「旅行、楽しかったですね」

マスクをしていても、ツバメが機嫌よく微笑んでいるのがわかる。髪がピンクなせいで、余計にご機嫌に見える。

「春雨さんとあんなふうに遊んだことなかったんで、楽しかったです」

「いっそ、このまま別の国に高飛びするか。韓国に戻るでもいいけど」

「お互い仕事があるじゃないですか。映画、出たほうがいいですよ。せっかく『リフレイン』がヒットしてるんだから」

「そりゃあそうだ。ツバメもネットドラマで殺し屋やったほうがいいよ。せっかく明洞で銃まで撃ったんだから」

そのときだった。

数時間前に明洞の実弾射撃場で聞いたのとそっくりな銃声が、背後から聞こえた。

周囲の人が足を止める。聞き馴染んでいたばかりに、静とツバメは反応が半歩遅かった。

自分達のたった数メートル後ろで、静と同い年くらいの背の高い男が天井に向かって銃を構えていた。

本物だ、と思った。ひと目見ただけで、実弾射撃場で握った銃の感覚が掌に蘇った。

ああ、まずい。

男と、目が合ってしまった。

冴えない顔の男だった。何をやってもたいした成功を収められなさそうで、そんな人生に拗《す》ねているくせにプライドは高そうな男だった。

そんな侮蔑《ぶべつ》が顔に出たのか、男は迷いなく静に向かって引き金を引いた。側にいた若い女性グループが悲鳴を上げて後退るのと同時に再び銃声が響き、静は体を丸めて床に転がった。

自分が立っていたあたりが白く凹んでいた。間違いなく本物の銃だった。

弾痕と静を呆然と見つめていたツバメの腕を、男が摑んだ。彼女のピンク色の髪に銃口を突きつけ何やら叫んだが、聞き取れなかった。

品川で交番が襲撃されて、銃が盗まれた。日本を出る前にそんなニュースを空港で見たことを思い出す。

自分のこめかみに突きつけられた銃を、ツバメは無表情で凝視している。

彼女の肩越しに、スマホを構えている男が見えた。モスグリーンのダウンを着て、温かそうなニット帽を被った、しなびたニンジンみたいな顔の男だった。

案内板の陰に身を隠しているのに、興奮しているのか動転しているのか、より近くで写真を撮ろうとずるずる前に迫り出してくる。

その熱気に気づいたのか、男は背後を振り返った。自分に向けられたスマホに驚き、一瞬だけ銃口がツバメから離れた。

その隙に、静は男に飛びかかった。男共々床に倒れ込むと、銃は床を滑ってどこかへ飛んでいく。

よし、よし、よし。そう思った静を笑うように、立ち上がった男が目の前でナイフを振り上げた。焦点が合っているのかどうかわからない目で、男は静を見ていた。

襲撃された警察官は犯人に刺されて重傷を負っていたことを、そのとき静は思い出した。

ああ、そうか。死ぬのか。ここで刺されて死ぬのか。これが不倫の報いか。不倫したくせに、ツバメを置いて快調な仕事復帰を果たしていることへの報いか。

でも、こういう死に方なら、最後の最後ですべてチャラになるだろうか。世間の俺の評価もひっくり返るだろうか。

そういうことを咄嗟に考えるところが、浅はかなんだよ。

「春雨さん！」

明洞のNソウルタワーまで余裕で届きそうな澄んだ声に名前を呼ばれた。さすがは元「NA9」の不動のセンターだ。発声がプロの歌手だ。

ツバメは銃を構えていた。

明洞でインストラクターに教わった通りの素晴らしい構え。無表情で照準を合わせ、無言のままカウントダウンをして――。

「撃て！」

静が叫ぶのと同時に、ツバメは引き金を引いた。

いい音だった。人型の標的のど真ん中を貫く、鋭く爽快で気持ちのいい銃声だった。男も、静も、体を震わせ息を止めた。再び息を吸えるまでは長かった。長い長い沈黙の末に二人同時に息を吸って、まるで双子として彼と一緒に生まれ変わった気分だった。

気がついたら、複数の警察官に取り押さえられていた。銃を握り締めたままのツバメが「あっ、その人は犯人じゃありません！　違います、そっちじゃなくて！」と叫び、別の警官に「銃を放しなさい！」と怒鳴られていた。

冷たい床に体を押しつけられたまま、視線を巡らした。静が倒れ込んでいる場所とは全く別の場所に、二発目の弾痕があった。

「……なんだよ」

俺を撃たなかったのか。なんだよ。喉の奥で呟いたら、やっと警官達が静を解放してくれた。

案内板の裏にいたニット帽の男が、まるで報道カメラマンかのように周囲をぴょんぴょん飛び回って写真を撮っている。大柄な警察官がずんずんと近づいていって、首根っこを摑んで引き摺っていった。

ピンクのボブカットを揺らし、ツバメが駆け寄ってくる。静の傍らにしゃがみ込んだと思ったら、「ごめんなさい、怖かったですか？」と囁きかけてきた。

「春雨さん、私が春雨さんを撃つと思ってたでしょう？」

喉元がぎゅうっとなった。いや、そんな生易しいものではなかった。実銃で撃たれたらこんな衝撃が体を走るのかもしれない。

ツバメが自分を撃ってくれたら、納得したのかもしれない。俺を韓国に呼び出したのも、明洞を連れ回したのも、すべては壮大な復讐のための前振りだったのだと、気持ちよく腑に落ちた。俺は彼女にしっかり恨まれていたんだと安心した。

何も言えずにいる静に、ツバメが笑いかけた。確かに「NA9」のセンターの顔だった。日本レコード大賞最優秀新人賞を受賞し、紅白歌合戦のステージで堂々と歌い、ソロ写真集が二十万部売れた、アイドルの顔だった。

「春雨さんだけ先に飄々と仕事復帰した仕返しです」

◇

「週刊ミッドデイ」

二〇二四年二月二十二日号

【春雨静・牧原ツバメ、羽田空港発砲事件に遭遇していた　品川交番襲撃、壮絶結末】

〈自虐が口癖の容疑者「刑務所に入りたい」〉

二月十六日に発生した羽田空港発砲事件。逮捕された大島琢真(33)は十五日早朝に品川駅前の交番を襲撃し、刃渡り十二センチのサバイバルナイフで警察官に重傷を負わせ逃走していた。

大島容疑者は犯行動機について「刑務所に入りたかった。大きな事件を起こして無期懲役になりたかった。品川で拳銃を盗んでから、どこで事件を起こせばいいか考え、歩いて羽田空港に向かった」と逮捕直後から語っている。取材班は大島容疑者をよく知る男性から、犯行動機に繋がる証言を得た。

「同じ職場で働いていた頃から、『頭も悪い、見た目も悪い、女性にもモテない。オスの底辺』という自虐が口癖。でも仕事終わりに一緒にゲームセンターに行くと、負けた腹いせにゲームの台を蹴っ飛ばしたりして、人が変わる」（知人男性）

〈空港発砲事件に遭遇　春雨静と牧原ツバメは何を語る〉

今回の発砲事件に俳優の春雨静と元「ＮＡ９」の牧原ツバメが遭遇していたことは、すでにＳＮＳ上で大きな話題となっている。二人が事件に遭遇した現場に、週刊ミッドデイ編集部の記者が偶然にも居合わせていた。

弊誌でも再三報じた春雨静と牧原ツバメの不倫騒動。二月十五日号掲載の記事でもお伝えした通り、春雨は主演映画がロングラン中の一方、牧原は復帰の目処がついていないと関係者は語っていた。

不倫騒動後に破局したという噂もあった二人だが、その後も水面下で交際は続き、事件直前には極秘韓国旅行をしていたことがわかった。

韓国旅行の目的はソウル・明洞の実弾射撃体験。牧原が今年七月スタートのネットドラマ『エリス～殺し合う女たち～』に出演予定であることも判明し、今回の渡韓はその役作りの一環であったようだ。

十六日夜に金浦空港を発ち羽田空港に到着した春雨と牧原だが、ここで交番襲撃後に逃走していた大島容疑者と遭遇する。

羽田空港三階出発ロビーで発砲した大島容疑者は、偶然側を歩いていた牧原を人質に取った。牧原を助けようと掴みかかった春雨に、大島容疑者は交番襲撃に使用したナイフで斬りかかった。牧原が大島容疑者から奪った銃で威嚇射撃をし、容疑者は警察官に取り押さえられた。幸運にも死者ゼロで事件は幕引きとなった。

弊誌では、命懸けで犯人と組み合う春雨の姿や、春雨救出のために銃を構える牧原をはじめ、一連の騒動を写真に捉えている。

発砲事件直後、コメントを求めた弊誌記者に対し、春雨は混乱した様子で「牧原さんは怖い人です」とコメントし、牧原は「韓国で銃を撃っておいてよかったです」と語った。

（文・茂田日出夫）

# 辿る街の青い模様

鳥山まこと

鳥山まこと（とりやま・まこと）

1992年兵庫県生まれ。2023年「あるもの」で第29回三田文學新人賞を受賞。建築士として活動しながら小説やエッセイを執筆、他の作品に「欲求アレルギー」（〈三田文學〉2024年春号）や「アウトライン」（〈群像〉2024年11月号）などがある。

駅の構内に入ると、青い物語に包まれていた。

腰の高さから見上げる天井付近まで、壁にはタイルがびっしりと嵌め込まれている。そこには様々な風景が青一色で描かれていた。一面には日の光を弾く川面に小舟が浮き、紐をかけた牛に引かせ、一面には女性が樹木に梯子《はしご》をかけ作物を籠《かご》に収穫している。そうした古い日常の風景だけでない。大勢の群衆が槍を手にし馬に乗り真正面からぶつかり合う瞬間。王冠を被り王座に腰掛ける一人の男と取り巻く鎧を纏《まと》った兵士達、その視線の中心で跪《ひざまず》く一人の女性。そうした歴史のきっかけになったであろう瞬間を切り取った様子もまたいくつも描かれていた。

全ては青一色だった。そのことに気づいたのは少し経ってからだった。一つの色とは思えないほど奥行きのある物語に私は引き込まれていた。描かれる異国の田舎の風景に遠い昔の人々の暮らしやそこに吹いた風を思い、激戦の砂埃《すなぼこり》に飛んだ血の匂いを嗅ぎ怒号を聴いていた。ぐるりと私を囲っていたこの土地の歴史。農村の民の平らな表情も、王座を囲む群衆の硬直した表情も、後ろ脚の筋肉を隆起させる馬の表情も、どれもがこの国のものだった。いくつもの過去がタイルに青く描かれ、壁に嵌《は》め込まれ残されていた。

妻が隣で天井を見上げている姿が目に入り、ようやく空間の広さに気づいた。天井はうんと高くバスケットコートが二つまるっと入るくらいのそこは、タイルの壁に囲われた他に何もない大きな空間だった。壁面にはそれぞれにアーチ状の出入り口がある。一方には我々がやってきた駅のホームが覗け、もう一方にはまだ足を踏み入れていない街の景色が垣間見えた。

ポルトの街で初めて私たちの足を止めたのはサン・ベント駅に聳《そび》え立つタイルの壁だった。ポルトガルではこうしたタイルのことをアズレージョと呼んだ。サン・ベント駅のアズレージョにはジョアン一世によるポルト入城やセウタ攻略といったポルトガルにおける歴史的に有名なシーンがいくつも描かれている。侵略や奪還を繰り返し、華やかな大航海時代に街を煌《きら》びやかに装飾し、その後の衰退を経てポルトガルは今の姿になった。列車に乗ってやってきた私たちはポルトガルの過去や歴史的な出来事についてまだ知らなかった。それらは帰国してから調べて得た情報だった。アズレージョに描かれているものがどういった瞬間なのかわかっていなかった。長い歴史の中に確かにあった時間の一つひとつを目にし、ただ息を吞むだけだった。

私はアズレージョの物語に圧倒され、目に入ってくる青色が私の中の記憶に触れた気がした。そして背負っていたリュックのポケットから一枚のアズレージョを取り出していた。手に持ったアズレージョに描かれているのは、具体的な何かを物語るでもないただの模様。植物の茎の曲線や果実の形状を抽象化したようにも、吹く風の流れや形を可視化したようにも見える。大きな模様の一部を切り取ったようにも、それだけで一つの完結した模様にも見えた。何とも不確かで、それもまた青く描かれているものだった。

一枚のアズレージョは妻と二人でポルトガルにやってきたきっかけでもあった。

祖父が他界してから長く空き家だった祖父母の家が取り壊されることになった。

「何か残しておきたいものある？」と取り壊しが決まった時、母は私に尋ねてきた。どうやら母は祖母の愛用していた鉄鍋を手元に残しておくようだった。私も何か使えるものはあるだろうかと祖父母の家の中をじゅんぐりに思い返したのだが思い浮かばず、結局は無いかなと答えた。しかしその後、そう答えたことがなんとなく心に引っかかっていた。祖父母の家のことを何度か振り返って、どんなものがあっただろうかと考えながら遠い過去の祖父母との時間を思い出していた。祖母は私がまだ幼い頃に亡くなったからあまり思い出せる記憶はなかったが、優しい人だったということは漠然と記憶していた。祖父の方は私が大学に入学してすぐ亡くなった。厳しい人だという印象があるのは何度かきつく叱られたことがあったからだろう。そんな記憶の中でふと、祖父母の家の風呂場に嵌め込まれていたタイルのことを思い出したのだ。風呂は古い湿式型で壁は淡い緑の四角いタイルでできていて、その中に五枚だけ白地のタイルが嵌め込まれ目立っていた。その白地のタイルには薄い青で模様が描かれていた。筆で描いてもクレヨンのようなもので描いても表せないような独特の薄さや掠《かす》れ具合。細い曲線を数本流したような模様を私は美しいと思っていた。綺麗な模様をしているなと、小さい頃から見る度に思っていた。祖父母の家を訪れた際、風呂に入ると湯船に浸かりながら無意識にその青い模様を私は眺め指でなぞったりしていた。そのことをぼんやりと思い出しながら、しかしすぐに母に言うでもなかった。何日か経ち職場から帰宅し湯船に浸かっていた時に、また頭の中にあの青い模様が思い浮かんだのだった。なぜ今頃になってそのタイルのことを思い出したのかはわからなかった。それから翌日も翌々日も同じように風呂に入る時にタイルのことを思い出し、祖父母の家に遊びに行った盆や年末年始の風景が連なって思い出された。それは長い間思い出されることのなかった記憶だった。そうしてふと母に聞いてみた。

「じいちゃんちのお風呂にあったタイルとか、残したりできるんかな?」

すると母は驚いた顔で私の方を見た。

「あの青い模様のタイルのこと?」

「そうそう」

私の言葉を聞き母は息を呑んで目を丸くしていた。私は思い浮かべていたタイルのことを母がすぐに言い当てられたのを不思議に思った。

どうやら祖父は亡くなる前、看病に訪れていた母に、家は壊してくれても構わないがあのタイルだけは残しておいてほしい、と伝えていたのだった。タイルは祖父母が二人でポルトガルの第二の都市ポルトに旅行に行った時に土産に買って帰ってきたものだった。それを風呂場の改修工事の時にわざわざ左官屋に頼んで壁に埋め込んでもらったそうだ。アズレージョと呼ぶということも母はその時祖父から聞いていた。

「残しておくし、あんたが持っときい」と母は私に言った。そんな大切なものを父と母の手元で残しておかなくてもよいのかと聞いたが、そんな言葉があんたから出るんだから、と母は言った。

それからしばらく経って実家で集まってご飯を食べたときに、あんたこれ、と言って母は私に数枚のタイルを出してきた。業者さんに頼んだら綺麗に剝がして残してくれたわ、と母から手渡されてタイルを受け取った。自分の曖昧《あいまい》な記憶の中にしかなかったタイルは思っていた通りの模様なのか、実際に目で見てもよくわからなかった。美しいことは記憶していたけど、模様を完全に覚えていたわけではなかったのだと見てわかった。タイルは記憶していたよりも随分と風化しており、表面に亀裂が入ったり、角が欠けたり、白だと思っていた下地はクリーム色だったりしていた。なんでこれをわざわざ残したいと思ったん？ と父に聞かれても私はうまい言葉が見つからなかった。その言葉をそのまま祖父にぶつけたいくらいだった。祖父の家は立派だった。二階建ての戸建で一階にも二階にも部屋がいくつもあり、赤茶色の瓦屋根は重厚な印象で欄間《らんま》などの装飾も手が込んでいた。他にも高そうな簞笥《たんす》や花瓶などがいくつもあった。そんな家の中でなぜたったの一つだけ、このタイルだけだったのだろうか。誰に、何のために、祖父は残したいと思ったのだろうか。父に問われた私は考えていた。

私は母から手渡されたアズレージョをどこかに飾るわけでもなく、しばらく自室の棚の中に仕舞ったままでいた。掃除をし終えた後や、妻が仕事から帰るのが遅く時間を持て余す夜なんかにアズレージョを取り出して眺めたりした。美しい曲線が何の模様なのかをやはり理解することはできずに、いくつかを繫げて並べてみたりしたけれども、何かが形づくられそうで何にもならずに揺らぐような模様なだけだった。

そんな時に妻が会社から奨励金をもらったと得意げに告げてきた。勤続十年になる社員には三十万円が支給されるのだという。何年働いても定められた給料しかもらえない自分の会社と比べてなんて良い会社なのだろうかと思いながら、どっか旅行でも行く？　と聞いてきたご機嫌な妻に、ポルトガルは？　と冗談半分で私は言った。安易な思い付きだった。しかし思いの外妻は乗り気になって、とんとん拍子で予定が組まれると会社には一週間の有給休暇を申請した。そうしてあっという間に旅行の予定が決まったのもコロナの影響が大きかったのだろう。数年前に入籍した当時はコロナ禍真っ只中で、周りの新婚の友人も旅行先は近場に留めておく人ばかりだった。我々も国内で温泉旅行に行ったくらいで、それは妻の昔から夢見ていた新婚旅行とは程遠かっただろう。その時の鬱憤《うっぷん》を晴らすようにしてホテルや飛行機を次々に手配していった。

　サン・ベント駅の壁に嵌め込まれた無数のアズレージョに囲まれながら、一枚の祖父のアズレージョを手にする私に気づいて妻が驚いた顔を見せた。

「それ、わざわざ持ってきたの」

　わざわざと言われると確かにそうだった。日本から遥か遠くのポルトガルの地に私はこれをわざわざ持ってきたのだ。

「なんで持ってきたの？」と、素朴な疑問だというように妻は私の方を見ていた。なんで持ってきたのか。荷造りをしていた時の私の頭はきっとその理由など考えていなかった。持ってくることが当然のような気がしてタイルを一枚バッグの中に詰めていた。ここに来ることになったきっかけだから無意識に詰めていたのだろうか。いや、詰める動機が自分には他にあった気がした。

「何で残したいと思ったのか、わかるかなと思って」

口にしたのは自分でも定かではない思いだった。しかし口にしてみるとより一層そのことを自分自身がわかっていないということが明確になる。自分が残したいと思った理由も、祖父が残したいと思った理由も私にはちゃんとわかっていなかった。

言うと、ふーん、と妻はよくわからないと言いたげな表情をして、そろそろ行こうと気持ちはすでにポルトの街に向かって急いていた。

サン・ベント駅を出るとポルトの街が我々を迎えた。春先のポルトは温暖で、風は程よく乾き、恵まれた快晴の空から差す日のおかげで歩いていると汗ばんでくる。道の石畳はごつごつとして隙間が大きく空いている。スーツケースは跳ねるようにして後をついてきた。聳《そび》える建物はどれも古めかしい。煤《すす》けた外壁はコンクリートや石張りを模したような意匠が多く、縦長のガラス窓が律儀に壁に連続している。街には建築の規制があるのかそれとも工事の方法に制約があるのか、高さは切り揃えられたように統一されており、建物同士は皆隣と隙間なくピタッとくっついてまるで本棚に収められたかのようで窮屈そうに見えた。そうした建物の並び方や街のでき方にもかかわらず人工的な印象を抱かせない。長い時間の中で出来上がったことが染み入るように感じられるのは、アーチ形の開口部や所々に現れるドーム形の屋根といった西洋建築の様式が外観のファサードの随所に見られることに加え、時々街の隙間から数百年前に建てられた教会や塔が覗き、街全体が大きな歴史に包まれているような気配が漂っているからだろうか。歴史的な建造物にあしらわれるバロック洋式の華やかな装飾は、大航海時代にこの街が世界的にも著しく繁栄した証だろう。しかしその後の時代の中で停滞し、すっかり口を噤《つぐ》むように新しさみたいなものを忘れた街並みに寄与しているのはなんといっても外壁に設えられたアズレージョだった。ほとんどの家屋や飲食店、土産屋など雑居の建物の壁にもアズレージョがびっしりと嵌め込まれていた。街のアズレージョは青色ばかりでなく色とりどりで、絵が描かれているものは少なく、幾何学《きかがく》的な柄がほとんどだった。ざっと見回しただけでも数え切れないほどの種類があるが、どのアズレージョも街の風化に沿うように褪《あ》せてレトロな色調に落ち着き、街全体を一昔前に繋ぎ止めている。切り揃えられ密集した建物群の中で、外壁にあしらわれたアズレージョたちだけが建築に与えられた自由のようで、その自由を建物が思いのままに楽しんでいる。建物の一階にはテラス席を路面に広げるカフェが入っていたりする。辺りに住んでいる人たちだろうか、あるいはカフェの上のフロアの窓の中に住んでいる人だろうか、彼らの口にするモーニングの焼き菓子とエスプレッソの香りが混じりながら鼻をくすぐる。そうした制限の中にある華やかさのようなものや過ごす人々の暮らしが、ポルトの街並みに独特な風合いを残しているように思えた。

古めかしい建物の並ぶ一角にあるホテルに荷物を置く。小さなカウンターで私たちを迎えてくれた受付の従業員は長い髪をウェーブさせた丸メガネの女性で、彼女はどこか地元の幼馴染に似ていた。彼女の口にする流暢な英語やバックヤードにいる同僚と滑らかに話すポルトガル語の中に、地元関西の冗談とツッコミを繰り返すテンポの良さのようなものを感じ、勝手に親近感を抱いてしまう。彼女から周辺の案内図を受け取り、軽やかな見送りの言葉に背中を押され、早速私たちは目的の場所を巡った。

ポルトは坂の街だった。どこに行くにも急勾配の坂道ばかりで、登ったかと思ったら降りてまたすぐに登るということを繰り返し、くねることも多い気ままな路地においては方位に規則性も見られず、太ももの疲労感とともに汗ばみ、涼やかな風の中で上着を脱いだ。いつの間にか随分と高い所に来ていたりして、望める向こうの小さな街の景色が美しく、ここに来た意味にすら辿り着きそうに思えるのだった。

そんなふうにして私と妻は三日間で坂の街を縦横無尽に歩き回った。急勾配の坂の途中に聳え立つ荘厳なポルト市庁舎の前を横切り、ボリャオン市場でぶらりと吊るされたいくつもの巨大なバカリャウとそこから放たれる強烈な海臭さの間を潜り抜け、アルマス礼拝堂の壮大な青のアズレージョが物語る歴史を前に呆然と立ち尽くし、クレリゴス教会の高台に登ってポルトの街を見下ろし、川や街を一撫でしてきた風に顔を預けた。世界で最も美しいと言われる本屋に長い列に並んで入り、色とりどりの洋書の中に川端康成《かわばたやすなり》や村上春樹《むらかみはるき》を見つけなぜか誇らしくなり、カーサ・ダ・ムジカではポルトガル現代建築の頂《いただき》を目の当たりにした。ワイナリーで口に含んだポートワインの胃を突くような濃い甘みに驚きながら、ドウロ川にブドウ船がいくつも行き交っていた歴史を思い浮かべた。

ポルトという街が好きだと素直に思った。常にどこか懐かしさがあり、その上を妻と二人で歩いている。見るもの、手に触れるもの、口にするもの。足の裏に優しくない粗雑な造りの石畳。どの建物も同じ明るい煉瓦《れんが》色の屋根をかぶっている。くすんでなお華やかな無数のアズレージョ。ドウロ川の対岸にも起伏の激しい地形を覆うように建物がずらりと並んでいる。あらゆるものが長い時間をかけて造り上げられたことが語られずともわかる。そんな感覚が好きなんだろうか。ただ好きという言葉だけでは届かない、短い言葉の向こう側にあるこの感覚を私はきっとまだちゃんと知らない。ポルトの街を練り歩くことで胸の奥深くから湧き上がってくる。街に積み重なる時間が私の時間そのものを長くするような、そうした感覚がかけがえのないものに思えた。

そしてあっという間にポルトの旅の最終日を迎えた。残された一日の時間の短さが身に染みた。十数時間後にはこの街を去らなければならない。そのことに強い焦りと寂しさを覚えた。できるだけ長くここにいたいと、そんな気持ちを私が漏らしたことに隣で妻は驚いて、珍しいねと満足そうにしていた。

坂の街も歩き慣れてきて、どの方向に何があるのか、川はどちらからどちらに流れて、起伏はどんなふうに繋がっているのか、それらが何となく体でわかるようになってきた。そんな中ですれ違う観光客に子連れが少なくないことに驚いた。ベビーカーに赤ちゃんを乗せて歩いていたり、走り回ったりしている子供たちを引っ張って歩いている人たちと多くすれ違った。目的地一つに向かうだけで一苦労しているようだが、親はたくましく旅を楽しんでいるように見えた。

走ったり髪を触ったり身をくねらせたり何か喋ったり泣き喚いたりする子供たちを目にしていると、私は無意識に目を逸《そ》らしてしまうような居心地の悪さをおぼえた。ポルトの地だからというわけでもなく、日本にいる時から時々そう感じることがあった。その感覚がここのところ濃くなっているようにも思えた。これは一体何なのだろうか。説明のつかない焦れったさ。そうしたものが日本から遠い異国にやって来ても変わらずくっ付いてきた。ベビーカーに乗った欧米の子供は眩しいくらいに可愛らしい顔をしている。妻がその子供を見て、海外の人って日本人の赤ちゃんを見たらどんなふうに思うのかな、と言い、確かにと私は思った。少なくとも私が欧米の赤ちゃんを前にして突き抜けて可愛いと思うようなことを彼らが同じように抱くような気がしなかった。彼らの主観を想像しようとしたが、うまく思考が届かなかった。

　何気なく踏み入った路地にはレストランがテラス席を広げている。もう昼過ぎでお腹も空いていた頃だった。白い木の板に緑のペンキで店名が書かれた看板がどこか懐かしいその店で昼食を取ることにした。

　テラス席に腰掛けてメニューを手に取り、オイルサーディンやバカリャウのグリル、アサリと豚肉の田舎煮など、ある程度見慣れたこの街の料理を眺め、最後だしとそれら三つを全て頼んで、ポルトガルではもうお決まりになった銘柄のビール、スーパーボックを頼んだ。私たちの隣の席には老夫婦が腰掛けていた。婦人は頭にサングラスを載せて、夫はベロアのジャケットを羽織っている。どちらも洒落た服の着こなしで、彼らが話すのはポルトガル語ではなく、唇や舌を滑らすような話し方はおそらくイタリア語だろう。

二人はメニューを眺めるなり婦人の方がげらげらと笑い始める。顔の前で手を叩いて、化粧の厚い顔にいくつもの深い皺《しわ》を作り、そんな婦人に夫もつられて笑い始める。何に笑っているのかはわからない。メニューのどれかを見て何かを思い出したのだろうか。笑い声は細い路地で反響し、通りすがる人々は思わず目を向け、つられてほんの少し頬を緩ませたり口角を上げたりした。隣の妻の顔にも彼女たちの明るさが伝播《でんぱ》しており、それを見て私も遂に微笑んでしまった。

ゲラゲラと笑う婦人とは対照的にひっそりと笑う夫の姿を見ていると、なぜか祖父のことを思い出してしまう。顔が似ているわけでもない。笑う様なんてのは無愛想な祖父と重ならないはずだった。しかし眉間の深い皺のせいか、分厚い皮膚や無精髭《ぶしょうひげ》のせいか、祖父の顔が彼の中にぼんやりと浮かび上がってくる。

私は祖父の笑った顔を今でも思い浮かべることができなかった。大学生になるまで健在だった祖父の記憶はいくつもあった。しかし祖父といえば表情は硬く、無表情かむっと口を結び、リビングのいつも決まって窓辺で胡座《あぐら》をかいている姿ばかりが思い出される。中日ドラゴンズのファンで、低迷期にはよく舌打ちをし周囲の空気をピリつかせた。そんな祖父でも私の前で一度も笑ったことがないなんてことはないだろう。しかしどうしてもその表情や笑い声が思い出せないのだった。

そんな不機嫌な岩のような存在であった祖父も、私が第一志望の大学に合格したとわかった時には自分ごとのように喜んだという。受験が近づいてくると私がどこの大学に行きたいのか、どれくらい現実的に手が届きそうなのか、どの科目で点を取れるのか、死期が近づく中でそうしたことを気にかけてくれていた様子は、頻繁に看病に行っていた母から聞いた。その様子は意外で、私が持っていた祖父の印象とは違うものだった。私の合格を知った時、一体どんな顔をしたのだろうか。微笑むイタリア人の彼の顔を祖父の顔に重ねてみるが、それはどこか遠い空想のようで、記憶の中の祖父との整合が取れるはずもなかった。

スーパボックがグラスに注がれてやってきた。グラスが隣の夫妻と同時に届いたせいで、私たちは何となく夫妻の方へと目を向ける。すると婦人の目もこちらを向きアイコンタクトが飛んできた。チアーズ！　彼女の明るい声に合わせて私たちもグラスを掲げてビールを喉に通した。頼んだ料理も次々と届く。大皿から尻尾や頭がこぼれて垂れる巨大なバカリャウは、フォークを刺すとほろりと分厚い身を崩す。塩味と海臭さの混じる風味にビールが進む。アサリと豚肉の田舎煮はその意外な組み合わせの調和に唸ってしまう。オイルサーディンには微かにレモンの香り付けがされ脂っこくなる口を爽やかに戻し、それごとスーパーボックで流し込む。どれも過剰な味付けは加えられておらず、極力塩や胡椒《こしょう》だけで終わらせていて潔い。どの皿に載るものも安心して口に運べるのは、出汁《だし》を基調とする日本食の素朴《そぼく》さに似ているせいだろうか。異国の食べ物にしては珍しいのかもしれない。

不意を突くようにぎゃっはっはっと甲高い笑い声が飛んできて、思わず目を向ける。若い男性の店員が老夫婦の前に巨大なホットドッグを届けたところだった。ホットドッグに見えたが、挟まれているのはフランクフルトやソーセージではない。太く長いタコの足がまるっと一本レタスや玉ねぎと一緒に挟まれているのだ。それを見て婦人は嬉しそうに手を叩きながら椅子から転げ落ちそうなほど体をのけぞらせて、見境なく我々や店員の方を向き説明をするように早口で何か言ってまた笑う。夫もそれを見てぐっふと笑う。彼女たちが何を言っているのか、単語の一つもわからない。けれどもわかる。ホットドッグって、何？　こんなにでかいの⁉︎　入ってるのタコじゃん！　タコ！　タコよ！　めっちゃでかい！　こんなのあなた食べられる？彼女たちの笑いに呑み込まれて私も妻もとっくに笑ってしまっていて、そばに付く店員の男性も頬を緩ませている。夫がタコのホットドッグに先っぽから齧《かじ》り付き、口から玉ねぎがこぼれるとまた婦人が笑う。また齧り付いて笑い、通り過ぎてゆく人の視線を集め、笑いは伝搬《でんぱん》し彼らの頬をも緩ませる。すごいね。妻が言ったそれは、巨大なタコのホットドッグに向けたものだろうけども、今となってはあの婦人の見境ない笑いによるコミュニケーションに向けたものだったようにも思える。私が店員の方を向くと彼も私の方を向いて、目だけで何かが通じたのか、まったくね、とでも言うような表情を交わした。

ひとしきり笑いの波がおさまると彼女たちのテーブルにワインボトルが一本運ばれてきた。すると夫は何の迷いもなくワイングラスを一つ我々の方に差し出し、いいんだ、いいんだ、とまるで昔から付き合いのある親戚のように勧めてくる。断るわけにもいかずに受け取ると、彼はボトルを傾けてたぷたぷと注ぐ。普通のワインよりも色が濃くとろみがあるのはこの街の伝統、ポートワイン。注がれるなり重みのある甘さが鼻をぐいと押すように香る。もう一つのグラスに注いで私の妻にも渡し、追加で自分たちのグラスを二つ頼むと、それぞれにも注いだポートワインを手にして、再びチアーズと四つのグラスを掲げる。口に含むと強い甘みと共にアルコールの重みが舌を押し、喉に通すとたぷんと酔いが体の中に溜まる。糖度とアルコール度数がぐんと高いポートワインは飲むとどこかこちらが試されているような気になる。

イタリア人夫妻はポートワインをどんどんと喉に落としてゆきながら、全体的に少しずつ赤らんでゆく。夫が私の方へとグッと顔を近づけて何か言い、握っていたスマホの画面をこちらに向けた。そこには色の白い若い男性が写っていた。夫が喋り始めた内容はおそらくは、お前はあれだな、オレの孫（または息子）によく似ているな、ということだった。スマホの写真を見つめるとまた簡単な英語で、彼は科学の研究者になったんだ、優秀なね、と言って可愛らしく笑顔を作った。そして彼は唐突に何かに満足してスマホを仕舞うと私のすぐそばに身を寄せて、肩を抱き、握手を求めた。私は彼の手を握り返す。すると彼に強く引き寄せられ抱擁された。彼の体の厚みに驚いた。私の手を握った彼の手は、その素手で何だって摑めそうなほど皮膚が硬かった。

タコのホットドッグの最後の一口を放り込むと夫は、私が手に握っていた一枚のアズレージョを見て、これはどこで買ったんだ？　と尋ねてきた。私は首を横に振って、祖父がこれを私に残したんだ、と答えた。祖父母が遠い昔にこの街に旅行にやってきて土産に買って帰って風呂場の壁に埋め込んでいたものだと、これがきっかけでここにやって来たのだと。伝わったかどうかわからない拙い英語で私は何かの固い意志に操られるようにして身振り手振りを加えて説明をしていた。すると彼は目にぐっと力を込めると分厚い唇を横長に引き伸ばしてから口角を上げた。素晴らしい、と言ってまた私のグラスにどぷどぷと注いで、君の祖父は大いに喜ぶだろうね、きっと、と言って私の知らない何かを知っているような表情をした。そのどこか誇らしげな表情に胸がぎゅっと絞られるような気がし、その時また私は祖父を思い出さざるを得なかった。

亡くなる前に病院のベッドの上で横たわっていた祖父の姿。骨ばった顔は随分と力無く、しかし昔から揺るがない威厳のようなものはそのままで剝がれ落ちることはなかった。私は祖父の最期を看取った。名古屋の大学病院の一室で、父と母、妹と私、叔母、従兄弟で囲んで、祖父の最期の場にいた。私はそこで初めて人が息を引き取る瞬間に立ち会った。瞬間といってもどこかのタイミングでぷつりと命が絶えた感覚は私にはなかった。祖父の呼吸の音が荒く変化し、機械の数値がどこかに向かって動き始め、祖父の体の膨張と収縮の間隔が長くなり、その向こう側にあった場所に辿り着くようにしてもう息をしていなかった。医師が死の時刻を刻んでもそこで生がぷつりと切れたようには感じず、生と死の混じり合ったものが、祖父の体に、祖父を囲む私たちとその空間の中にあった。

静寂と激動の同居する小さな病室の中で、祖父の死に打ちひしがれながら、私は私の最期について思いを巡らせていた。自分が最期を迎える時は一体どんなふうに感じるのだろうか。幸せだろうかとか、寂しいだろうかとか、そういったものではなかった。終わり。そのことに対してどんな感覚になるのかということだった。時間がそこで終わる。それは私が生まれてきてからずっと続いた前提が初めて覆されることで、当時の私も今の私にもまるで見当がつかない。

しかし見下ろすベッドの上で、祖父はそのことについて思い、感じた。彼を囲む私たちはそのほんの一部を手にしているように思えた。その後の年月を経て薄れゆく祖父の生、その分だけ膨らむ祖父の死。十年以上が経った今では死が自明のようになっているけども、薄れた生の方が完全に消えてしまったようには思えなかった。

私たちはイタリア人夫妻よりも一足先に会計を済ませて店を出た。路地を進み店から遠ざかりながら私はスマホを取り出して、「笑うイタリア人夫妻、祖父の病室」とメモアプリに書き残した。出会った二人のことを忘れたくないという気持ちがその時の私には強くあった。二人のことだけでない、その時の匂いでも温度でも空気でもない、時間のように実体がなく履歴にも残らない、大きく私を包み込んだ何かを忘れたくないと思った。その時の一連を思い出すことでしか遡《さかのぼ》れない感覚があの時残したメモによって今こうして蘇ってくる。過去がじわりと立ち上がってくる。そしてあの時私はスマホに記しながらそれまでの三日間のことを一つも書き残さなかったということに気付かされた。写真を見返すと撮った場所や食べたものが写っていたが、どうもそれだけでは不十分に思えた。どうしてもこぼれてしまったものがあるような気がしてならなかった。写真を見返して私が思い出せるのはその前後一瞬の断片的な記憶であり、その場で何を感じ、何を考え、何を見ていたのか、何が私を包み込んでいたのか、それらをちゃんと思い出すことは難しかった。

ごつごつとした粗い目の石畳を踏んで歩きながら、私は片方の手で握ったままのアズレージョを眺め、私たちが三日間過ごしたポルトの街に、祖父と祖母が訪れていたのだということを改めて思い返していた。その事実はまるで遠い言い伝えのように現実味がなかった。笑った顔の思い出せない祖父と私がまだ幼い頃に亡くなった祖母はどんな顔をしてこの街を歩いていたのだろうか。アズレージョで彩られる街並みを見て、明るい煉瓦色に揃った屋根を並べる風景を目にして、どんなことをどんな表情で語ったのだろうか。私と妻のように時々手を繋いだりして、口にする料理やお酒の味にいちいち感動したりして、この街の空気を味わっていたのだろうか。あのイタリア人夫妻のように手を叩いて笑ったり、相手の口についた食べかすを拭ったりしたのだろうか。どれもが私の知っている祖父母の姿に重なることはない。しかし私の見ていた姿など祖父母の人生のうちのほんの一部でしかなかった。私たちだってそうだった。父や母でさえ知らない瞬間を私と妻はいくつも重ねて、それは逆もまた同じだった。そんなふうに考えれてみれば祖父母がこの街で、あのイタリア人夫妻のようにして食べ物や景色や文化を楽しんでいたことも全くありえた景色だった。そして私たちも実際にこの街を歩いたことを深く胸に刻んでいる。懐かしく美しいポルトの街の中を歩いたということを決して忘れることはない。そう感じたのと同時に祖父もまたこの地で粗い石畳を踏みながら、私がこの瞬間考えたことと全く同じことを考えていたのだろうという、まるで根拠のない確信が胸の中に力強く芽吹くのを感じた。遠い過去が今私と横並びにあるようだった。握っているアズレージョを、その青い模様を見直した。それは祖父母がこの街を二人で歩いたという事実の紛れもない証だった。

それからも街の至る所に足を向け、いくつかの雑貨屋に入り、家族や友人や自分達のための土産を買い込んだ。

歩き疲れた私は公園で一人、段差になった部分に腰掛けてそこから見えるものを眺めていた。公園自体も容赦《ようしゃ》のないきつい傾斜になっており、登った側に立つと綺麗な緑色の芝生で全体が覆われているのが見渡せた。簡単に歩いて一周できるほどのさほど大きくない公園だった。周囲は高さの揃った五、六階建ての建物に囲われており、どれも縦長の窓ガラス、明るい煉瓦色の屋根、とポルトお決まりの設えがなされ、いくつかの建物の壁にはアズレージョが嵌め込まれている。公園の中央には小さな塔のようなものが立ち、先端に一人の男の銅像が直立していた。この公園にはエンリケ航海王子公園と彼の名前がついている。背筋をぴんと伸ばし、下ろした一方の手の下には地球儀らしきものが置かれ、もう一方の挙げた手でまっすぐにある方向を指している。その先はもちろんドウロ川の先端だろう。大航海時代、彼の采配《さいはい》により仲間たちは河口から開かれてゆく大西洋を渡って世界中に飛び出して行ったのだから。彼の銅像の周囲にはベンチがいくつも並んで置かれ、どこにも誰かが腰掛け、時間に身を晒している。芝生の上にも座ったり寝転んだりしている人が何人もいて、私のようにちょっとした段差に腰掛ける人もいた。この街で暮らしている人の憩いの場になっているのだろう。雑木林の合間にできる陽だまりのような公園はすっかり人で満たされていた。

私は一人だった。一日中粗い石畳の急な傾斜の街を歩き続け、この公園にたどり着いた時にはさすがに少し休みたいと妻に伝えると、じゃあ三十分後にここに戻ってくるね、と彼女は言って一人でさらに街を探索しに行った。見送る私に僅かな寂しさはあったが、切って捨てる潔さは彼女の良いところの一つだった。そんなところに私は救われた記憶がいくつかあった。いつまでも隣で寄り添ってくれるならそれも良いのだろうけども、私の場合、彼女まで一緒に引き摺り込んでしまうのではないかと心配になって、むしろ自分を追い込んでしまうところがあった。だから歩き疲れた私を置いてどこかに行ってしまうような彼女の身軽さに救われるような気になった。突き放された気がいつもしないのはきっと、帰ってくる時間を彼女はちゃんと言って行くからだろう。五分でも十分でも、一時間でも半日でも数日でも、彼女は必ず帰ってくる時間を言ってからどこかに行く。それは何よりも大切なことのように思えた。

ふと目についたエンリケ航海王子の足元のベンチには二人の男が半身を捻《ひね》るようにして向かい合って腰掛けていた。二人の視線は互いの間に落ちている。よく見ると二人の間にはチェス盤があった。一方が随分と長いこと考えているのが表情から読み取れた。長く待たされることにもうすっかり慣れているのか、それとも飽きてしまったのか、すでに勝ちを確信しているのか。もう一方は時々遠くを見つめて平然とした表情だった。二人の年齢は同じくらいに見えた。片方は少しぽっちゃりとして上着が体型に沿って膨らんでおり、もう一方は細身で顔は面長だった。友人だろうか。二人は屈むような猫背で、その背中の丸まり方だけがそっくりだった。

彼らを眺めながら私は父が向き合っていた将棋盤を思い出していた。将棋盤は木製で大型の辞書を二冊重ねたくらいの分厚さがあり、足がちょこんと四つ付いている立派なもので、それは父が祖父の家から持ち出して残しておいたものだった。あれほど立派な将棋盤を他で私は目にしたことがなかった。祖父の家の取り壊しが決まるとすぐに、父は祖父の将棋盤をもらって家に置いていた。他には何も残さなかった。父は別に将棋が得意な訳でもなかったように思う。しかしどこか義務的にというか必然的にというか、あれは残しておかないとと父は言った。父は祖父の立派な将棋盤を持ち出してから将棋を指し始めた。その指し方が少し変わっていた。目の前に相手がいるわけではなかった。父は自分を相手に将棋を指していた。交互に座る位置を替えながら、先手と後手をどちらも自分で指し、しかも一日に一手ずつしか指さなかった。一手指すとすぐに将棋盤から目を離してそこを立ち、もう将棋のことなど全く頭から消したみたいに他のことをし始めたりした。そして次の日になるまで向かい側には座らなかった。将棋盤に向かう時間も態度も日によってばらばらだった。数十分の間ずうっと悩んでからようやく一手を指す時もあれば、出かける前に上着を羽織るついでに一手を指す時も、悩み疲れて盤の前で眠りに落ちていることも、歯を磨きながらついでみたいに適当に一つ駒を動かすこともあった。私は実家に帰る度にそうした父の変わった将棋を目にした。いつも目にするのはたったの一手だけだったから、それがもう何戦も終わった後の一戦なのか、まだ随分長い間続きっぱなしの一戦目なのかわからなかった。でも父はどこかその戦いをいつまでも終わらせずにできるだけ長引かせているように見えた。そして将棋盤に向かう時、誰かと長い対話をしているようだった。表情や態度によって世間話にも深刻な話にも見えた。そんな父の姿を思い出していると次第に祖父の姿にうつろってゆく。まだ元気な時の祖父の姿。父よりも老いて白髪の量も多い。背の丸みは祖父も父も同じくらいで、その丸みがチェス盤を挟む二人と、いや、公園の段差に腰掛けている自分のものにぴたりと重なるような気がした。将棋盤があったということは祖父もまた将棋を指していた時期があったのだろう。祖父も自分を相手に指していたのだろうか。そんな空想の中に浮かんだのは老いた祖父と老いた父が将棋盤を挟んで向かい合い、互いに盤に目を落とす光景だった。私は初めて二人の姿が似ていると思った。

父の昔の白黒の写真、白いタンクトップを着て縁側で何かを必死に訴えようとしている幼い頃の父を見て、父は昔から父の顔をしているなと思ったことがあった。父とも母とも私はよく似ているわけではなかったが、眉は父のものを、口元は母のものを譲り受けたように思う。数学が得意だった父と同じように私は理系に進み、しかし運動神経の良い父のようにいくつもの大会で賞を取ったりはできなかった。読書好きの母に影響されてか私は昔から文字や言葉を追うのが好きだった。二人の要素を自分は受け継いでいるという実感は成長の中で一つひとつが浮き立ってくるように感じられた。

しかし変わってゆく自分も同時に感じていた。毎週土日にどこかへ出かけるようになったのも、出張の行く先々で必ずその地の日本酒を買って帰るようになったのも、妻の影響だった。妻だけではない。これまでに出会った人たち、見たもの、行った場所、あらゆるものの中で私は今の形になっている。そうした遺伝と変化は相反することのようにも思えるが、相互に作用し合って侵食し合い、伸ばし合う蔓は互いに絡みつくようにしてとっくに一体化してしまったようにも思えた。そしてそれらはまだまだ変わってゆく。

じゃあここにいる今の自分は一体誰なんだろうか。改めて考えるとそれは誰かの積み重なりのようだった。誰かの続きをやっているのだろうか。それとも自分から始まった自分の途中？いや、次の誰かの前振りなのか。今長い将棋の途中の一手を悩んでいて、それはどこで、これからどれくらい長く続くものなのだろうか。私は私の人生が終わればそこで終わりのはずだった。しかし終えるところを今上手く想像できないのと同じように、終えることなど実質的にはできないことのようにも思えた。たとえこの瞬間に何かの偶然で命が途絶えたとして、あの日息を引き取った祖父のようにその存在のほんの一部がいつまでも残る。そんな気がした。自らの生死は自らの判断に委《ゆだ》ねられているはずなのに、そこには全く掴み心地が無いのだった。

ならば自分は今、一体誰の人生を生きているのだろうか。

考えた時に浮かんだのは、なぜか妻の顔だった。

妻の人生を生きている。言葉に変換するとまるで違う感触となってしまう。しかしなぜか彼女の姿が言葉の上に浮かび、それは私の隣で手を握って歩く存在そのものだった。

チェス盤を睨《にら》みつける彼はまだ一手を打とうとしていなかった。打つ気配すらまだなかった。

そうこうしていると帰って来た気配がした。振り向くと妻が坂を下ってこちらに歩いてくるところだった。そばに来るなり「何してたの？」と妻は言った。あの二人がチェスを指すのを見てた、と返すと妻はふーんと言って、自分が巡ってきた店や場所を私に報告してくれた。変わった色のアイスが並ぶアイスクリーム屋やイワシの形のものばかりを扱う雑貨屋、そこの店員のセンスがよくて着る服もとにかく可愛らしく話し込んでしまって仲良くなって、彼女のいつも買う服屋の場所を教えてもらったなど、事細かに話す彼女はとても満足げだ。私は彼女の説明を聞きながら彼女の隙をついてスマホに忘れぬように「エンリケ航海王子公園　祖父と父の長い将棋」とメモを残した。妻は、聞いてる？　と言った。私はここに残せるくらいにちゃんと聞いている。しかし彼女はその時の私をいつものように不服そうな顔をして見ていた。

しばらく休んだおかげで足と腰の疲労はいくらかましになっていた。私は妻と一緒にまた街の坂を登る。一段と急な坂を登り切ってやってきたのはポルト大聖堂だった。二つの塔を構える門形の礼拝堂と白く塗られた外壁の回廊を繋ぎ合わせた建物は、中に入るとより一層息を呑むような荘厳さがあった。四角い平面形状の中庭をぐるりと囲む回廊には外光が静かに忍び入る。間接的な光は連続するヴォールト天井の影を深くさせ、装飾に忍ぶ長い時間を立体的にする。壁には青いアズレージョがびっしりと嵌め込まれ、何も知らない私たちに遙か昔にあったこの街の華やかさを語っていた。

大聖堂を出ると目の前には広場があり、段差のような部分に腰掛けて一息ついた。傾斜を吹き上げてくる乾いた風が心地よい。広場には坂の街を降りたり登ったりして溜まった疲れが表情に滲む観光客が多くいて、皆同じようにこの場で休んでいるようだった。

私たちのすぐそばで三人の子供が走り回っていた。長い金髪は走るとさらりと揺れ、目の色には薄めたような青を含んでいる。三人の子の親は二人とも手に持ったスマホを険しい表情で見つめている。目的地へのルートでも探しているのだろうか。三人の子供たちのうちの一人、最も年下の女の子が目を向けてくる私たちの存在に気づいてこちらを見た。走り方は覚束なく、手足をまだ使いこなせていないような動き方は他の二人の姉と兄に比べて幼い。しかし目はぱっちりとして眼力は大人に負けないものがある。私はその子と目が合っていた。薄い青の綺麗な瞳に、私の中にはまた焦燥感に似たものがじんわりと染み出てくるのがわかった。見つめられているせいだろうか、その焦りがいつもより濃く浮き立ってくるように思えた。

早く子供欲しいわ。と言ったのは大学時代の友人だった。彼の何気ないひと言を私はその時思い出していた。盆休みに久しぶりに会った友人は仕事にくたびれた感じが背中に映る中年の姿をしていた。上司が辞めて仕事量が単に二倍になったという愚痴の後に、もう他に自分には人生でやることは残っていないみたいな口調で、早く子供が欲しいと言ったのだ。漏らした彼の言葉を私は耳に留めていた。彼だけではなかった。そんなふうに言う人が周りに少なくなかった。妹もそうだった。旦那の方が子供がすごく好きで、早く欲しいって感じだったから。安定期に入った妹に妊娠を告げられた時、彼女はそう私に説明した。彼らの言う「欲しい」という言葉が、どうも私の知っている「欲しい」とは違うように思えた。幼い子供を前にして、その小さな手や頭でっかちな姿や覚えたての言葉を脈絡とずれた形で使ったりする姿を見ると笑みが漏れることはある。父親の後ろを覚束ない走り方で必死についてゆこうとする様を眩しく思う時はある。でもそれは「欲しい」という感情とはどこか土台が違うような気もした。それぞれが離れた場所にある混じり合わないもので、「欲しい」という言葉がそもそも子供に向けられるものだという気がしなかった。

もしも私たちの間にこのままずっと子供がいないとしたら。そんな乾いた空想が胸に居座って私の感情の湿りを吸い取ってゆく。それが人生の全てではないということはわかっているが、しかし自分ごとになるとどうしても手の中にある焦りを握ってしまう。自分という存在の無力さに妊娠という現象の運任せを突きつけられる。偶然のものだから。授かり物だから。そうした言葉に今の私はそう簡単に、素直に、頷けなくなっていた。

同時にそんなふうに思っている自分に客観的に驚いてもいた。焦りの中にあるほんの小さな羨望。その手触りがとても小さいのにいかにもはっきりとしており、自分の感情だと理解するのが難しかった。

これがひょっとすると「欲しい」という感情なのだろうか？ 他人を羨ましく思う、自分には足りない、そういう状況下で自分が抱いているこれが皆の言う「欲しい」なのだろうか。単なる焦りや不安が蓄積して一塊になっただけのような気もする。もしこれが子供が欲しいということならば自分の想像していたものとはかけ離れている気がする。かけ離れているけども自分はこのようにして「欲しい」のだろうか。

結局、本能と言い表すしかないのか。こんなふうに子供について考えたり、欲しいと言ったり、焦ったり、そうやって考えることは本能によるものなのだろうか。行き先の定かでない感情の起源を考えていると、いつも穴に吸い込まれるようにして最後には本能という言葉に行き着いてしまう。そういうふうに遺伝子に情報が組み込まれているせいだと。人類を存続させるための本能なのだと。そうした思考の流れはどこか誰かによる誘導的で作為的なものにも思え、ここから先を考えることは許されていないのだと通行止めを喰らっているようだった。まるでその先に隠したい何かがあるみたいだった。強い違和感は嚙み切れない肉片のようにいつも口の中に残ってしまう。

女の子はもう私を見ておらず、ポルト大聖堂を背に他の二人にまじってぐるぐると走り回っている。三人の子供を目に入れながら、思考に表情を抜き取られたような私を見て、食べる？と言ったのは隣の妻だった。そう言って取り出したのは筒状の小さな紙箱だった。六角形の筒状の箱を目を輝かせながら見せてくる。それは街歩きのおやつにと買っておいたパステル・デ・ナタだ。手のひらサイズのポルトガル伝統の焼き菓子を私はこの旅でもう四つは食べていた。初めて口にしたのは一日目で、甘いものは嫌いではないけども別に普段からそれほど食べるわけでもなかったが、名物だと知っていたので買って食べた。一見してエッグタルトだが、一口食べて驚いた。妻も同じように目を丸くして、うまっと口に出していた。日本で食べたエッグタルトとは全然違った。それから街でパステル・デ・ナタの店を見つけると必ず入った。店の種類はいくつもあって、それぞれで食感やカスタードの風味が少しずつ違った。中でも気に入ったのがマンテイガリアという店だった。その店のシンボルマーク、右手の上に左手を乗せているような、もしくは優しく何かを手渡している最中のような、二つの手が重なり合うイラストだった。クリームの風味はもちろん、パイ生地の食感の軽やかさが他よりも繊細だった。私たちはすっかりマンテイガリアのパステル・デ・ナタの虜になっていた。最終日の散策のおやつにと今朝買っておいたのはもちろんマンテイガリアのパステル・デ・ナタだった。

六角形の紙箱からするりと滑り出てきたパステル・デ・ナタは相変わらず手のひらサイズで、

すでにパイ生地がほろほろと綻び始めている。一つを妻の手に載せ、もう一つを自分の手に載せた。パイ生地は中央が窪んだお椀形になっており、その窪んだ部分に黒く焦げ目のついた玉子色のカスタードクリームを溜め込んでいる。すでに私の口の中に食べずともその味が再現されており、軽やかで重層的な生地の食感とクリームの懐かしい甘味、なぜこんなに美味しいものを日本であまり目にしないのか不思議に思えてしまう。手に載るパステル・デ・ナタがどうしても愛おしく、それを食べてなくしてしまうことが勿体なく思えてくるのだった。

と視線を感じ顔を上げると、さっきの三人のうちの一番幼い娘がすぐそばにいてこちらを見て立っていた。いや、厳密にはパステル・デ・ナタを注視しており、気恥ずかしくなるくらいに羨ましそうな目を向けているのだった。私は彼女に何か話しかけようとして、しかしその言葉を口にするのを思わず制した。どの言葉であろうと手のひらに載せたパステル・デ・ナタを彼女に譲ってしまうことになるような気がしたのだった。あらゆるシミュレーションの結果は全て同じ答えに行き着いてしまう。私が彼女にどうぞと言って渡さざるを得ない。そうした結末が瞬時にわかってしまった。無意識に思考しながら私はその時きっと大人と子供の間の表情をしていただろう。ポルトで最後になるだろうこのパステル・デ・ナタを味わいたい、しかし子供を前に大人気ない。目の前で羨ましそうに見つめる少女が人生で過ごしてきた短い時間。彼女の経験の量は自分のそれと比べるととても少ない。私は似たお菓子もいくつも食べてきた。美味しい料理もうまい酒も彼女より知っている。そうした生きた年数と経験の優劣が、私に訴えていた。その一つくらい彼女に渡せばいいじゃないかと。もし自分が親だったら子供にすんなりとパステル・デ・ナタをあげるのだろうか。自分の子供にならあげるのだろうか。そうした想像がどうしてもぶれてはっきりとした像をなさないのは、自分が親ではないからだろうか。親ならばむしろ考えるほどのことでもないのかもしれなかった。

「欲しい?」

娘に声をかけたのは妻だった。日本語のままそう言って私を差し置いて自分のパステル・デ・ナタを差し出すと、幼い娘は言葉の意味をわかってかわからずか、しかし迷わず首を縦に振り、微笑みかけた妻の手からパステル・デ・ナタを受け取った。手に取ったそれを大事そうに両手で持ち、彼女は母と父の元へと覚束ない足取りで帰ってゆく。母親が早速手に持つそれに気づいて驚いた表情を見せると私たちの存在に気づいたようだった。娘ごと抱えて近寄ってこようと、つまり返却しようとしていたが、妻は手でそれを制して、プレゼントフォーユー、と言い、それに母親は申し訳なさそうに頭を下げた。私はその一連のやり取りをまるで第三者のようにして見ていた。

彼女は少し油っぽくなった自分の指を見つめて、なくなっちゃった、とつぶやいた。その言葉に重なるようにして自分の口から出たのは、「欲しい?」という言葉。娘を前に頑なに出ていかなかった言葉だった。私は自分のパステル・デ・ナタを妻に差し伸べていた。出た言葉に何の迷いも含まれていない。階段を一段ずつ降りるみたいに順調に淡々と、そう言っていた。言ってから私はそのことに気づいた。妻はうんと頷いて、その動作が少し子供染みていて、無邪気さが手に載るパステル・デ・ナタの小ささにはあまりに大きく感じて、残しておいてよ、と私は慌てて付け加えた。わかってるよ、と妻はもうパステル・デ・ナタに目を向けており、指で摘んで口へと迷いなく運んでゆく。なぜかその瞬間がスローモーションとして私の記憶に刻まれていた。彼女が口を開き、がぱりと開いたその口の大きさは半分だけ齧るにしてはちょっと大きいのではないか？　そう思った時にはもう遅く、彼女はそのまま齧り付く。円形のパステル・デ・ナタは三日月形に残され、そう、三日月形ということはつまり全然半分でなく三分の一くらいしか残っていないのだ。私はたちまちそれを咎めた。彼女はパイ生地の小さな破片を口の端っこにつけたまま、半分だよーと笑いながら言い、残りを私に返した。ほんの少ししか残らなかったことを笑えるのが幸せだと、私はその時そのような言葉ほどはっきりとは感じていなかったけど、おそらく漠然と感じることはできていたはずだ。随分と小さくなったパステル・デ・ナタを手のひらに載せてさっきの娘の方へと目を向けた。娘はすでにパステル・デ・ナタを食べ終えていて、恥ずかしそうに身を捩《よじ》りながらこちらを見ていた。ありがとうとかおいしかったとか、その態度にはそういうのが全然含まれておらず清々しかった。

ふっと湧き上がる記憶を止められなかった。祖母のことを思い出していた。存在というよりも一瞬にして胸の中で膨らんだ暖かな色とでも言うのだろうか。胸の真ん中でまだ幼い頃に亡くなった祖母の存在が浮かび上がったのだ。私には祖母の記憶が殆どないはずだった。遺影やアルバムの中に祖母の顔は写っていてそれを何度も見ていたから祖母がどんな姿をしてどんな顔をしていたのかはわかる。でもそれらはあくまで写真の静止した姿で、存在としての記憶ではなかった。しかし三日月形のパステル・デ・ナタを手のひらの上に載せた時、化学反応のように突発的に、しかしどこか必然的に、祖母のことをはっきりと思い出したのだ。淡い色のまま自分の中に膨らんで留まり、玉子の甘い香りがまだ食べてもいないのに強く香る。祖母がよく作ってくれた名前の付いていないお菓子を思い出していた。フライパンの上で円形に薄く伸ばしたクレープ生地のようなもの、それに白玉とあんことバターを中央に寄せて載せ、何か大事な贈り物を風呂敷で包み込むようにして四角く折り畳む。すると手のひらサイズのクレープ生地で包まれた直方体ができあがった。祖母は自宅のキッチンで手際よくそれを六つ、七つ作った。私と妹は祖母がフライパンで生地を薄く伸ばし始めた時から軽やかな焼ける音と甘い香りをわかっていて、しかし少しの間あえて気づかないふりをして待ち、祖母が皿に載せてやってきた時に祖母に近寄って驚いてみせた。その時祖母は必ず「欲しい？」と聞くのだった。少し意地悪そうに口角を上げて、一瞬なんとなく「あげないけど」とでも言いそうな企みが滲《にじ》むいたずらな表情で。大袈裟に首を縦に振る私たち二人の目の前に結局はどうぞと言って置く。そして必ず「一個でええからばあちゃんの分、残しといてな」と言った。私は祖母の決まった台詞に、ばあちゃんもこのお菓子を好きなのだと感じた。名前の知らないお菓子、当時はたまご生地のやつと呼んでいたお菓子、未だに祖母が作る以外にそれを見たことがない。そしてそのお菓子を、それを焼いてくれた祖母の存在を、私はポルトの地で思い出すまで一度も思い出すことはなかったのだ。

なぜこんなに大切なことを私はこれまで一度も思い出さなかったのだろうか。思い出せずにいたこれまでの私が、まるで祖母が亡くなった時期を言い訳にしているように思えた。まだ幼い頃に亡くなったから。数枚の写真しか残っていないから。しかし僅かなことをきっかけにして思い出は吹き出してくる。そのことを私は目の当たりにしていた。祖母の作ったお菓子の味、いつもそれが載ってくる薄い桃色の陶器の皿、わくわくする感情、祖母の表情、低い落ち着いた声。記憶が祖母の存在を作り戻してゆく。写真の中の厚みのない存在がやっと塗り替えられ、祖母の目に私や妹が映っていたことがようやく確かなことのように思えた。

慌ててスマホを取り出してメモアプリを開き、パステル・デ・ナタを手のひらの上に載せたまま、「パステル・デ・ナタ、ばあちゃんのたまご生地のやつ」と打ち込んだ。打ち込んで、文字としてそこに留められたことにほっとした。そして手のひらに載った三日月形のパステル・デ・ナタをようやく口に入れた。風味と食感が主張してくる。その大きさは口の中を満たすには少し物足りなかったが、私は満足していた。

パステル・デ・ナタを食べ終えるとポケットに手を突っ込みそのままアズレージョを握った。表はつるりと冷たく裏は相変わらずざらついた土のような感触がある。握って感触を確かめながら、妻に旅先としてこの国の名前を何気なく挙げた時のことを思い返していた。祖父母の旅行先というだけではきっとこの国の名前を自分は挙げなかっただろう。このアズレージョがあったから私は思わず口にした。そのことに何か自分の気づいていない意味があるかのような錯覚があった。祖父が残したいと言ったものによって私は今この街にいる。そうしたなんとも短絡的な必然性への思い込みが、しかしどうもそう簡単に軽んじられるものでもないように思えるのだった。

随分と歩き回ったこの街にはまだ最後に行きたい場所が残っていた。そこがこの旅の一番の目的地と言ってもよかった。何度も登り降りした石畳の坂を再び登って階段を進み路地を抜けると下り坂の大通りに出た。観光客の数が一気に増えて、目的地から漏れてきたのであろう活気のようなものが流れてくる。大勢の行き交う人にまじって歩き進むと徐々に景色が広がってゆく。ようやく目的地の全貌が見えてきた。ドン・ルイス一世橋。ポルトの街をゆったりと流れる幅広のドウロ川の両岸を随分と高い位置で結んでいる、大きな橋だった。アーチ状のトラスはダイナミックで、鉄と川の色を混ぜたような色合いを成している。一八八六年に建設されたこの橋はエッフェル塔を設計したギュスターヴ・エッフェルの弟子、テオフィロ・セイリグによって設計されたもので、曲線の中に美しくトラスを納め、構造の持つ美しさをそのまま見るものに味わわせるような手法にはあの世界的にも有名な塔とこの橋を繋ぐものが確かに見て取れる。橋の名にもなっているドン・ルイス一世はこの橋が建てられた時のポルトガル国王で、調べると出てくる彼の情報は内政の停滞や国の没落、他国の占領の失敗など、どうも上手くいっていないことばかりで、優美な橋とは対照的な歴史に橋の名前を聞いてもピンとこなかったことが腑に落ちた。私たちはポルトの旅の締めくくりとしてこの橋を訪れることを予め決めていた。

橋の入り口に向かって坂を降りてゆくと、遠くに見下ろす川面の煌めきが目に入り、対岸の起伏は横に長く続いている。ようやく橋の入り口に立つと川の流れ方を真似るようにして強風が吹き体を浮かした。進んでゆくと空が広がってゆく。飛行機雲がいくつも交差しながら広い空の半球体状を浮かび上がらせるように円弧の線を引いている。さらに上空を煙のような雲が流れて空に質感を加え、紛れながら激しく発光する太陽が一点に浮き、川面に太い光の帯を映す。その光が明るい煉瓦色に屋根を揃える両岸の街を下からも照らし上げ、街の陰影を複雑にしていた。行き交う大勢の人たちは時間をかけて惜しむような足取りで、時々立ち止まったりして景色に心を預ける。私たちもまた踏みしめるように橋の上を進んでゆく。真下を行く船が橋をくぐる。行く先は湾曲しながら坂の街に呑み込まれている。川は見えないそのさらに向こう、エンリケ航海王子が指差す先で果てしない大西洋につながっている。ここは世界の終わりであるようにも、世界の始まりであるようにも見えた。

スチールの手すりに体を預けて、吹き上げる強い風に煽《あお》られる。そこに広がっているのは紛れもなくこれまでの人生で最も美しい景色だった。

私は細部を辿るようにゆっくりと目を滑らせる。木々や建物、道路や川や船や人や教会、これほど美しい景色が自分の知っているものばかりで出来上がっていることが信じられなかった。目を細めていないとそこにいられないのは、煌めく川面の眩しさのためか、日差しのためか。いや別の、異世界に立っているかのような不確かさに浮いてしまわないようにするためのようにも思えた。

大きな汽笛が背後で鳴った。まるで頭の中で直接鳴ったかのように激しい音だった。振り返ると列車がすぐそばを走っていた。手が届きそうな位置を青い車体の列車が通り過ぎ、後退る。

確かに橋の上には線路が引かれているが、こんなに近くを通るとは思わなかった。

走る列車の最後尾を目で追うと、人の行き交う隙間に橋が対岸へと繋がっている地点が見えた。橋の終着点が目に入った瞬間、私は足元から勢いよく迫り上がる「終わり」を感じた。それはこの橋を渡り終えると旅も終わるというだけでない、一つの人生そのものが終わるという感覚がゆっくりと立ち上がってくるかのようだった。しかしそれは「死」とはまた違う質感のものだった。

この橋を渡っているのは私だけではなかった。周囲を行き交う多くの観光客。いや、彼らだけでもない。私がこの橋に辿り着く前の時間にも、昨日も一昨日も一年前もそれよりもずっと前にも多くの人が渡り、祖父母も二人でこの橋を渡ってあの対岸に辿り着いたのだ。そして祖父母はもうこの世にいない。その事実が目に映る景色に重なり、私と妻が目の前にしている時間が祖父母の目の前にあった時間に置き換わり、私もまたこの短い旅を含む人生というものを終えると死んで消えてしまうのだという当たり前の事実を、はっきりと自覚していた。私は妻の手を強く握っていた。妻もまた強く握り返した。そして私はこの景色を見られなかったかもしれない自分を想像した。祖父がアズレージョを残さなかったら。自分がアズレージョを残すと言わなかったら。ほんの一手がずれただけでこの場所を訪れることはなく、この景色を目にすることがなかった私。そうなり得たのだと想像すると、これほど美しい景色の真ん中に立っていたからこそ愕然《がくぜん》とした。

何度目だろうか、私はポケットからアズレージョを取り出した。祖父が大きな家の中で残したいと言ったこのアズレージョ。いや、あの立派で大きかった家でだけではない。祖父の長い人生においても残したかったのはたった数枚のアズレージョだけだったのだ。ひとりの人生と手のひらの上に載ってしまうこのアズレージョ。同じ天秤《てんびん》に載せられないほど不釣り合いな二つを私は見つめながら、祖父はなぜこれだけしか残さなかったのかと思った。そう考えてみると、ひょっとすると祖父にしてみれば何でもよかったのかもしれないという考えに思い至った。残すのはアズレージョでなくてもよかったのかもしれない。死期を前にした病室の中で、自らの長い人生を振り返りながら、追憶からほろりと転がって出てきたのが偶然このアズレージョだったのかもしれない。到底語り終えることのできない祖父の全てのうちのほんの一部、その小ささにこそ意味があるのかもしれない。私はそのほんの一部の重さを手のひらに感じていた。

手のひらはいつでもその重さを感じることができた。祖父が残したアズレージョによって重さはこれからずっと私の手元に残り続ける。祖父が残したかったのはそういうことかもしれないとも思った。この文章を書きながら、私は時々アズレージョを手に持って、その重さを感じながら、湧き上がるポルトの空気を確かめていた。

その手が橋の最後を今書いていた。数少ないメモを頼りに、街の中の時間を、橋の上で妻と目にした景色を書いている。あの時立っていた場所から見えた橋の終着点を書き写しながら、この文章もまたあと少しで終わるということが白紙の続く先にうっすらと見えている。そしてこれを書き終えた私を待っているものがあった。それは血管を切断するための手術だった。不妊治療の一環で、精索静脈瘤《せいさくじょうみゃくりゅう》を解消するための手術だった。まだポルトに行く前、妊活を始めて半年の頃、友人の話に背中を押されてそれぞれの生殖機能の検査を行った。妻の方は検査結果の全てが正常値で問題なかったが、私の方は精子の活動量が規定値よりも低かった。医師から精子の活動量が基準値以下であることは教えてもらう前にもうわかった。モニターに映る黒い点の数と動きを見れば一目瞭然だった。画面に敷かれたグリッドの中で身を捩らせるぽつりぽつりとしたまばらな精子はどこか心細そうで、事前に動画で見ていた正常な精子たちの夥《おびただ》しい蠢《うごめ》きとはまるで違った。初めて普通の状態の精子を持つ男の人を、子供がいる他人を羨ましいと思った。

精索静脈瘤という股間付近の血流の不具合が原因である可能性が高いと検査でわかった。成人男性の五、六人のうち一人に見られる症状で珍しいものではなかった。しかしその時の明らかに動きの少ない精子たちは、自分の心情をどこかで悟った姿のようにも思えて仕方がなかった。

三十を過ぎた年齢を考えると改善するに越したことはなかった。しかしどうも手術をするということが腑に落ちなかった。どこかさせられているという気持ちが拭えなかった。誰かにというわけではない、医者にでも、妻にでもない。強いて言うならば自分に。自分によって手術を受けさせせられている。そんな気がしてならなかった。

誰かが子供を「欲しい」と言うのをうまく呑み込めない自分。しかし子供を前にして焦る気持ちになる自分。二つを無理に呑み込みながら私は腑に落ちないまま手術をするほかに選択肢がない。それは一体何のために。真ん中にいる自分がそう問おうとするのに蓋をする以外に進む方法がないような気がしていた。

そうした感覚を帰国後に綺麗に拭い去ることができたわけではなかった。むしろ帰国後の自分は全てを整理しきれずに、手から溢れてこぼれ落ちる様々な感情にあたふたしていただけだった。少し日が経ち、祖父から残されたアズレージョを再び何気なく眺めていた。するとそこに残されたほんの僅かな何かを取りこぼしてしまうことがどうしても惜しく思えた。

いくら言葉を尽くしても書き切ることはできない。そのことに途方に暮れながら、しかしそうしたほんの一部を残すこと、一部しか残せないことの正しさに私もまた救われていた。私の手の上に載っていたアズレージョ。それは私がこの先ずっとこの街を思い出すためのきっかけになるだろう。妻と手を繋いで歩いた石畳の急な坂や明るい煉瓦色の屋根の街を、イタリア人夫妻の笑い声を、パステル・デ・ナタの軽やかな食感と甘い香りを、それらの中で思い返した記憶たちを、そして何より橋から見た人生で最も美しい景色を、取りこぼさずに済むのだ。

妻が私を見ていた。来てよかったね、と妻は言った。そうだね、と私は返した。私たちは橋を渡り終えていた。橋の端部に立ち、振り返って来た道を見返した。こんなに短い橋をこんなに長く時間をかけて渡ってきたのだと思った。

ホテルへと荷物を取りに行くとあまり時間がなかった。タクシーに乗り込んで駅近くに着いて降りると、ゴツゴツとした石畳の上をスーツケースを転がしながら急いだ。行き交う人たちの中で慌てているのは私たちくらいだった。

サン・ベント駅に辿り着くと列車の出るまでにまだ時間があった。上がった息を整えながら出入り口のアーチをくぐる。中には壁一面に青いアズレージョが嵌め込まれて、やってきた時と同様に青い物語に包まれる。川面に浮く小舟、作物を収穫する農村の女性、槍を手にしてぶつかり合う群衆、玉座に腰掛ける冠を被った男。青一色でき上がった風景が私たちが歩いた街の景色の地の底に流れている。取り囲む無数のアズレージョは、街の建物の壁や床に嵌め込まれていた数えきれないほどのアズレージョと一つの繋がりの中にあるように思えた。

私はぐるりと囲む青い物語を眺めていた。祖父のアズレージョに描かれた波の形にも何かの植物の幹にも見える不確かな模様は、私と妻を囲んでいたこの街のはっきりとした歴史や風景を刻むアズレージョと比べるとあまりに抽象的で柔《やわ》かった。しかしそれはどこか私がこの街で触れたものに似ているような気がした。

その柔さを遡り記すことで形となってここに残されてゆく。

それは一体誰にだろうか？

わからない。あの時の自分にも、今の自分にも、まだわからない。

妻はアズレージョの壁に開いたアーチの通り口を抜けて列車の待つホームへと向かう。早く早く、と振り返って私を急かしている。スーツケースをがらがらと、彼女を追って駅のホームへとアーチをくぐる。

本書は〈紙魚の手帖〉vol.16の読切特集〈駅×旅〉の書籍化です。

書籍化に際して、新たに松崎有理「東京駅、残すべし」と鳥山まこと「辿る街の青い模様」を書き下ろしで収録しました。

駅と旅

2025年3月28日　初版

著　者　砂村《すなむら》かいり・朝倉宏景《あさくらひろかげ》・
君嶋彼方《きみじまかなた》・松崎有理《まつざきゆうり》・
額賀《ぬかが》　澪《みお》・鳥山《とりやま》まこと

発行所　（株）東京創元社
代表者　渋谷健太郎

162-0814 東京都新宿区新小川町1-5
電　話　03・3268・8231-営業部
03・3268・8201-代　表
URL　https://www.tsogen.co.jp
組　版　キャップス
暁印刷・本間製本

乱丁・落丁本は、ご面倒ですが小社までご送付ください。送料小社負担にてお取替えいたします。



ISBN978-4-488-80315-5　C0193

創元文芸文庫

**ノーベル文学賞を受賞した短編小説の女王、初文庫化**

TOO MUCH HAPPINESS◆Alice Munro

# 小説のように

**アリス・マンロー** **小竹由美子 訳**

◆

音楽家がふと手にした小説には、彼女自身の若き日が、ある少女の目を通じて綴《つづ》られていた。ページをめくるにつれ、過去が思いもかけない景色を見せる——表題作「小説のように」ほか、長い人生に訪れる、あまりにも忘れがたい一瞬を捉えた十の物語。ノーベル文学賞に輝く短篇小説の女王、待望の初文庫化。

収録作品：次元，小説のように，ウェンロック・エッジ，深い穴，遊離基《フリーラジカル》，顔，女たち，子供の遊び，木，あまりに幸せ